講談社文庫

あらゆる薔薇のために

潮谷 験

講談社

目次

登場人物紹介

開本《かいもと》 周大《しゅうだい》　医学博士 オスロ昏睡《こんすい》病治療の権威
兵藤《ひょうどう》 水奈《みな》　高校生「はなの会」会員
南沢《なんざわ》 美琴《みこと》　ジュエリーデザイナーアシスタント「はなの会」会員
純直《すみただ》 菊乃《きくの》　専門学校生「はなの会」会員
広文《ひろふみ》 翔《かける》　高校生「はなの会」会員
大松《だいまつ》 隆《たかし》　高校生「はなの会」会員
村路《むらじ》 加夜《かや》　高校陸上選手「はなの会」会員
志波《しば》 瞬也《しゅんや》　高校生「はなの会」会員

新条《しんじょう》 流花《るか》　高校生「はなの会」会員

張ノ瀬《はるせ》 愛《あい》　「はなの会」会員用交流施設のオーナー

八嶋《やしま》 要《かなめ》　京都府警警部補「はなの会」会員

阿城《あじろ》 はづみ　京都府警巡査部長

虎地《こち》 雄三郎《ゆうざぶろう》　京都府警警部

合間《あいま》 由規《よしのり》　京都府警警視 管理官

設楽《したら》 涼火《りょうか》　故人「はなの会」会員

大様《たいよう》 正和《まさかず》　隠遁《いんとん》中の医学博士

あらゆる薔薇のために

第一章　昏睡病の薔薇

紺碧《こんぺき》の空にロケットが舞い上がる。

高性能なものではない。ペットボトルを改造した、単なるおもちゃのロケットだ。ものの数秒で推進力を失い、あっけなく落下した。

それを打ち上げたところで、何かが変わるわけではなかった。そもそもこのロケットは、現実には存在しない代物なのだ。何万回、発射を繰り返したとしても、現実の中では、石ころ一つ動かない。

それでも、彼ら二人にとっては無意味ではなかった。

青空の下、このちゃちな玩具《がんぐ》が空を舞う姿を眺《なが》めることこそが、彼らにとっての悲願だったからだ。この光景にたどり着くまで、百年近い歳月が流れていた。


八嶋要《やしまかなめ》の思い出は、まどろみに覆《おお》われている。

最古の記憶は、夢うつつの中、ゆりかごの中から見上げていた白い天井だった。

やがて赤ん坊は立ち上がり、歩き始める。おそらく最初の記憶から一年以上が経過しているのだろう。しかし、すぐに歩みは止まる。眠くてたまらないのだ。その子にとって、起きている時間はすべて、眠気にあらがう時間だった。だから同じ眠気が、周りのみんなにもまとわりついているものだと信じて疑わなかった。

幼《おさな》い記憶の中、風景も、言葉も曖昧《あいまい》だ。世話をやいてくれる家族も、大勢行き交っている知らない人たちも、追憶の中ではぼやけた輪郭《りんかく》としてのみ漂っている。

その子は、自分の暮らしている暖色の壁に包まれた世界が、「びょういん」という場所であることを学んだ。自分は「びょうき」で、「ちりょう」のためにこの「びょういん」にいるらしい。長い間、とてもとてもねむい。このねむさが自分のかかっている「びょうき」で、その中でも「なんびょう」という種類だと知った。『オスロ昏睡病』という難しい言葉を覚えたのは、ずっと後になってからだった。

そのうち、ごはんを食べる時間も足りないくらい眠り続けるようになった。もやの中、周りの人たちは悲しそうな声だ。まだ、正確には意味を理解していない死というものが自分を手招きしていることをその子は肌で感じ取っていた。


生ぬるい膜を何度も突き破るような爽快《そうかい》感と共に、要は目覚めた。

まだ、体は動かない。それでも、目を開いた瞬間に確信していた。すぐに、きっと、カレンダーもめくらないうちに、僕は元気になるだろう。肉体が、伝えてくれた。今はまだ、借り物みたいに馴染《なじ》まず、動かないこの手足は、たちまち、強い動物みたいにぐるぐる回転できるようになる。それがわかる。だって、起きたばっかりなのに、ぜんぜん眠くない！

「ちりょう」が成功したみたいです、と看護師さんがよろこんでいる。その制服は薄いグレーで、お医者さんの聴診器はぴかぴかの銀色だった。そう、くっきりと見える。色と輪郭があやふやにまざっていた世界から、要は脱出を果たしたのだ。生まれて初めて経験する爽快さだった。これまで暗い暗いトンネルを、いらない荷物ばかり背負って苦しみ、進み続けていたものが、突然、どちらも取り払われたのだ。

気持ちがいい。もしかしたら、背負っていた中には大切なものもまざっていたかもしれないけど、どうでもいいやと思えるくらい、気持ちがいい！

知覚のなにもかもが澄み渡るような感覚を堪能《たんのう》した後で、要はふと、違和感に気づいた。

目覚めてから仰向けのままだったが、後頭部が気持ち悪い。枕《まくら》と頭の間に、何かが挟まっているみたいだ。

取って、と頼むと、その場にいた全員が複雑な表情に変わった。

落ち着いて聞いてほしい、とお医者さんは言った。

決して危ないものじゃないのよ、と看護師さんは話した。

何かが挟まっているということではないらしい。それは、頭の後ろから生《は》えているのだと言う。数日で起きあがれるまでに回復した要は、腕を回して、それを触ってみた。

軽く触るとごつごつしているが、しっかり握ると、弾力もあるようだ。「しゅよう」だけど危険なものではない、とお医者さんは説明してくれた。気持ち悪かったら切り離してもいいけれど、また生えてくるだろう、とも。

その塊《かたまり》の形が、花壇や花屋さんの店先を飾る「薔薇」という植物に似ていると知ったのは、退院した後のことだった。

後頭部に無遠慮な感触を覚えて、八嶋は瞑目《めいもく》したまま眉間《みけん》に皺《しわ》を寄せた。

誰かが薔薇を触っているようだ。薔薇そのものに神経は通っていないものの、頭皮と髪が動くからわかる。それは懐《なつ》かしい感触だった。比較的、隠しやすい場所にある八嶋の薔薇だったが、子供の頃は、薔薇持ちであることがばれたら最後、同級生たちの好奇心にうんざりさせられたものだった。撫《な》でていい？　写真、撮っていい？　断りを入れるのはましな方で、粗野な上級生にいきなり髪を引っ張られたことだって一度や二度ではなかった。とはいえ、人間は行儀がよくなかったらつまはじきにされる生き物だ。中学に上がった頃には、他人の身体的特徴に興味を示すのは品のある行為ではないという認識が染《し》み渡ったせいか、無作法は鳴りを潜めるようになり、珍獣扱いは終わった。

それなのに現在、こんな非常識を平然と働く人間がいるとは驚きだった。仰向けの後頭部に手を差し入れ、薔薇を触っている。誰の仕業《しわざ》かは想像がついた。頭を支えるような位置になっている手のひらが、髪の毛ごしでもわかるくらい、ざらざらに荒れている。とうの昔にスキンケアを放棄した、中年の手のひらだ。

八嶋が首を動かすと、向こうも気づいたのか、気配が遠のいた。目を開く。自分がどこにいたのかを急速に思い出した。ここは御所に程近い京都府警察本部の一角、会議室に用意された仮眠スペースだ。はめたままだった腕時計を覗《のぞ》くと、すでに零時を回っている。長机を二つ並べた上に、八嶋はジャケットを広げ、即席のベッドを作って仮眠を取っていた。まだ二十八歳。肉体は、少々乱暴に扱っても大目に見てくれる。

「ほら、起きちゃったじゃないですか」

鮮明になりつつある視界の隅《すみ》で、非難の声を上げているのは部下の阿城《あじろ》はづみ巡査部長だ。ショートカットの小ぶりな頭を揺らし、河原の小石みたいに丸い瞳《ひとみ》を忙しそうに揺らしている。その隣で仏頂面《ぶっちょうづら》をして腕を組んでいるのが虎地雄三郎《こちゆうざぶろう》警部。阿城の横に並ぶと、同じ生物とは思えないくらいあらゆるパーツが太く、いかめしい。

人間の部品もいろいろだな、と八嶋はつくづく思う。いかにも鬼警部といった風貌《ふうぼう》の虎地に比べると、遠くの窓ガラスに映る自分は頼りない。百七十五センチ、六十二キロという数字で表される体は、稀《まれ》に訪れる荒事《あらごと》に対処するには、少々心もとなかった。顔も、ちょっとなあ……と目をこすり駄目出しする。君の顔、まあまあ整っているけど無駄にニヤついてるね、というのが、学生時代、初めて交際した少女からもらった評価だった。不細工には見られていないらしいが、褒められてもいない。キツネっぽい、と言われたこともある。ようするに、微妙に信用できない顔立ちらしい。警察官の顔としては、虎地とは別の意味で初対面の相手に不安を抱かせるようだ。警察手帳を提示してもなお、詐欺師《さぎし》呼ばわりされたことも三度や四度ではない。完全な悪人顔よりたちが悪いかもな、と八嶋は憂鬱《ゆううつ》だった。とはいえ、過度に信頼されないつまり失望もされないという意味では、組織人として悪くない側面もあるだろう。

「デリケートな部分ってわけでもないですけど」身を起こしながら八嶋は薔薇を撫でる。「興味本位で、ごしごし触られたくないですね」

「本物かどうか確かめたかっただけだよ」

悪びれもせずに虎地は言う。

「髪で隠れてるから、見せてもらったこともない。お前が研修中だった頃に一度、聞かせてもらったきりだ。もしかしたらでまかせかもしれないだろ？」

「言いませんよ、そんな悪趣味なジョーク」

まだ視界がぼやけている。八嶋は両手のひらで耳の上をはたいた。鮮明になってもなお、周囲は薄暗い。パイプ椅子《いす》と長机が並ぶ第二会議室は、捜査が山場を迎える時期には泊まり込みの刑事で溢《あふ》れかえっていることも珍しくないのだが、今夜は三人だけ。事件は、まだ煮詰まる頃合いではないのだろう。八嶋は立ち上がり、左に視線を動かした、部屋の照明はオフになっていたが、月が窓にあるおかげで、スイッチを入れ直すほどでもない。もう一度、上司の方へ向き直る。

「嘘《うそ》じゃないのはわかった。だからこそ納得がいかねえ」

虎地の、起伏の激しい顔面が近づいてきた。まるで仁王《におう》像だと八嶋は思う。

「八嶋、今回の事件、なんで本腰を入れない？　殺されたのは、お前の恩人と仲間だろう」

会議室の前方に横長のホワイトボードが設置されている。第一会議室の方ではデジタルサイネージに取って代わられている備品だが、こちらの部屋では未《いま》だに現役だ。機密を守るため、会議終了後はクリーナーをかけるのが規定になっているが、毎日会議を行う場合、公表済みの内容についてはそのまま残されている例も多い。薄明かりの中、くっきりと書き記されたままになっている赤字は、被害者二人の氏名だった。

兵藤水奈《ひょうどうみな》　十八歳　オスロ昏睡病の元患者
開本周大《かいもとしゅうだい》　六十四歳　同病治療に関する世界的権威

赤字に一瞬だけ視線を移した後で、八嶋は首を横に振る。

「恩人と言われても……ほとんど面識はないんですよ。とくに女の子の方は、同じ病気持ちってだけで、一度も会ったことありません」

「『はなの会』というグループがあるらしいな。患者や、患者の家族が交流するための」

いつの間にか虎地はタブレットを立ち上げ、共有されている捜査情報を検索しているようだ。「お前なら、そこから証言を引っ張ってきたりできるだろうが」

「聴取は一通り終わってると聞いてますけど」

「一通りしか終わってないなら、二回目はお前たちでもいいだろ」

八嶋はどう答えるべきか迷った。

八嶋の現在の階級は警部補であり、京都府警本部の捜査一課に所属している。虎地は数人存在する課長補佐の一人で、八嶋にとっては直属の上官にあたるから、命令には従うのが常識だ。とはいえ警部という階級は、基本的に現場には出ない管理職であるため、現場の最高責任者である警部補にはそれなりの裁量権も与えられている。法律で定められた権限ではなく、時代や地域によって程度は異なるようだが――虎地はその辺りの慣例をあえて破っているのだ。やんわりと抗議するべきだろうか、と八嶋は傍《かたわ》らの阿城を見る。彼女は八嶋の部下だ。ここで上司の言いなりになる自分を見られてしまったら、今後の士気に関わりかねない。

一瞬、阿城と目が合う。すると阿城は不敵に笑い、「やっちゃえ」と言いたげに拳《こぶし》を上下させた。

(気楽でいいなあ)

「上の方々は、俺が元患者だった話を当然、ご存じのはずです」

少し悩んだ後、八嶋は無難《ぶなん》な回答を選ぶ。「なのに何も言ってこられないのは、俺が前のめりになるのをありがたがっていないのかも」

しかし虎地は、無難に終わらせてくれなかった。

「お前が殺したって言うのか？」

「わあー、直球ですね」

八嶋は大げさに驚くふりをした。

「ばかばかしい。お前がやったか、関わってる話なら、もっと要領よく振る舞うだろ。今さらそんな言い訳を持ち出してくるのは、無関係な証拠だろうが」

「俺がやっていようといまいと、上が気にしているのは否定できないでしょ」

「新人にするような説教をさせるんじゃねえぞ」威圧するように、虎地は両肩を震わせる。「八嶋、刑事は全身全霊をもってヤマにあたるもんだ」

「がんばってますってば。今日も、阿城と一緒に現場周辺を聞き込みに回って、へとへとで……」

「その割には、スーツがぱりっとしてるじゃねえか」

「これですか？」八嶋は苦笑しつつ、襟を引っ張った。「皺の寄りにくいスーツなんですよ。ジャージ素材で、洗濯してもアイロン不要の優れもの」

「いいですね」阿城が食いついた。「レディースがあったら私も買いたい。いくらくらいしました？」

「俺は五万で買ったけど、セール品なら半額くらいになるかもね。国道沿いの大型店舗とか……」

「ごまかしてるんじゃねえよっ。スーツの話はどうでもいい」

「いやいや、虎地さんが言い出した話じゃないですか」八嶋が手を離すと、伸びていた襟が心地よいスピードで首元に収まった。「スーツがしわしわじゃないのは真面目《まじめ》にやってない証拠だって言いたいんでしょ。それに対して俺は、これはヨレにくいスーツなんだって説明した。そもそも服装の傷み具合で熱心さを量るなんて不合理じゃないですか？　汗っかきや小刻みに震える癖《くせ》がある刑事は、そうじゃない刑事よりやる気に溢れているんでしょうか？　がたが来やすいスーツを着ることで評価が上がるんですか」

「もういい」言い捨てて、虎地は口を閉じた。

すね。『はなの会』」
「えっいいんですか」
八嶋は大げさに胸を反《そ》らして見せる。「この話はなしですか。行かなくていいんで
「どうしても気が進まないっていうのなら、仕方がないだろうが」
ずかずかと部屋を出ていく虎地に、阿城が声をかける。「帰るんですか」「私、方向
一緒だから、タクシー、割り勘にしませんか」

オスロ昏睡病。

第一号の患者が確認されたノルウェーの首都名を冠するこの病は、深刻な記憶障害を引き起こす原因不明の難病だ。発症は乳幼児、それも零歳〜五歳の範囲に限られていることから、若年者の死亡率が高いウイルス性の脳炎、とりわけインフルエンザやSARSの後遺症が関連しているのではないかと推測されているが、確証はない。

患者は、とくに予兆もなく強烈な眠気を訴えるようになり、半月後には完全な昏睡状態に陥《おち》る。長くて数ヵ月、短い場合は数週間の間眠り続け、前触れもなく目覚めるが、その際には昏睡前の記憶を持ち合わせていない（この病態がオスロ昏睡病の特徴であるため、厳密には昏睡から快復しなければ病名を特定できない）。

通常の記憶喪失であれば、記憶を失ってもゼロから人格や経験を積み上げ直して日常に戻る例も見受けられるのだが、この病の場合、赤子同然の精神状態のまま一生を送ることになる。医学史的には第二次世界大戦前から存在が確認されている病だが、ここ数十年で症例は全世界を見渡しても五千名程度、日本国内で存命している元患者も百名程度と、非常に稀少《きしょう》な病であるため、治療法の確立にはさらに数十年を要するだろうというのが、医師や脳神経学者たちの見立てだった。

三十五年前、その予測を断ち切ったのが、京都の医科大学で博士号を取得したばかりの開本周大という青年だった。身寄りがなく苦学しながら医学の道に進んだと語る開本は、医師として身を立てるだけではなく、栄誉と巨万の富をも望む野心家でもあった。京都のとある大富豪の一人息子がオスロ昏睡病を発症したと知った彼は、富豪に対し、生涯にわたって年間数億の研究費を提供し続けてくれるなら、息子を完治させてみせると請け合い、難病の治療に乗り出したのだ。

ほんの数ヵ月の模索期間を経て、開本が編み出した治療方法はおそろしく単純なものだった。

特効薬を、患者の体に塗りこむ。たったそれだけだ。厳密には、神経細胞の反応を察知する特殊なセンサーを患者に取り付けながら、各所へ少しずつ薬剤を浸透させせる。とくに反応が著《いちじる》しい部位を発見したら、以降はその部分へ集中的に塗布《とふ》を繰り返す。この簡単な工程を一ヵ月程度続けるだけで、患者たちの瞳は少しずつ生気を満たし始め、やがては意識を取り戻した。

開本によると、彼が発見した特効薬は、滋賀県のとある地方で伝承されていた漢方薬をベースに製造したものだという。発見へ至るまでのプロセスについて、「研究上の秘匿事項である」と口を閉ざした開本だったが、世間は若き才能が成し遂げた偉業に飛びついた。

長年研究者を悩ませていた難病の治療方法が思わぬところからもたらされた事実に医学界は沸き返り、開本は賞賛を浴びることになる。

ただし、この治療方法には奇妙な副作用がつきまとっていた。

快復した患者の表皮に、腫瘍《しゆよう》が発生するのだ。

腫瘍のサイズは直径一〜十センチ程度。分厚い花びらのような腫瘍が幾重にも重なる形は、鉢植えでよく栽培されている多肉植物のエケベリアを連想させるものであり、血液のような濃い赤は薔薇を思わせる。呼びやすいことから関係者からは「薔薇」と呼ばれるようになったこの腫瘍は、切除しても患者に悪影響を及ぼしはしないが、取り除いても同色の痕跡《こんせき》が地肌に残り、その部分が盛り上がって半月程度で元の形に戻ってしまう。どの患者も、腫瘍そのものに痛覚は通っておらず、悪性に転じる兆候も見受けられないため、無理をして切除し続けるメリットはないように思われた。

そのため、たいていの患者はこの薔薇を生やしたまま日常生活を送ることになる。

問題は、患者によって薔薇の生える部位が異なるところだった。薔薇の位置が衣服に隠れる場所や目立たないポイントにある患者はストレスを感じなかったようだが、そうでない者は好奇の目にさらされて難儀したらしい。とはいえ記憶を失ったまま一生を送る不幸に比べればその程度の不便はあってないようなものだ。富豪を始めとする保護者たちの喜びようは言葉に表せないほどで、約束通り、開本は巨額の研究資金を手に入れた。

しかし一躍時代の寵児《ちょうじ》となった開本博士に向けて、ペテン師の類《たぐ》いではないかと疑義を呈《てい》する声が飛び出した。件《くだん》の薬草を使用する治療方法は、開本が発案したものではない可能性が指摘されたのだ。とある医療用データベースの中に、事故で脳の記憶領域を損傷した患者に対し、塗布することで記憶を回復させる効用を持つという薬剤に関する論文が掲載されており、その主要成分が開本の特効薬と共通していた。事故による脳の損傷と昏睡病という差異はあるものの、開本のアイデアがゼロから生まれたものではない点は明白だった。

　論文を記した大様正和《たいようまさかず》博士は、数年前から消息不明になっていた。結論を飛躍させた記事で有名なある週刊誌などは、開本が大様を殺害した後、盗み取った研究内容を昏睡病の治療に転用しているのではないかという大胆な推測を中心にした記事を載せ、かなりの売り上げを博した。

　だが直後に大様博士を名乗る信書が編集部に届く。自分は健在であり、開本博士には軽いレクチャーをしただけで研究を盗まれてなどはいないし昏睡病治療の功績は開本に帰せられるべきだと語る筆跡は、間違いなく大様のものであると鑑定が下された。これにより、開本に対するバッシングは低調へと転じた。開本が、特効薬を作るにあたって大様博士に指導を受けた事実を公表しなかった点は問題があるかもしれない。けれども彼の治療方法が昏睡病の患者たちに未来を与えたことは否定できない事実だ。そのノウハウが合法的な手段で入手されたものだとするなら、いちゃもんを付けられる筋合いはないとも言える。

　研究資金を得た開本は、予算の一部を使って患者や関係者の交流の場である『はなの会』を立ち上げた後、世界各地を巡って、治療のノウハウを無償で提供した。なおも有り余っていた資金は、他の難病患者を支援するための基金設立に充てられ、開本は機関の審査担当兼・理事の座に就いた。以降の開本は、医療コンダクターのようなポジションに収まりながら、オスロ昏睡病治療の後進育成にも力を注いだ。

その後も順風満帆に運ぶように思われた開本の人生は、治療法の発見から三十五年が経過した年、突如として断ち切られることになる。九月五日の朝、京都の自宅に程近い府道で、背中から血を流し倒れているところを近所の主婦に発見されたのだ。直ちに救急車が手配されたが、すでに手遅れだった。死因は、背中を鋭利な刃物で貫《つらぬ》かれたことによる失血死。監視カメラが少ない区域であり、目撃者も現れていない。

訃報《ふほう》を聞いたとき、八嶋は驚いたものの、博士の死をオスロ昏睡病と結びつけるような発想は浮かばなかった。多額の研究資金や交際関係に絡んだ殺人だと予想していたのだ。捜査本部の見解も似通ったものだった。

ところがその二日後の夜、四条河原町《しじょうかわらまち》の繁華街を外れたところにある路地で、兵藤水奈という少女の絞殺死体が発見されるに至って、警察は方針の転換を強《し》いられる。この短期間に、同じ病に関わっていた二名が殺害されたのだから、考え直さざるを得ない。治療行為か研究に関連した不正、あるいは博士が年甲斐《としがい》もなく患者の少女と後ろ暗い交際に走り、痴情のもつれから殺害されたのかも……いくつかの可能性が捜査本部のホワイトボードに記され、増員された捜査員たちが毎日のように聞き込みへ出かけている。しかし博士の死から十日が経過しても、目撃証言も、有力な容疑者も浮かび上がっては来なかった。

「荒れてましたね、昨日の警部殿」

九月十六日の午後六時、八嶋は阿城と共に繁華街で聞き込みを続けていた。思い出したように阿城が呟《つぶや》いたのは、昨晩の虎地の振る舞いについてだった。

「前からがみがみ系の人でしたけど、最近、とくにうるさいですよね。なんかあったんですか？」

「あれだろ、現場が羨《うらや》ましいんだろ」

両腕を頭の後ろで組み合わせながら八嶋は首を傾けた。椅子で眠るのは平気な年頃でも、ストレッチが必要になってきた事実は否定できない。

「出世しちゃったから、よほどじゃない限りデスクワークが大半になっちゃうし、つまんない管理業務も増えただろうしさ」

一般に信じられているほど──おそらく推理小説やドラマの影響だろうが──「警部」という階級は前線に出る機会に恵まれてはいない。そもそも警部は、職制上は管理職に区分されるのだ。警察署か警察本部に陣取り、警部補以下の報告を受け、今後の方針をとりまとめるのが主な役割だ。それはそれで重要な仕事であることに違いないが、虎地のように猟犬となって犯罪者を追い立てる仕事に生きがいを感じている種類の刑事にとっては、あまりありがたくないポジションであることも事実だった。優秀な警察官であっても、管理職を嫌って「生涯現場」を公言し、選抜昇任を固辞し続ける刑事も珍しくない。しかし警察も組織である以上、派閥というものが存在する。虎地はそのしがらみからくる要請を断り切れず、不本意ながら「出世してしまった」という話が囁《ささや》かれていた。

「とはいえ、現場一辺倒だった警部殿も、管理職のズルさを身に付けつつある感じだね」

瞬《まばた》きする阿城に、八嶋は両手の人差し指で×を作る。

「はっきり言わなかったじゃない。『「はなの会」へ突っ込め。これは命令だ』ってさ」

「そうでしたっけ」

「口調は荒かったけどさ、明確に、そうしろ、とは言い切ってなかった」

「あー、責任を取りたくないんですね」

「虎地さんは否定してたけど、管理官とかは万が一の可能性を危惧《きぐ》してるのかもしれないね。俺が犯人や共犯者だったら、関係者と接触を許した場合、証拠隠滅を図る惧《おそ》れがあってさ」

　直属の上司である虎地は、そこまで八嶋に不信を抱いておらず、だからこそ本腰を入れさせようとした。ただし、はっきりと八嶋に指示を与えた場合、上の意向に逆らうことになる。砂粒以下の可能性で八嶋が事件に関わっていた場合、責任を問われるのは必至だ。そこで明確に『はなの会』へ出向け」とは口にしなかったのだろう。

「汚《きたね》え。保身に長《た》けた大人だ」阿城が腹を抱えて笑っている。

「どろどろだねえ。警察組織の闇《やみ》に絶望しそうだよ」

　冗談めかして空を仰いだ後、八嶋は約百メートル前方にある地下鉄の階段を指さした。

「それじゃ、これから『はなの会』の施設へ行くよ。ここからそんなに遠くないからさ」

「はあっ」

　阿城は不平を示すように首を傾《かし》げ、こきりと肩が鳴った。

「断る流れじゃなかったんですか？」

「断ったよ？　断った上で、命令や要請じゃなく、自己判断で訪問するんだよ」

「すいません、もっとわかりやすく」

「虎地さんは、自分の考えだけで俺に意向を伝えたわけじゃないのかも。上層部もさ、俺が今回の殺人に関わっていたらヤバいって思う方々と、気を遣って離しておくのもまずいって思う方々に分かれているとも考えられる。どっちの顔も立てつつ、後で恨まれないようにしたかったら、一旦《いったん》、虎地さんの要請は袖《そで》にしつつ、後になって思い直した、って形にする方が角も立たない」

「ああー、大人の化かし合いってわかんねえ」

「君も大人だろ」

「中年の化かし合いってわかんねえ」

「まだ二十八ですけど」

「はいはい失礼。八嶋さんも微妙なお年頃ですからね」

阿城は小走りで入り口へ向かったが、八嶋が追いついたところでふいに振り返り、

「で、どうして行きたくなかったんですか」

八嶋は気取られないくらい巧妙に逸《そ》らした視線を階段の手すりに落とした。部下の瞳が、回り込むように金属の手すりに映っている。新人として配属されたとき、八嶋は阿城の瞳から赤ん坊のそれを連想した。純も不純も区別することなくまっすぐ見据える眼差《まなざ》しだ。対峙《たいじ》したら、犯罪者はさぞ息苦しいことだろう。今の八嶋も、多少の重圧は感じている。

ふいに八嶋は、この屈託のない部下を困らせてやりたいと思った。

「付き合ってたんだよ。『はなの会』の中でさ。同じ、元患者の子と」

「ああ、元カノと会いたくないんですか」

「いや、会いたくても会えない」

八嶋は大げさに目を伏せ、トーンを下げる。

「死んじゃったんだよ。ずいぶん前にね」

「すいません」

阿城は俯《うつむ》き、しばらくの間口をつぐんでいたが、

「あれ、よく考えたら、私が謝ることじゃないや」

からりとした声で顔を上げた。それはそうだ。

「というか、八嶋さんが行きたくない説明にもなってません」

「なってるだろ。苦い思い出がある団体なんだから」

「でも大事な彼女がいた場所なんだから、事件から守ってやりたいって発想もあるじゃないですか」

「そうだよなあ……」

答えあぐねていると、まあ、言語化できない感情ってありますよね、と阿城は勝手

に納得している。

「やっぱり詮索《せんさく》しません。捜査に集中しましょう」

八嶋は内心で感謝した。公私を問わず、自分は人間関係に多くを期待するタイプではない。運命の出会いとか、厚い信頼で結ばれたチームとかを求めるほど感傷的でないつもりだ。とはいえ、適当に選んだ自販機のコーヒーが美味《おい》しかったら、悪い気はしない。自分はよい部下に恵まれたと言えるだろう。

「でも、本当に八嶋さんが犯人だったら、さっさと自白してくださいね」

そうでもなかった。

地下鉄今出川《いまでがわ》駅の三番出口を出て南へ歩くと、東側に京都御苑《きょうとぎょえん》の広大な敷地《しきち》が現れる。常葉樹が生い茂る石垣と反対側の道は、古都の佇《たたず》まいを意識してか、落ち着いた色合いの住宅や商店が立ち並ぶ通りだ。その並びの中でほんの少しだけ異彩を放つ建物が、「はなの会」が管理している患者の交流用施設だ。「はなの会」と「張ノ瀬《はるせ》」の表札が夕日に光っている。

塀越しに、花畑に囲まれた直方体の建物が見えた。豆腐のように固めたしっくいに、青銅の窓枠とエメラルドグリーンのガラスをはめ込んだ、和洋折衷の建築だ。

「ちっちゃいホテルみたいですね。隠れ家的な」阿城が表札を撫でる。

「実際、そうなんだよ。元々は、患者や家族のために用意された宿泊所だった」

八島はインターフォンを鳴らしたが、返事がない。基本的にオーナー一人で回していることは承知していたので、少し待つ。

「開本博士が本拠地にしていたから、入院や治療は京都の病院が中心だったからね。全国からやってくる保護者は都度、宿泊先の確保に苦労してた。なにしろ世界の観光地だから」

そこで多額の資金を得た開本博士が、患者家族のために無料で宿泊できる施設を提供しようと申し出てくれたのだ。治療や定期検診のたびに出費を強いられていた患者の家族は胸を撫で下ろしたことだろう。

「自然にというか当然にというか、患者も、その家族もここで顔を合わせるからさ、親睦《しんぼく》会みたいなものが立ち上がったわけ」

〈お待たせしてごめんなさい〉

ようやくインターフォンが応答してくれた。息切れしているが、中年女性らしい落ち着いた声だ。聞き覚えのある声だった。

「京都府警の八嶋と申します。開本周大博士と兵藤水奈さんが殺害された事件に関して、お話を伺ってもよろしいでしょうか」

「八嶋君」

ワントーン、声が下がった。

「おーう、何年もご無沙汰《ぶさた》だった、薄情者の八嶋君か」

「申し訳ありません」軽く、罪悪感を声に込める。「勝手を承知で、事件について教えていただきたいんですけど」

「お腹《なか》、すいてる？」

「お気遣《きづか》いなく」

「今さらあんたに気なんか、遣わないよ。料理、余ってるから、食うかって聞いてんの」

「……いただきます」

開錠された門扉を八嶋より先にくぐりながら、阿城が振り返った。

「お親しかったんですか」

「まあね」八嶋は苦笑しながら、「表札の張ノ瀬さん。開本博士からこの施設を寄贈されたオーナー兼・コック長で、ここに住んでる」

「五十九歳、結婚歴あり……息子さんを昏睡病で亡くされてるんですね。その後、旦那さんと別れて今はお一人、と」

阿城は取り出したスマホを操り、張ノ瀬のデータを確認しているらしい。

「厳密に言うと、お子さんは昏睡病が死因じゃないんだけどね。誤嚥《ごえん》性の肺炎が引き金だったらしい。記憶喪失の抜け殻状態だと、起こしやすいんだよねそういうの。息子さん、元々身体が弱かったそうで、博士の治療も間に合わなかったみたい」

張ノ瀬が出てきたら気まずいので、八嶋は小声になる。「そんなの、快復して楽しそうにやってる俺たちを見るのなんてきついと思うのにさ、俺たちも息子さんと同じだ、っていろいろ親身になってくれてる、えらい人なんだよ」

「でも久しぶりなんですよね。ロクに顔を出してないんですよね」

「まあ、不義理は認めるよ」

門扉を離れ、八嶋たちは花畑のある位置まで歩いてきた。

「あれ」

足を止め、阿城は花畑の前に屈《かが》んだ。植物に疎《うと》い八嶋でも名前がわかるダリア、コスモス、といった有名どころの秋花にまじって、点々と、形もサイズもまちまちの赤い花がところどころに生えている。遠くからだと見分けづらいだろうが、それらの花々は、近寄るとあからさまな違和感を発散している。周囲の花に比べると、明らかに生気を感じない。それも当然だった。

「これ、ニセ花じゃないですか」

「造花って言いなよ」

「こんなの珍しくないですか？　本物と同じところに造花をまぜるなんて。小原《おはら》流？天然理心流《てんねんりしん》？」

天然理心流は武術だ。

「この赤い花、見覚えある形じゃない？」

瞬きを繰り返す阿城に、八嶋はヒントを出した。指で後頭部を示す。

「ああーっ、オスロ昏睡病の薔薇！」

「そういうこと。形が似てるでしょう。ここにある造花は全部、患者が自分自身の薔薇に似せて作ったものなんだよ」

誰が始めた伝統なのかは知らない。最初は些細《ささい》な思いつきだったのかもしれない。それでも、最初の一人に誰かが倣《なら》い、その誰かに誰かが倣ったことで、綿々と受け継がれ、広がったのだろう。この造花に限らず、伝統とはそういうものだ。

八嶋は花畑の、入り口から見て左斜め前を眺めた。べつに確認するつもりはないが、そこに八嶋自身の薔薇を模《も》した造花も咲いているはずだ。あれ、どうやって作ったっけ？　たしか近所の手芸用品店で工作キットを買った。茎と葉の部位は本物には存在しないので適当なワイヤーで、花の部分は造形用のシリコンを使ったはずだ。そうだ、手芸の店なんて詳しくなかったから、涼火《りょうか》に連れていってもらったんだ。彼女の薔薇も近くに……

「八嶋さーん」

阿城の声に、今を思い出す。周囲を見渡すと八嶋は花畑に取り残されていて、建物の入り口に立つ部下が、とがめるようにこちらを睨《にら》んでいた。仕事だろ、と心に言い聞かせて、八嶋は歩き出す。

玄関で出迎えてくれた張ノ瀬は、八嶋がこの施設の常連だった十数年前と変わりがないように見えた。少なくとも還暦が近い年齢とはとても信じられない。豊かに波打つ漆黒の髪を左右に流し、後頭部のバレッタで軽く束《たば》ねている。清潔感のある厚手の白いワンピースの上に、濃いブルーのエプロンを重ねた格好をすることが多い張ノ瀬を、涼火は「お母さん」と呼んでいた。

「張ノ瀬さん、見かけは理想のお母さんって感じやな。ＣＭとか、チラシにいそう」

「君、お母さんと仲悪いの？」

「仲良しやで？　愛情注いで育ててもらっとるよ。ちゃうねん。雰囲気の問題。うちのは『オカン』で、張ノ瀬さんは『お母さん』」

「いかついの？　君のお母さん」

「失礼やな。私のお母さんやで。超絶美人に決まってるやんか。でも若い頃暴走族のヘッドやったから」

「意外だなあ。涼火はお嬢様だと思ってた」

「いやいや、『涼火』なんて名前付ける親やで？　涼しい火、やで涼しい火。いかにもやんか」

「俺は好きだけど、涼火って名前」

「へえ？」

「スマートだけど中身に温かさが宿ってるみたいでさ、好きだよ。君に似合ってる」

「……あんた、そういうこと平気で言うよな」

この施設に入って間もないうちに、八嶋の脳裏に過去が押し寄せてきた。

こういうのが嫌で、俺はこの施設へやってくるのを避けていたのかな、と八嶋は分析する。八嶋はシンプルを信条にしている。私服も、私物も、家のインテリアも必要最小限しか揃《そろ》えない。人間関係も同様だ。いつまでも、ずるずる惰性でつながっているような交わりは気持ちが悪い。そういう意味で、警察という仕事は嫌いじゃない。異動が多いから度々リセットできるし、刑事の場合、現場で知り合う相手は、一回限りの証人か、刑務所へ送り込まれて二度と顔を合わせない犯罪者だ。

しかし思い出が残っている場所では、つながりが蘇《よみがえ》ってしまう。

この場所で出会った、今はもういない少女の思い出だ。大人になれなかった涼火。彼女に咲いていた薔薇は、八嶋や他の患者と違う特別の色合いに見えた。それが客観的な審美眼によるものなのか、彼女が八嶋の特別だったからという理由によるものかは、今となってはわからない。

エントランスで張ノ瀬と昔話に花を咲かせながら、八嶋は涼火と過ごした頃の感覚にくすぐられ続けていた。香るような懐かしさは、誰のせいだろう？　張ノ瀬の容姿が変わらないせいだろうか。

再会の挨拶《あいさつ》もそこそこに、張ノ瀬はエントランスから見て右斜めにある窓際のテーブルへ訪問者を座らせた。突き当たりに三つあるドアの向こうが宿泊者用の個室だ。利用者の絶対数が少ないため、施設のキャパシティーはたいしたものではなく、だからこそ張ノ瀬一人で回すことも可能なのだ。テーブルの対角にはシステムキッチンと冷蔵庫が並んでおり、間に四対のソファーが挟まっている。個室の手前には、ティーン向けの雑誌やマンガ、ライトノベルの並ぶ本棚が一つ。家庭的な雰囲気は、八嶋が利用していた頃と変わっていない。

八嶋たちが入ってきたとき、張ノ瀬は自分の夕食を作っている最中だった。余りがあるということで、ぜひとも平らげてほしいと言う。形だけの固辞を挿《はさ》んで、二人はテーブルに着いた。格式張った聴取より、箸《はし》を付けながら世間話の体を取った方が、話も弾むだろうという判断だ。

互いの近況報告と阿城の自己紹介をすませた辺りで、食卓に沈黙が落ちた。

こういう場面、普通なら料理を褒める流れなのだが……

「口に合わなかったみたいだね」

真顔の張ノ瀬を前に、阿城が固まっている。

八嶋たちが振る舞ってもらったのは、ひじき入りのチャーハンと、ナスとパプリカの煮付けと、アサリ入りのコーンポタージュだった。たしかに言われた通り、美味しくない、という表現がしっくりくる出来上がりだ。決してまずくはないが、褒められる味わいではない。

「今日は実験の日なんですね」

実験？　と眉根《まゆね》を寄せる阿城に八嶋は教えてやる。「張ノ瀬さんはほぼ全ジャンルの料理をマスターしてるけど、本領は創作料理なんだよ。利用者がゼロの日は、レシピを試作してるんですよね」

「味見はあてにならない。スパイスが個性的だと、何口も食べて、長いスパンで舌の様子を見るのが肝心なんだよ」

唇《くちびる》が波の形になっている阿城に張ノ瀬はあっけらかんと言う。「いつも美味しくないわけじゃないんだよ？　三戦したら、一勝くらいはできるはずなんだけど、今日は確率が偏ってるな」

キッチンでオーブンが鳴ったので、立ち上がる。

「アップルパイが焼けた。口直しにつまんでくれ」

なべつかみに指を通しながら、張ノ瀬は優雅にウインクした。

「確率上、今回は勝利確実だ」

四戦四敗だった。

「……まあ、だめなときもあるよ」

口元をナプキンで拭《ぬぐ》いながら涼しい顔をしている張ノ瀬に、頃合いと見て、八嶋は本題を切り出した。

「兵藤水奈さんについて訊《き》いてもいいですか」

「開本先生については、いいの？」

即座に質問が返ってきた。

「俺の記憶と、報告を信じる限り、開本博士はこの施設へはめったにいらっしゃらないはずです。違いますか？」

「間違ってない」

張ノ瀬は、厳格な家庭教師のように口角を上げた。知り合いへ聴取する経験は初めてだったと八嶋は気づく。案外、やりにくい。

「加えて、ここ数年の開本博士は、患者を直接診《み》ることはなく、オスロ昏睡病に対応できる医師の育成に力を入れていらしたと聞いてます。水奈さんも面識はなかったはずです」

「だから八嶋君は、水奈ちゃんの交友関係を疑ってるんだな」

張ノ瀬の声に、わずかだけおもりがぶらさがった。

「八嶋君、君が初めてここへやってきたのはいつだった？」

「小学校高学年でしたかね」

小学六年生の十二月、という正確な回答を、八嶋はあえて避けた。

「君の場合、その歳《とし》だともう治療は一段落していたと思うけど、どうして来る気になったの？」

「周りの扱いが気持ち悪かったからですよ」

八嶋は両手をおおげさに広げた。

「小学生なんて、妙な社会性は身に付けておきながら、デリカシーはまだまだ生えてこない年頃ですからね。触ったら病気が移る系の鬼ごっこに巻き込まれたり、変に気遣われたりがうざかった。だから同じような境遇のやつと話してみたかったんです」

「君だけじゃない。同じ年頃で、同じ悩みを抱えた子たちがここには集まってくる」

張ノ瀬は眉の角度を変える。「そこへ八嶋君は聞き込みにやってきた。かつての君と同じような、悩める少年少女に照準を合わせているのだと理解しているかな」

「あの、ちょっと口を挿んでいいですか」

阿城がおずおずと手を挙げる。もちろん、と八嶋は目線で促《うなが》した。知り合いへの事情聴取がスムーズに運ぶものとは限らない。だからこそ、阿城も同席させたのだ。

「『はなの会』は昏睡病患者とその家族の親睦会だと伺ってたんですけど、それだけじゃないって話ですか」

「その説明も間違いじゃないけどね」

眉を元に戻し、張ノ瀬は阿城へ向き直る。

「この病気は、快復したら後遺症もゼロだ。だから一度社会復帰したら、親睦団体に興味を示さなくなってしまう元患者も多いし、それが普通なんだよ。一生、病の痕跡につきまとわれるかどうかは、薔薇の生える位置に左右される」

「位置、ですか」

「薔薇が生える位置は患者さんによってまちまち。だとしたら、服に隠れる位置に生えるかどうかで、周りの眼《め》はずいぶん変わってくるよね」

「それもそっか」阿城は首筋や袖口を触る。

「じろじろされるのがイヤだったら、隠せばいいですもんね。でも手の甲とか、顔だったら隠しようがない」

「後はサイズも問題だね」八嶋も後頭部に手のひらをあてた。「俺はまだ、髪の毛伸ばしたら見えなくなるサイズだけど、今の倍だったらもっとキツいだろうし」

「だからここへやってきて、親睦を深めている患者さんやご家族は、目立つ場所に薔薇があるケースがほとんどなんだよ。吐《は》き出して、共有すれば楽になる悩みもあるからね」

再び張ノ瀬は八嶋へ視線を投じた。

「世の中、奇病と呼ばれる病はオスロ昏睡病だけじゃないことくらい、皆、承知してる。この病気をはるかにしのぐ苦痛にのたうち回っている人たちも大勢いるだろうし、それに比べれば、快復して、こういう施設まで用意してもらえるあの子たちは恵まれているんだろうな。それでも、取るに足らない悩みなんて存在しない。誰かが思い苦しんでいることを、『大したことないじゃないか』なんて笑い飛ばすのは罪悪だって私は断言するよ」

ゆっくりと、しかし確実に圧を加えてくる張ノ瀬の言葉は、まるで重厚な戦車の隊列だ。

「だんだん美味しくなってきました。このアップルパイ」

八嶋はリンゴのかけらを口にしまう。

「心してかかれ、というわけですね？　捜査の結果がどのようなものであれ、『はなの会』の人たちが好奇の目にさらされたり、差別されたりする結果になるなら許さないって」

「もちろん、必要な捜査であることは理解してる。私だって、治療に尽力してくださった博士や、顔見知りの水奈ちゃんが亡くなったのは悲しいし、殺されたなんて許せない。でも、他の会員さんにも配慮してもらいたい」

約束してくれるかな、と張ノ瀬はこちらへ身を乗り出した。

「完璧《かんぺき》は保証できませんけど、近いものを目指します」

「その言い方、懐かしいな」張ノ瀬の表情と、空気が緩《ゆる》んだ。八嶋は少し虚をつかれる。

「そんな口癖みたいに繰り返してましたっけ」

「よくここのテーブルでくつろいでいたとき、宿題を押しつけられてただろ、涼火ちゃんに。そのとき多用してた」

口に出してから、張ノ瀬は後悔するように表情を止める。やはり、意図的に彼女の話題を避けていたようだ。お気遣いなく、と首を振ってから、八嶋は手帳を取り出した。「把握《はあく》している限りで構いませんから、この施設で水奈さんと交流を持っていたメンバーを教えてもらえますか」

「私も四六時中見張っているわけじゃないから、漏れはあると思うけど——、はっきり親しそうだったのは四人だね」

張ノ瀬は指を伸ばし、折る動作を何度か繰り返した後で、

「一人目は、純直《すみただ》さん。受け答えのしっかりしてる女の子で、CGアートの専門学校に通っている。二十歳になったばかりだったかな。水奈ちゃんとは最初に仲良くなったそうだよ」

タブレットを取り出している阿城が軽く頷《うなず》いた。初回の聞き込みと矛盾していない

か確認しているのだろう。

「次に南沢《なんざわ》さん。純直さんと同い年で、ジュエリーデザイナーのアシスタントをしてる。ちょっと神経質な女の子で、薔薇を他人に見られることをすごく嫌がるんだ。見ず知らずの相手からだけじゃなく、家族や同じ昏睡病の患者にも見られたくないみたいだな」

そこまで過敏になっている患者は、同じ患者だった八嶋の記憶にもいなかった。

「相当目立つ位置なんですか。その子の薔薇」

「胸元だから、目につく方だと思う」

「あー、絶対アレですよ、学校とかで、男子がチラチラ眺めてくるせいですよ。男子って、ことあるごとに胸を覗いてくるじゃないですか。それに腫瘍への好奇心がプラスされたら、ぜったい視線が気持ち悪いですよ」

阿城が推測を述べる。

「若い子は、遠慮なしに眺めてくるからなあ」

互いに嫌な思いをした経験があるのか、張ノ瀬と阿城が意気投合し始めたので、八嶋はコメントを控《ひか》える。

「ここまでが女の子。男の子は大松《だいまつ》君と、広文《ひろふみ》君の二人。どっちも高校生で、あまり私と話してくれないから、性格はよくわかんないな……二人とも最近の子にしては純情系というか、引っ込み思案な子で、いつも水奈ちゃんが一方的に話しかけている様子だったね」

「すると女子と男子は、べつべつに水奈さんとグループを作っている雰囲気ですか」

阿城の問いかけに、張ノ瀬は首を横に振る。

「そこまで分かれてない感じ。五人全員でどこかに出かけたりもしてるみたいなので、とくに男女で溝があるわけでもないかな」

張ノ瀬によると、最近、五人の人間関係に変化があったという。

「本人たちから教えてくれたんだけど、最近、広文君と南沢さんが付き合い始めたそうなんだよ。二人の相性がよさそうだって見抜いた水奈ちゃんが、告白の場面をセットアップしてあげたみたいで、彼女も喜んでた」

「面倒見がよかったんですね」

八嶋は鉱脈を掘り当てたことに満足する。今の話は、過去の事情聴取記録には記載されていない情報だった。

話を聞く限り、兵藤水奈が作り上げ、主導しているグループである点は間違いないようだ。八嶋が知りたいのは、彼女が何を目指していたのかというところだ。

「今説明していただいた五名ですけど、どういう経緯で仲良くなったんでしょうか。たまたま施設を利用した日が同じだったとか？」

「さっきも言った通り、水奈ちゃんを見張っていたわけじゃないから断言できないけど……」

張ノ瀬はソファーのある方向を振り向いた。

「この数ヵ月くらい、水奈ちゃん、結構な頻度で来てくれてたんだよね。週に一度くらいかな？　とくに誰かと待ち合わせをするとかでもなく、一時間くらいは時間を潰《つぶ》してた。たぶん、同年代の会員を探してたんだろうね」

「面識のない元患者同士が、知り合う機会ってそんなにあるんですか？」

阿城の質問に、張ノ瀬は肩を竦《すく》めつつ、食器に視線を落とした。なんだかんだで料理は空になっている。最後まで平らげると、味の印象が変わる献立《こんだて》だった。アップルパイに限らず、現在、八嶋の評価は「美味しい」に大きく傾いている。

「ありがたいことに、私の料理を気に入って、レストラン代わりに利用してくれる会員さんが多いんだよ。本来の利用目的じゃないから、料金はいただくけどね。昼食は六百円、夕食は千円で」

「やすっ！」目を丸くする阿城に、ここでお金儲《かねもう》けはおかしいから、と張ノ瀬は言い切った。「五人とも市内に住んでいるので、ここは使いやすいんだろうな」

広文と南沢の関係を除くと、ここまで聞き取った情報は既知のものだった。水奈の交友関係、「はなの会」で親しくしていた相手は先の名前が挙がった四名であること、全員が京都市在住であることなども最初の事情聴取で確認済みだ。しかし「もう知っています」と八嶋も阿城も口には出さない。同じ内容の証言でも、状況と聴き手によって差異が生まれ、そこに重要事項が含まれている可能性も低くないからだ。

「それから、この施設で顔を合わせることはなかった様子だけど、村路《むらじ》さんっていう陸上競技をやっている子とSNSで頻繁にやりとりしていたみたい。知らない？　高校陸上で大活躍している村路加夜《かや》」

「見たことあるかもです。その子も京都の高校ですよね」阿城がなめらかな手つきでタブレットを操作している。ニュース映像でも検索しているのだろうか。

村路加夜との交流も、捜査陣は被害者の所持していたスマートフォンから把握していた。加夜はSNSで自分がオスロ昏睡病の元患者であることを公表しており、自分もそうだと水奈がリプライを付けたことで連絡を取り合うようになったらしい。

すでに加夜にも、水奈以外の四名にも警察は連絡を取り、全員に聴取を終えている。彼らが語った水奈との関係は、大枠で張ノ瀬の説明と乖離《かいり》していなかった。なお最初の被害者である開本周大の死亡推定時刻は九月五日の未明、兵藤水奈の死亡推定時刻は九月七日の夜七時頃と判定されているが、今、話題に出た五名も張ノ瀬も犯行当時のアリバイを持っていなかった。だからといって、彼ら彼女らが容疑者とみなされているわけでもない。張ノ瀬も他の五名も一人暮らしであるため、早朝や夜にどこにいたかを証言してくれる相手がいないのは無理もない話だったからだ。

現時点で「はなの会」は兵藤水奈の交友関係の一側面にすぎない、というのが捜査陣の見解だ。第一の被害者である開本博士に至っては、施設を資金援助したというだけで現時点での関係性は薄いとまでみなされている。だがここへ来て張ノ瀬の話を聞いているうちに、八嶋は何かがある、と感じ始めていた。

兵藤水奈は京都市内の名門女子校に通う高校三年生だった。昏睡病が発症したのは五歳の頃で、その時点では東京都在住だったため、快復した後この施設を訪れる機会は限られていた。しかし二年前に高校に入学、両親と離れて寮住まいになったことから「はなの会」へアクセスが容易になった。八嶋が気になったのは、彼女がこの施設へ通い詰めるようになった時期が入学直後、つまり京都に移ってきた時期ではなく、ここ数ヵ月であるというところだ。

「最近の水奈さんはどんな様子でしたか？　悩んでいたとか、人間関係が上手《うま》くいっていないとか」

学校関係者の証言によると、そんな素振りは見られなかったらしい。しかしよそで見せない弱さをここでさらけ出していたとも想像できる。

「いつも上機嫌だったよ。空元気でもなく」

「すると水奈さんは、学校や寮生活で得られない人間関係を求めていたわけでもない」

八嶋の言葉に、少し考えるように目を細めていた張ノ瀬だったが、

「……断言はできないかな。ただ、これは空想のレベルだけど、あの子は人間関係に救いを求めるようなタイプではなかったと思う」

その回答は、八嶋の立てた予想と一致していた。

「なんとなく寂《さび》しいとか友達欲しいなんて理由じゃなく、彼女は目的があって人を集めていたと言えますか」

「誘導尋問だな」

張ノ瀬はわずかに首の角度を傾けた。「そういう印象を受けたのもたしかだな。このテーブルやソファーで、あの子たちは楽しそうに恋愛やゲームの話に花を咲かせていたけれど、今思えばカムフラージュだったかも」

「特別な目的のために集まっていて、それを張ノ瀬さんに隠していたってことですか」

阿城がまとめると、張ノ瀬は少し傷ついたように目を伏せた。

「ここは、待ち合わせに使われていただけとも考えられる。出ていくときは、だいたい五人一緒だったから」

八嶋は手帳に素早く思い付きを記す。何の根拠もない想定だが、事件のかけらを埋めていくうちに、意味を成すかもしれない。

・兵藤水奈は「はなの会」の内部にもう一つグループを作り上げようとしていた？
・そのグループの目的は、張ノ瀬愛《あい》にも秘匿するべきものだった？
・その目的は開本周大博士にも関わっていた？
・二人が殺された原因にも関係？

文字に記すことで、別の質問が浮かび上がってきた。中心人物を失った水奈グループは、どのように変容をきたしているだろうか。

「水奈さんが亡くなった後、残された四人がここへやってきたことはありますか」

「昨日の夜に一度だけ。水奈ちゃんが好きだった料理をありったけ作ってほしいって頼まれた。あの子たちなりに、彼女を偲《しの》びたかったんだろうな」

「その席では、どういう話を？」

「私もまぜてもらったけど、あのとき水奈ちゃんがああ言ったとか、別のときはあんなジョークで笑ってたとか、他愛《たわい》ない話ばっかりだよ」

それもそうか。仮に四人の中に犯人がまじっていたとしても、核心に触れるような話題を口に出しはしないだろう。

八嶋は、ふと阿城の先にある窓に視線を移した。花畑の端《はし》に、長い黒髪の女の子がしゃがんでいる。土で汚れないかと勝手に心配してしまうくらい白い服装だ。それなりに距離があるので断言はできないが、フレアーパンツの上にゆったりしたワンピースを着込んでいるように見える。ここを訪れたときには、まだいなかったはずだ。

「今説明していただいたメンバーの中に、あの子は入ってますか？」

八嶋が訊いたのは、現時点で水奈グループの容姿を把握していないからだ。「はなの会」の人間関係は重視されていなかったため、写真を共有するレベルではなかった。

張ノ瀬は手のひらを軽くテーブルに打ちつけた。

「あの子は今話した中には入ってないけど……たしか、水奈ちゃんが最後にやってきた日に声をかけていたのを覚えてる」

最後の日、という言葉が引っかかる。何か、被害者から重要な話を聞いているかもしれない。

「名前は？」

「新条流花《しんじょうるか》ちゃん。たしか、水奈ちゃんと同い年だな」

阿城と共に建物を出て、花畑のところまで歩いてきた八嶋は、しゃがみ込んで何かを探しているらしい少女へ近づくにつれて、感情の段差を踏みしめるような居心地の悪さに揺さぶられた。

少女が涼火に似ていたからだ。

流花という名前らしい少女は、身を屈めたまま何かを探しているのか、八嶋たちに気づいていない様子だ。その瞳が、やはり涼火に似ている。何ごとかに集中すると周りが目に入らなくなる熱のこもった眼差しだ。普段はすました顔で世の中なんてつまらない、なんて語っていたのに、愉《たの》しむときはとことん子供に戻る女の子だった。また滲《し》み出してきた過去を振り払っていた八嶋だったが、ある程度近づいたところで胸を撫で下ろした。薔薇の位置が違う。涼火は小ぶりな薔薇を右人差し指の第二関節に宿していたが、この少女のそれは一回り大きい上に、左手首の上だ。そして、この子の方が、涼火より美人だ。顔立ちこそ似通っていたが、パーツの各所がくっきり際立っている。涼火の方が優しげな顔立ちとも言えるが、自分の美的感覚で目の前の少女に軍配を上げたことに八嶋は安堵《あんど》した。自分の中で、死んだ恋人が永遠の偶像として君臨してはいないと確信できたからだ。

声をかけようと口を開きかけたとき、追いついてきた阿城に小声で制止される。

「暗くなってきたし、私が声をかけた方がよさそうです。怖がらせちゃいますから。八嶋さん、顔がチャラいから、変なスカウトかと思われちゃいますよ」

「いやいや、そこまであやしくないって」

まだ地面に熱中している様子の少女に、八嶋は優しく声をかけた。

「こんにちは」

虚をつかれたのか、向き直った少女の顔が、八嶋を認めてこわばった。遺憾なことに、第一印象は最低だったようだ。「ほらあ！」と叱《しか》る阿城を無視して、八嶋は挽回《ばんかい》を試みる。

「何か落としたの？　一緒に探してあげよっか」

少女は足元に置いていたデイパックの口を開き、混乱が窺《うかが》える手つきで内部をまさぐっている。防犯ブザーを探す動作だ。八嶋はがっくりと肩を落とす。

「大丈夫ですよー。私たち警察でーす！」

横合いから割り込んだ阿城が手帳を見せると、少女の目が泳いだ。「警察……」「汚職警察？」

偏見がひどい。八嶋も手帳を示す。

「汚職はたまにしかしない警察だよ。安心して」

少女が落ち着きを取り戻し、状況を把握するのに二分程度を要した。

「私たち、兵藤水奈さんと開本周大先生の事件で聞き込みをしている途中なんだけど」阿城が普段より優しいトーンで話す。「ここで何してたの？」

問われて、流花は腕に目をやった。白いワンピースの裾《すそ》がほんのり土の色に染まっている。

「薔薇を、探してたんです」

動揺していたためかさっきはわからなかったが、関西弁のイントネーションだ。再び涼火の面影《おもかげ》を感じて、八嶋は苦笑する。

「薔薇って、そこにある造花のこと？　本物の花の方？」

「ええと、お花でも、造花のやつでもなくて」

「これと同じやつ？」

八嶋は体の向きを斜めに変えた上で、後頭部をかきわけて見せた。少女が息を吸う音がした。

警察官が同じ病気の元患者だったとは思わなかったのだろう。

「そうです。兵藤さん、ニュースで殺されたって見たから、兵藤さんの薔薇、どこに行ったんやろうって。それで思いついたんです。犯人が薔薇を隠すつもりやったら、ここに生えてる作り物のところにまぜるんやないかって。見つかりませんでしたけど」

瞬間、八嶋は恋人の面影を忘れた。同時に傍らの阿城の表情が引き締まったことに満足する。ここで気づかなかったら、刑事失格だ。

「どうして？」八嶋は最初より優しい声を出そうと努力する。「兵藤水奈さんの薔薇がご遺体から無くなっていた、ってどうして知ってるの」

「え？　ニュースで言ってたやないですか」そこまで言って、少女は口元に手をあてた。報道してないよ、と阿城が同情するように告げる。

「警察はね、事件の全部をマスコミに伝えるわけじゃないの。嘘の自白をする容疑者と、本物を区別するためにね」

八嶋自身は兵藤水奈の遺体を直接目にしてはいない。しかし必要と思われる画像は捜査会議で共有されていた。

被害者の体は遺体の発見現場と、司法解剖の手術台の上で二度撮影される。現場では死亡時の状況を示すために衣服を着用したままで、二度目は遺体の特徴を確認しやすいように裸体で撮影されることが多い。

水奈の遺体は、うつ伏せの状態で発見された。身に着けていた薄手のブラウスは、背中の右肩部分だけが鋭利な刃物で切り取られていた。当初は性的暴行を目的にした犯行かと思われたが、その痕跡は見当たらず、遺体からドラッグや睡眠薬の類いも検出されなかった。ブラウスだけではない。むき出しの肩は、肩胛骨《けんこうこつ》より右よりの皮膚とその下、数ミリ程度の組織が消失していた。鑑識や監察医の見立てによると、ブラウスを切り取ったものと同一の刃物で切除された可能性が高いという。その後、被害者の父親に確認したところ、水奈がオスロ昏睡病の元患者であり、腫瘍を肩に生やしていたと判明する。つまり犯人は、被害者を殺害した上に彼女の薔薇を切除して持ち去ったのだ。

「あ、いや、ちがう、ちがいます」

新条流花は口をもごもごと動かしている。第一印象より落ち着きのない子だ。もっともこういう状況で冷静でいられたら、それはそれであやしい。

「私、殺してません。本当に。ただ、水奈さんが殺されたって聞いて、それやったら薔薇を取られたんかもって」

「どうしてそう考えたの？」

八嶋は少しだけ膝《ひざ》を落とし、少女と視線を合わせた。

流花は恐慌状態には陥らなかった様子だが、視線を八嶋と阿城へ忙しく行き来させている。

「刑事さん、キャリアってやつですか」

予想外の質問だった。「違うけど……」

「でも手帳に、警部補って書いてありました。ドラマとかで、キャリアの方は出世が早くて、若くてもえらくなれるって」

「ええと、ドラマや小説ではあんまり出てこないんだけどさ、国家公務員一般職――俗に『準キャリア』っていう区分があるんだよ。キャリアよりは難しくない試験で、キャリアほどではないけど出世も早い」

「ちなみに私も準キャリです」訊かれてもいないのに、阿城が手を挙げる。「めちゃくちゃえらくはなりたくないけど、下《した》っ端《ぱ》も嫌だって人にはお奨《すす》めだよ、準キャリ」

ちょっと認識が緩すぎる、とたしなめたいところだが、後回しにして八嶋は少女へと距離を詰める。「キャリアじゃなきゃだめな理由、ある？」

「あ、いえすみません。その、犯人が水奈さんの薔薇を取ったやろうって思ったのは、特別な理由があるからなんですけど」

まだ落ち着かないのか、少女は胸を撫でながら、「その理由が、ちょっと、信じられへん話なんです。だから、警察でも、立場が上の人やないと揉《も》み消されるかもしれへんって、不安なんです。でも」

手首の薔薇を、流花は顔の前へかざした。

「同じ『薔薇持ち』の刑事さんやったら、信頼できるかも」

八嶋は虎地の言い分が正しかったことを認めざるを得なかった。自分がここに来たからこそ、新条流花は口を開いてくれた。そこから飛び出す情報が、有意義なものかはまだわからないが。

「私、水奈さんとはそんなに親しいわけやないんです。でも初めて会ったとき、教えてもらったんですよ」

「なにをだい」

問いかける八嶋に、少女は手首をより高く上げる。月光に照らされて、花の形をした腫瘍が赤黒く輝いていた。

「これの、使い方をです」

第二章　薔薇の白昼夢

「私、月に二、三回はこの施設に来てるんです」

月明かりの下、新条流花は語り始めた。

「病気が治ってから、とくに同じ薔薇持ちの人たちと仲良《よ》うしたいとか思わなかったんですけど……ホラ、十代にもなると、色気付いてくるやないですか」

「自分で言うんだ……」

思ったよりあけすけな子だな、と八嶋は思う。性格は、涼火とは違うみたいだ。

「そうなるとですね、ちっちゃい頃は気にならなかった幼なじみが重要になってくるわけです。やっぱり薔薇持ちで、張ノ瀬さんのご飯目当てでここに通ってる志波《しば》瞬也《しゅんや》君って子がいるんですけど、この子がめちゃくちゃ格好いいんですよ。俳優さんやと、『怒りのデス・ロード』で、最初はツルツル軍団の悪者やったけど、途中で改心する……」

「ニコラス・ホルト？」

八嶋が俳優の名を挙げると、少女はうれしそうに頷いた。

「まあ、瞬也君はモサモサなんですけどね。ちょっと天パ入ってる黒い髪をいつも短く切ってて、先っぽがくるくる丸くなってるのがかわいいです。体もね、引き締まった感じで、GUとかの安いデニムに黒のシャツみたいな格好でもすごく似合って、精悍《せいかん》で……」

長引きそうだが、先を急ぐよう伝えるべきか、八嶋は迷う。ここで機嫌を損《そこ》ねたら、新しい情報が遠ざかるかもしれないからだ。

「ゴメン、そこ、重要じゃないから要約でお願い」

しかし阿城が突っ込んだ。

「す、すいません、とにかく私、瞬也君のこと狙《ねら》ってて、でも最近は疎遠やから、あわよくば、って期待してここへ通ってるんです」

「君、けっこう肉食系だなあ」

「八嶋さん、古いですよ。その表現」

そうなの？　と訊く八嶋に流花は曖昧な笑みを返した。

「とにかく、先月の二十八日です。その日は瞬也君に会えなくてがっかりしてたんですけど」

時刻は午後七時。今回はすべて「あたり」だった張ノ瀬の創作料理に舌鼓《したつづみ》を打ちながらも、流花は居心地の悪さも感じていた。

後ろにあるソファーで談笑している男女のせいだ。金髪の女の子一人と、男の子二人の組み合わせで、年頃は自分と同じか少し上くらい。耳に入ってくる話題はスポーツだのお気に入りの動画だのとりとめのないものだ。主に女の子が話題を振り、男子が答える形で会話が成り立っている。正面にいないので詳しくはわからないが、華やいだ雰囲気の女の子に比べて、男子は地味というか、ぱっとしない印象が漂っている。

サークラみたいやな、と流花は内心で失礼な評価を下した。

サークラ。サークルクラッシャー。主に大学で、女性慣れしていない男性ばかりが集まる部活や同好会に加わって、意図してあるいは無意識に人間関係を崩壊させてしまう女子を指す言葉だ。流花にとってはまだ未知の世界なので、偏見に満ちた判定であることは自分でもわかっていた。

気になるのはそのサークルの華がさっきからときどき、流花へ視線を注いでくるところだ。

自意識過剰のつもりはない。後頭部に視線を感じて振り向くと、明らかに目を逸らす。これがもう、五回は繰り返されている。

(私が超絶美少女やから、警戒しとるんやろか)

サークラが恐れるのは自分を越える美貌の持ち主が割り込んでくることだろう。流花は毎日この施設を訪れているわけではない。これまで鉢合わせしなかっただけで、サークラたちもここの常連だとしたら、彼女は流花の存在を決して歓迎しないだろう。

瞬也もいないし、食べ終えたら帰ろうかと迷っていると、エントランスのチャイムが鳴った。期待は一瞬で失望に変わる。やってきたのは待ち人ではなかった。ショートカットに半袖・デニムの女の子と、八月にしては暑そうな長袖のワンピースに身を包んだ女の子。二人は張ノ瀬に挨拶した後で、ソファーへと移動して、先にいた三人の会話に加わった。疎外感が募《つの》る。しかしこのまま帰るのも、サークラの圧に負けるようでしゃくだった。あえて、流花は普段頼まないデザートを注文する。自分が居残るとサークラたちに伝えるためだ。

デザートの豆乳ティラミスは「はずれ」だった。おそらく加熱した豆乳とヨーグルトをゼラチンで固め、ココアパウダーをまぶすレシピなのだろうが、豆乳とヨーグルトが分離している。食感がごろごろして気持ち悪い。

またねー、と声がしたので後ろを見ると、サークラたちがソファーから立ち上がったところだった。ショートカットの子が張ノ瀬に手を振っている。

ようやく一人になれる——と安堵していると、サークラがショートカットの子に何か伝えている。ごめん、今日は参加できない。四人だけで楽しんで。驚いている様子の四人に手の形で謝りながら、サークラは一人、ソファーに座り直した。四人が去った後、流花は帰るタイミングを逃したと気づく。

「ねえ」

肩越しに声をかけられた。

「お話ししてもいい？」

兵藤水奈と名乗る少女は府内の名門高校に通う高校三年生だと語った。彼女に誘われて、流花は近所の喫茶店へやってきた。断るつもりだったが、水奈がおごってあげると約束したからだ。一人のときは足を運びづらい高級店のオープン席に誘われる。夏の終わりを告げるような風が首筋に涼しい。

あらためて、流花はサークルクラッシャー（仮）をまじまじと眺めた。彫りの深い顔立ちに金髪がよく似合っているが、生え際《はえぎわ》が黒いので地の色ではないらしい。白いショートパンツとパーカーの組み合わせは一見、子供っぽいファッションだが、パーカーがほのかに透ける素材で編まれているため、下に着ているピンクのキャミソールが透けて見える。

しかしそれ以上に油断がならないのは、こちらへ向けてくる微笑《ほほえ》みだ。わずかに口元を緩め、目を細めているだけなのに同性にとっても魅力的な磁力を放出している。妖艶《ようえん》と言える。無邪気にも見える。崖下《がけした》に咲く花を欲しがって、何人もの騎士を墜死させたお姫様のおとぎ話を、流花は思い出していた。あのお姫様は、きっとこの子みたいに笑ったのかもしれへん。

「あのな」

先手を打つことに決めた。

「変なパーティのお誘いやったら、お断りやで」

「変なって？」

傾げた首の角度にいらいらする。

「……やらしいことするパーティや。ドラッグとか麻薬やら使うやつ。聞いてたで？

あの四人が出ていく前に言ったやろ。四人だけで楽しんでや、とか」

「遊園地で遊ぶだけかもしれないじゃない」

水奈は口を開けて笑った。「でも、警戒するのも無理はない。いつもは五人で楽しんでるの。もちろんドラッグなんかじゃない。知らない人には、想像もできないことでね」

水奈は右手人差し指を立て、流花の顔の前へ持ってくる。

「きっと、セックスより気持ちがいい」

「……それはまた、大きく出たな」

「単なる快楽の追求じゃないけどね」

引っ込めた手を胸の前で組んだ。

「これは探究でもある。私たちに与えられた些細な材料を使って本当のことへたどり着くための実験でもある」

宗教やろか？

流花は立ち上がって帰る準備をするため、足下に力を込める。難病患者の家庭があやしげなスピリチュアル療法にのめり込むのはよく聞く話だった。快復できた幸運を、開本博士のおかげではなく神様の施しだと信じているのだろうか。

しかし水奈の口から飛び出した言葉は意外なものだった。

「私たちはね、薔薇を調べているの」

「これ？」流花は手首を返し、そこに生えている腫瘍を眺めた。「はなの会」の人間が「薔薇」と口にするとき、たいていの場合、元患者の身に宿っている腫瘍のことを指す。しかし会話の流れによっては、本来の植物を示している場合もあるはずだ。

「もちろん、そっちの方。新条さんは手首なのね。私は肩」そう言って、水奈は視線を自分の背中へ動かした。

「いや、調べるって、それ、開本先生とかの仕事やろ？　私ら素人がどうこうできるものと違うやん。先生でも、何にもわかってないって言うてはるし」

流花は「はなの会」が不定期で送付してくれる会報の内容を思い出していた。オスロ昏睡病の治療方法がもたらした副産物である薔薇について、開本博士は三十年以上も研究を続けており、経過を掲載してくれている。流花たちが薔薇を切除した場合は、研究材料として博士の所属機関へ提出することが求められているほどだ。しかし現時点では薔薇の正体や意義について、めぼしい成果は得られておらず、主成分が特殊なケラチンであるという事実しか判明していない。

ケラチン、つまり、皮膚や爪《つめ》、髪の毛を構成している上皮細胞の材料と同種のものだ。

薔薇のケラチンは、硬度や柔軟性の数値では、毛髪や爪を形作る「硬ケラチン」のそれに近いという。ようするに、切除しても薔薇が復活するメカニズムは、髪の毛や爪を切った場合のそれと同じである、という結論らしい。

「開本先生の努力を否定するつもりはない」

水奈は手のひらで肩を触った。「でも、開本先生には無理な話で、私たち薔薇持ちにはできる経験もある。私はね、偶然、見つけたの。この薔薇の正しい使い方をね」

使い、方？　発想の転換だった。ものごころ付いてから、十何年も付き合ってきた手首の薔薇について、「使う」なんて思いついた覚えはなかったからだ。

「まさか、気合入れたらレーザーが飛び出すとか言わへんやろな」

「気合なんて必要ない」流花の軽口にくすりと笑みをこぼしながら水奈は、

「合わせるだけでいいの。私と、あなたの薔薇を、接触させればいい」

水奈はもう一度自分の肩に手を沿わせた。

「これまでに試したことないでしょう？」

「……言われてみたら、ないな」

「そのはずよね。マイナーの頂点みたいな病気だから、『はなの会』みたいな交流団体に顔を出さなかったら、お仲間と顔を合わせる機会はない。会えたとしても、そんなこと、試そうなんて思わないものね」

同感だった。流花は町中で、首筋に大きな瘤《こぶ》を持つ老人を見かけたことがある。あの老人に、同じような瘤を持つ知り合いがいたとしても、互いの瘤同士をくっつけようなんて考えもしないだろう。

「でも私はくっつけてしまった。去年のクリスマス、ちょっとしたパーティーを開いたときにね、おどけた拍子にバランスを崩してしまって、近くにいた子にぶつかったの。偶然、お互いに薔薇がある位置だった。そんなアクシデントが発生しなかったら、今も知らないままだったでしょうね」

「もう焦《じ》れてきたわ」流花はいつの間にかこの話題に引き込まれていた。「それで？薔薇と薔薇がくっついたらどうなんの」

「夢を見るの」

見えない何かを追うみたいに、水奈の右手が宙をさまよった。

「眠るつもりで見る夢じゃないから、白昼夢ってやつ？　でも、普通の夢じゃない。夢って、覚えているつもりでも覚醒《かくせい》したら消えちゃうことも多いけど、この白昼夢は、記憶にはっきりと刻み込まれる。そして、とても気持ちがいい」

性行為より気持ちがいいという先ほどの説明を流花は思い出す。

「ぴんとこうへんな。夢って、気持ちがいいとか悪いとか、ある？」

「こればかりは、体験してもらうのが一番早い」

水奈はパーカーのポケットからスマホを取り出した。「今から、ホテルに行くって言ったら、ついてきてくれる？」

話が飲み込めない。

「ここでくっつけたらアカンの？」

「夢を見るのは、私とあなた、どちらもだから」水奈はテーブルへ頭を倒す。「二人して眠り込んじゃったら、不用心でしょう？」

水奈がよく利用している「安くて便利なホテル」はバスで十分の距離にあるという。ここまで話を聞いたら収まりがつかない、という理由で、流花は断らなかった。

「もしかして、このために二人きりになったん？」

市バスに揺られながら、水奈に訊《たず》ねた。夢を見る——つまり意識を失う体験なんて、初対面の、しかも男性も含めたグループの前では抵抗があるからだ。

「そういうこと。私は仲間を増やしたいの」

「それやったら、張ノ瀬さんに頼んで、この話を広めてもらったら？」

「張ノ瀬さんはだめ。開本先生に教えちゃう」

「いや、教えるのが筋やろ？」

「いつか、知られちゃうのは仕方がない。でも可能な限り、自分で調査したいの。自分の体のことなんだから」

水奈の口振りは、白昼夢とやらを娯楽として楽しんでいるようにも、探究に熱中しているようにも聞こえる。その熱心さに、流花は彼女に対する評価を上げた。最初の時点で一方的にサークラ扱いしていたので、下がりようがないとも言えるのだが。

下車した後、バス停がある大通りから脇道《わきみち》へと流花は誘われる。五分ほど経って突き当たりに現れたホテルの看板に、流花は言葉を失った。

ＲＥＳＴ……￥３０００
ＡＬＬ……￥１００００
「これアレやん、そういうホテルやん」

抗議されても、水奈は涼しい顔のままだ。

「だって、八月の京都だもん。普通のホテルなんて取れないし、高いよ？」

ホテルのエントランスは無人で、長方形の箱が複数個、壁に設置されている。水奈がスマホをかざすと、箱が開いて収納されているカードキーが現れた。

キーを取り、水奈は優しく言う。

「入るよ」

「う、うん」

ここまで来て帰れるわけがない。

水奈が予約した部屋は三階にあり、エレベーターを降りてすぐの場所だった。ドアも、廊下も銀色で統一されており、まるで宇宙船の内部だ。部屋の内部も同じ系統の内装だったが、ダブルどころか、ゆうに五人は寝転がれそうな巨大ベッドが存在感を主張していた。

「こういうところ、初めてなんだ」

流花がきょろきょろ周囲を眺めるのが愉快だったのか、水奈は白い歯を見せた。

「彼氏とか、いないの？　あなたかわいいのに」

「はあ？」図星だったからこそ腹立たしい。

「彼氏くらいいたことありますー、だいたい付き合ってたからって、こういう場所使わなあかんことないやろ、いろいろあるやん、野外とか！」

「あ、ここも私のおごりだから安心してね」

「聞いて！」

水奈はくすくす笑いながらベッドに転がったが、真ん中辺りで起き上がり、真顔になった。

「信用できないなら、今だって中止にできる」

「いや別に、信じられないわけ違うけど」

「ラブホテルに来ること自体が後ろ暗いとか？　清純だね」水奈は胸元で十字を切った。

「『パパママ、ごめんなさい』って感じ？」

「それのどこが悪いねん」

流花もベッドに腰を下ろす。

「私、一応、一人っ子やからな。身持ちは堅くあるべきやろ」

「どうして？　私も一人っ子だけど」

起き上がり、水奈はこちらを覗き込んでくる。

「一人っ子は、きょうだいがいる女の子よりふしだらになっちゃいけないわけ？」

「思ったことないんかな」初対面の子にここまで心を開かんでもええかな、と流花は躊躇《ちゅうちょ》しながら、「きょうだいがたくさんいたら、できの悪いのかて一人や二人くらい出ても大丈夫やろ。でも一人っ子やったら、私がダメになったら、逃げ道ないやん。かわいそうやろ、親が」

「あなた、両親に愛情を注がれて育ったのね」

「それは、アカンことなんか？」

「気を悪くしたらごめんなさい。私、母親がいないから、羨ましくなっただけ」

センシティブなところに突っ込んでしまった。こっちこそゴメン、と言いかけて、謝るのもおかしいと気づく。宙ぶらりんで眺めていると、水奈は吹き出した。

「さっきも言ったけど、やめてもいいんだよ」

「……やめへん。今さら置き引きとか、昏睡強盗でもないやろし」

「期待はしすぎないでね。夢は見られないケースもあるから」

「体調とかに左右されるってこと？」

「体調より、年齢」水奈は両方の手で自分の頬《ほお》を包んだ。「十代後半から二十歳くらいだと、見える人と見えない人がいる。二十五歳以上だと、今のところゼロ」

水奈の言葉を信じるなら、薔薇を接触させる実験（？）は思ったより大人数に広まっているようだ。瞬也も知っているのだろうか。気になったが、流花は別の質問を優先する。

「見えへん場合、どうなんの」

「真っ白になる」

水奈はベッドの真上にある照明を指し示した。

「とても白くてまぶしい光に照らされて、何も見えなくなるの。ああ、怖がらないでね。体感時間は数秒で、すぐに目が覚めるから」

「実際にはもっと経ってるんやな？」

「それはバラバラ。成功した場合も同じで、体感が現実より長いことも、短いケースもある。同じ相手でも、数秒で終わったり、十五分くらいかかったりもするかな。とにかく普段見る夢にくらべると、快感というか、幸福感が段違い」

ベッドの上で正座した水奈は、流花に背中を見せた。

「論より証拠。そろそろ実演といきましょうか」

背中を向けてパーカーを脱ぎ始めたので、一瞬、流花は焦ったが、すぐに気づく。手首に薔薇がある流花とは違い、水奈の薔薇は隠れた場所なのだ。

「夏だから、むき出しでもよかったんだけど」

背中に回した手がキャミソールの肩紐《かたひも》をずらした。黒い下着の紐と、肩胛骨の隆起が露《あらわ》になった。その少し右に、直径五センチほどの薔薇が咲いている。

「あなたも、こっちへ」水奈が前を見たまま言う。「柔らかい場所にいないと、危ないよ」

そうやな、と流花は納得した。夢を見るということはようするに意識を失ってしまうのだ。倒れて頭を打ったら、永遠の夢に旅立ってしまいかねない。

同じように正座で、水奈の後ろに座った。

「いつでもいいよ。くっつけて。合わせるのは一瞬でいい」

水奈の言葉に応じて、流花は手を伸ばした。手首と肩、二つの薔薇が距離を詰める。

ふと流花は、薔薇の近くに伸びている、下着のレースに目を留《と》めた。花柄《はながら》の繊細な刺繍《ししゅう》が施されている。黒い下着に白い肩、赤い薔薇が不吉なものを連想させた。

「高そうなブラ着けてるなあ」

不安を拭うため軽口を叩《たた》きながら、流花は薔薇を近付けた。

ぱつり、と何かが落ちる音を聞いた。

瞬間、流花の視界は暗闇に変わったが、すぐに、じわり、じわりと色彩を受け入れ始める。黒から焦《こ》げ茶《ちゃ》へ、茶色から薄いオレンジ、その後黄色へと暖かみを増したとき、これは瞼《まぶた》の裏を眺めているらしいと気づいた。赤・青・紫が入り組んだ蜘蛛《くも》の巣模様が浮かび上がってきたからだ。炎天下で目をつむったとき、直射日光が強すぎると瞼の裏にある毛細血管が見える、あの色彩だ。すると、今は夢を見てるんじゃなく、瞳のシャッターを下ろしているだけなんやろか?

そんな風に疑ったとき、再び色が消えた。同時に瞼が開く。視界に飛び込んできたのは、青空と、ひびわれた灰色の大地だった。

足元に目をやると、色が絡まっていた。

色のヘビだ。さっきまで毛細血管を染めていた赤青紫や、瞼の肉を彩《いろど》っていたオレンジに黄色が、ヘビのように集まりのたうち、互いを締めあげていた。

ケンカしたらアカンよ、と流花がたしなめると、色のヘビたちは足元を離れ、不毛の大地へと躍り出る。四方八方へ移動するにつれ、ヘビたちからはらはらと色がこぼれ、地面のあちこちに付着した。同じ場所で色を落としたヘビもいたようで、三原色の組み合わせが生まれ、あらゆる色が大地に落ちている。灰色の大地は、色の点々に占領されていた。

その点々が、芽吹いた。赤い点からは赤い芽が、青い点からは青い芽がしゅるしゅると伸びて、瞬《またた》く間に花を咲かせる。パンジー、ヒマワリ、アイリスにケイトウ、彼岸花。灰色の地面が見えなくなるくらい、視界の限りが花に埋め尽くされていた。

たしかに普通の夢とは違うな、と流花は分析する。まざりあってどの花から漂っているのかもわからない香りも、美術の教科書で見たルドンの花束のような色の洪水も、目覚めた後でもはっきり覚えているだろうと確信できるくらいの鮮やかさだ。ぶんぶんと、ミツバチの羽音さえ聞こえる。瞼の毛細血管から飛び出した色たちが、花畑を作り、ハチを作り、世界さえ生み出しつつあるようだ。

全方位を乱雑な色の固まりが取り囲んでいるため、自分が直進しているのかさえはっきりしない。空を見上げれば太陽が手がかりになるはずだが、なぜか体を一回転させても見あたらなかった。そこまでの再現性を夢に期待するのは無理かもしれないと考えていると、はるかかなたに、ピンクだけが集中しているポイントがあるのを見つけたので、そちらを目指して歩くことにした。

たどり着いた先は、桜の並木道だった。

いつの間にか、流花は裸足《はだし》のまま道を歩いている。ここの地面は玉砂利が敷き詰められており、足裏に心地いい刺激をくれる。拾い上げてよく眺めると、砂利は上品で薄いピンクだった。桜の色に近い、と思ったとき、目の前に落ちた花びらが、ふよりと球形に膨《ふく》らんだ。

（桜の花びらって、地面で石に変わるんや）

思いがけない発見に、流花がぱたぱた足を踏みしめていると、ふいにすべてのピンクがとろけた。

桜並木が消滅したかと思うと、ピンクの水たまりの中に流花は浸《つ》かっていた。同じような桜の水たまりが周囲に見える。それらは、少しずつこちらの水たまりに近づいてきて、やがて互いに手をつないだ。もう、地面が見あたらない。水面が波立ち、花の流れはどこかへ流花を運び去ろうとしている。

花の流れ……私の名前や、と流花はのんきに考えた。なぜか、恐怖も焦りも感じない。流れは温かく、体の奥まで染み渡るようだ。違う、比喩《ひゆ》でも気のせいでもない。かざした手のひらが染まっていることに流花は気づいた。溶け残っていた花びらが、爪と指先の間からするりと潜り込む。痛みはない。一枚、また一枚と侵入を許すうち、流花は自分と桜と、玉砂利とピンクの流れの区別を失った。

思い出した。私、桜なんや。ピンクの河なんや。流花を吸収した桜の大河は、山を覆い、大陸を覆い、海さえピンクに染めて、やがて惑星丸ごとを塗り込めた。

深呼吸が永久に続くような爽快感の中、流花は、世界すべてに歓迎されていると感じていた。

「　　　　　　」

そのとき、流花は言葉を聞いた。誰の言葉だろう？　すでに世界は、流花と流花を溶かした桜の水だけで満たされていた。だったら、言葉は流花が口にしたに違いない。それなのに、流花は自分の声が聞こえなかった。

「またしゃべっている。聞き取ることができないのに、その言葉は流花の心に深く、強く響き渡った。これ、神様の言葉や。宇宙の中心で鳴らしてる一番大切な鈴みたいな音や……」

「　　　　　　」

声を漏らすたびに、流花は多幸感が奥底から湧《わ》き上がってくるのを抑えられなかった。この言葉を知りたい、発音を、意味を知りたい、と少女は願う。この夢から醒《さ》めたとき、この言葉を理解していたなら、私は一生、心安らかに過ごせる。そう確信できるくらい流花は、綴《つづ》りも知らないこの言葉に魅せられていた。

「　　　　　　」

ああ、また口から漏れている。

世界に溶けながら、流花は手を伸ばす。

この言葉を知りたい、理解したい、覚えたい……

しかし次の瞬間、流花は殴り飛ばされていた。

それはすさまじい衝撃だった。桜の水にとろけた流花は、全世界を浸していたはずだった。自分を除いて誰も存在しないはずなのに、殴られたという驚愕《きょうがく》。だが流花は即座に理解した。排斥《はいせき》されている。ついさっきまで桜の流れと一体だった私が、今は一緒と違う。離れてしもうた。世界が、私とそれ以外に分かれてる！　流花を殴ったのは、全部だった。桜の水から、空気から、真空から透明な虫のような糸が生まれ、絡まったあげくに作り出した拳で、流花をめちゃくちゃに打ち据える。糸虫は刃や槍《やり》まで作り出した。流花の皮膚に突き刺さり、切り刻む。

いまや流花を除くこの世のすべてが、彼女に向かって牙《きば》をむき始めていた。空が、闇が光が、それらすべてを満たす桜の水流が、流花を異物として裂き、切り取り、弾《はじ》き、砕《くだ》き、消し去ろうと憎悪を注いでくる。それまでの幸福感はあっと言う間に消え失せ、流花の知覚は恐怖だけで満たされていた。

いたい。くるしい。どうして？　やめて！

悲鳴を上げる流花の肉体に無数の裂け目が生まれる。そこから這《は》い出てきたのは苦《く》悶《もん》の表情を腹部に宿した蜘蛛だ。それぞれの腹から、ウアア、ウアアアアと苦痛が漏れると、さらに小型の蜘蛛が顔を出し、その蜘蛛からもうめき声が流れる。蜘蛛たちも、やはり世界に虐待されていた。なおもずたずたに裂け目を増やしながら、流花の肉体は蜘蛛を生み出し続け、世界はそれらを苛《さいな》み続ける。しかし苦痛の果てに、台風の目のような空白地帯が生じた。凹《へこ》み、すり減り、ちぎれ、ねじ曲がった流花は、ぼろきれのような肉体をその隙間《すきま》へとねじ込んだ。

するりと流れ落ちた心は、病室で天井を眺めていた。

ゆりかごの中から白い天井を見上げている。赤ん坊に戻ったかのようだ。いや、実際に赤ちゃんなんやろか？　さっき、生まれてきた？　今までの苦痛は、この世に生を受けるために不可欠な試練だったのか。

妙に身体がくすぐったく、居心地が悪い。首を動かすと、一つのゆりかごに、もう一人、赤ん坊が収まっていた。視認した瞬間、こちらの身体が溶けた。いや、とろけたのではない。伸びている。流花は一匹の白い大蛇だった。よだれを垂らす口が、視界を隠すほどに大きく開き、無垢《むく》な赤子を呑み込んだ。

かはっ。

目を覚ますと、脂汗をかいていた。

自分がベッドの上で、仰向けに寝転がっていたことを把握する。

「おかえりなさい」

先に目覚めていたらしい水奈が、ベッドの正面に立っていた。パーカーを脱いだ格好のまま、興味深そうな視線をこちらへ注いでくる。

「……ただいま」

部屋の時計に目をやると、五分しか過ぎていなかった。

目尻に手をやると、薄く濡《ぬ》れている。夢を見て涙を流すなんて初めての経験だった。

「どうだった？　最初は最高だったでしょう」

涙を拭《ふ》きつつ、流花は水奈を睨みつけた。

「最後は最低やったで」

「あんまり先入観を与えたくなかったんだよ」

悪びれもせずに水奈は言う。

「なるべく空っぽの状態で体験してもらいたかったから」

心臓の鼓動がいつもより速いことを自覚した流花は、怒ることをあきらめ、気持ちが静まるのを待ってから訊いた。

「アンタと私、同じ夢を見たんか?」

「たぶん、違うと思う。私は何度か経験した内容だった。鳥になって大空を飛んでる。そのうち世界中から何万って鳥が集まって、太陽めがけてさらに飛翔《ひしょう》する。皆溶けちゃうけど、肉の塊になって、高熱でぱりぱりにあぶられて、堅くて鋭い肉の槍に変わって太陽を貫くの」

共通している要素もあるようだが、流花とは違う内容だ。

「でも最後に、鳥の世界から追放されてしまう。他の鳥たちは本物の生き物だったけど、私は機械の作り物だったことがバレて、一斉に攻撃される。ついばまれて壊されて、バラバラの部品になって宇宙の冷たい領域に捨てられる……でもね」

水奈はこちらへ身を屈め、秘密を共有するように囁いた。

「そうなる前に、自分の魂の中から言葉を聞いた。すべてが満たされるような言葉をね」

「そこは、一緒や」

流花は胸に手をあてて、あの言葉を思い出そうとした。口に出すだけで幸福を感じた究極の言葉。世界中のすばらしいものを手に入れたような気持ちにさせてくれた至福の言葉。残念ながら、発音も綴りも再現できない。夢の中でさえ、認識できなかった言葉だから仕方ない。

「教えてくれる？　あなたの夢がどんなだったか」

請《こ》われて、流花はありのままを語った。

（期待はずれやったかな？）

話しているうちに夢の余韻が冷めはじめた流花は、聞き手の表情にアイドルの営業スマイル的なニュアンスを嗅《か》ぎ取って、想像した。自分にとっては衝撃の体験だったけれど、水奈にとっては既知の内容だったのかもしれない。

「ありがとう、とても参考になった」

なってないんちゃう？　という言葉を流花は呑み込んだ。それ以前に、確認したい真意があったからだ。

「結局これ、なにが目的なん」

水奈は小首を傾げた。男の子なら、「はなの会」にいたあの二人なら、かわいらしさではぐらかされたかもしれないが、流花には通用しない。

「薔薇持ちが集まって、不思議な夢を楽しんでそれで終わりって話？　それとも、その先に何か考えてる？」

「人それぞれね。高性能のアトラクション感覚で楽しんでいる人もいるし、謎《なぞ》を解き明かしたいってメンバーもいるよ。私は後の方」

パーカーを着込みながら水奈は言う。

「私が興味を持っているのは、やっぱり、あの言葉。口にするだけで幸せが湧き上がってくる言葉なんてものが、実在するならぜひとも調べたい。理解したい」

約束通りホテル代をおごってもらった後で解散となった。とりあえず水奈と連絡先を交換した流花だったが、これ以上、彼女や他の薔薇持ちたちが集まるグループと関わるべきかどうか迷っていた。

（これ、結局、ドラッグパーティやん）

というのが、流花の抱いた、嘘偽りない感想だった。違法な薬物を使用しているわけではなく、自前の腫瘍を合わせることで始まるものではあるけれど、白昼夢、ようするに幻覚を楽しむ集まりであることに違いはない。未知の現象なのだから、繰り返した結果、身体や脳に悪影響を及ぼさない保証も存在しないのだ。

自分で追究したい、と水奈は言っていたけれど、やっぱり専門家に相談するべきでは？

しかし自分から報告するつもりにはなれなかった。すでに開本博士は白昼夢の存在をつかんでいるかもしれないし、告げ口をしたとバレたら、水奈たちに恨まれかねない。瞬也を目当てに「はなの会」へ通っている流花としては、あの施設でトラブルの種を作りたくなかった。

(聞かんかったことにしたらええやろか)

流花はときどき、自分の手首を眺めた。そこに生えている薔薇は、あの白昼夢を見る前と後で、色合いが変化しているわけでもない。それでもこの腫瘍に目を落とすたび、自分の体から得体のしれないものが生えているという事実を再認識せざるを得なかった。

一週間後、開本博士が殺害されたニュースを聞いたとき、流花はまさかと焦った。水奈とは電話番号とSNSのアドレスを交換していたが、どちらにメッセージを入れても返事は届かなかった。「はなの会」の会報を調べたが、個人情報保護の観点から、最近は会員の住所さえ記載されていない。

では施設へ問い合わせたらどうだろう？　しかしその場合、張ノ瀬に事情を伝えることになる。水奈は夢の件を張ノ瀬に隠していたし、もし博士の死があの夢に関わっていたとしたら、かえって張ノ瀬や水奈、彼女の友人たちまで危険にさらしかねない。

警察に相談しようか迷っているうちに、最悪の知らせが「はなの会」からもたらされた。

殺された。あの子が……

あの白昼夢と、無関係であるはずがない。

「この話、なるべく薔薇持ち以外には教えないでね。張ノ瀬さんや開本博士はもちろん、ご両親にも」

薔薇を合わせたあの日の別れ際、水奈に囁かれた。懇願に近い気弱な響きだった。

「予感があるの。白昼夢の知識が薔薇を持たない人に広がったら、よくないことが起こりそうな」

「よくないことって？」

「マッドサイエンティストみたいな人に目をつけられて、研究のために薔薇を切り取られて殺されちゃうかも」

「いや、殺す必要ないやん」流花は軽い突っ込みを入れる。薔薇は切除しても生えてくる。健康を損なうこともない。

「いくら再生するものでも、他人の体から無理やり切り取ったりしたら、ええと、傷害罪とかで逮捕されそうじゃない？　だったら口封じを考えてもおかしくない」

「そんな危ない橋、渡るやろか」

この時点で流花は、たいした危機感を抱いていなかった。倫理観を持ち合わせないような研究者が実在するとしても、白昼夢の正体がなんだかわからないうちから、そこまで強硬手段に走るとは思われなかったからだ。

でも兵藤水奈は殺された。

彼女が危惧していたように、薔薇を切り取られ、命までも奪われたのだろうか。けれども、ニュースは腫瘍の存在についてまったく報じていない。警察は黙っている？　確認しなければ。でも、どうやって？

パニックに陥りそうになる心をなだめながら、流花は何をするべきか考える。警察に夢の話を教えにいかなあかん。でも、信じてもらえるやろか？　あの日、「はなの会」に来てた子の中に犯人がまざってたら、最悪あの四人がグルやったら、夢の話は口をつぐんでるかもしれへん。そもそも警察って、交番の人とかに教えて、えらい人のところまでちゃんと上げてくれるんやろか？

どう対応するべきか決められないまま時間が経ち、流花は、危険を承知で「はなの会」を訪ねることにした。夕刻、宿泊施設の前までやってきたところで、戸口から漏れる声を聞いた。

警察が来ているらしい。彼らに、自分の証言を信じてもらう方法を流花は考えた。

そして花畑の造花を思い出し、一芝居打ったのだ。

「はなの会」で新条流花の話を聞いた後、八嶋と阿城が府警本部へ戻ってきたのは七時半を回った頃だった。用事を済ませ、八時から捜査会議に参加する。解散したのが九時過ぎ。昨日と同じように会議室に残ったのは八嶋・阿城・虎地の三人だけだったが、昨日にも増して、虎地の機嫌が悪い。会議が終わってから、むっつりと黙り込んで口を開かない。

この人の不機嫌はいつものことだし、とスルーを決め込んでいた八嶋だったが、しばらくして阿城がちょっかいを入れた。

「私たち、警部の指示通りに聞き込みに行ったじゃないですか。なんで怒ってるんです」

「俺は指示なんてしてない」

「そうでした自主的に『はなの会』を訪ねたんですスミマセン。そこで仕入れてきた新しい情報を、余すところなくさっきの会議でお伝えしたつもりですけれど」

読み返していたタブレットを、阿城は文庫本のように振り回す。

「それの何がいけなかったんです？」

新条流花が兵藤水奈に誘われ、互いの薔薇を接触させたこと。それによって体験した夢の内容。兵藤水奈は、この夢を分析するために「はなの会」の中で仲間を募っていたらしいこと。

八嶋と阿城は、これらの情報を詳細に、丁寧に周知した。

その結果が、虎地のふくれ面というわけだ。

「お前ら、聞いてた連中の顔が見えなかったのかよ」

虎地が歯をむき出しにする。案外、きれいな歯並びと色だ。

「『わけわからない話言いだしやがって』『ただでさえ迷走してるのに勘弁してくれ』って書いてあっただろうが！」

「まあ、当然のリアクションですね」

八嶋は受け流す。自分がこの件に無関係で、阿城なり別の刑事から同じ情報を聞かされたら、休暇を勧めるか、あるいは、夢見がちな少女の妄想を真に受けた愚か者としてあざ笑うかのどちらかだろう。しかし八嶋は、流花の言葉を妄信しているわけではない。

「会議でも話したでしょう? 俺も、自分と新条流花の薔薇を合わせてみたんです。もちろん、合意の上で」

八嶋は自分の後頭部を指し示した。こちらから頼んだわけではない。証言を信じてもらうために、流花の方から申し出てきたのだ。

結果は被害者の説明と一致していた。まぶしい光にさらされ、何もできずに戸惑《とまど》っていると、目が覚めた。光を浴びていたのは体感では数秒だったが、実際には十分が経過していた。側にいた阿城によると、薔薇を合わせた瞬間に、二人とも花畑の上に頽《くずお》れたという。事故を避けるため、二人とも、正座しておいてよかったと八嶋は胸を撫で下ろした。

覚醒した直後、とくに八嶋は不調を感じなかったが、流花は汗を流し、荒い息を吐いていた。彼女が見た夢は、先月水奈と薔薇を合わせた際に目にしたものと同じ内容だったという。

数少ない事例から決めつけるのは早計だと承知の上で、八嶋は二つの法則を導き出した。夢を見られない年代の薔薇持ちと薔薇を合わせても、本人が若ければ問題ないらしい。また本人が見る夢の内容も、合わせる相手には左右されないようだ。

この法則が正しいとするなら、兵藤水奈が流花を誘ったことも納得できる。夢を楽しむのではなく、その探究が目的だった場合、限られた相手と薔薇を合わせ続けても新しい情報は入ってこないからだ。新人にこの事実を打ち明け、その人物の夢から新たな情報を得る必要があるだろう。

一方で、水奈は特定のメンバー（おそらく純直・南沢・広文・大松の四名）と定期的に薔薇を合わせ続けていたと思われる。水奈自身も語っていたように、グループの中でこの行為に対するスタンスが異なっていたとすれば、そこに殺人へ発展するような諍《いさか》いの種が存在したのかもしれない。気になるのは、開本博士がどう関わってくるのかという部分だが――

そこまで思考を巡らせて、八嶋はブレーキをかけた。とりあえず、半信半疑らしい虎地を説得するところから始めないと。

「俺は嘘なんてついてませんし、つく理由もありません。少なくとも、薔薇持ちが薔薇を接触させると、何らかのビジョンを見ることは間違いありませんよ」

「ホラを吹いているとまでは言ってない」

虎地は太い眉を生き物みたいに動かした。

「だが、妄想が体に影響するような……ええと、アレだ、集団ヒステリーってやつじゃないのか？　よくあるだろ、思春期の子供たちが揃って幻覚を見たとか、コックリさんとか。お前もその子たちも、自分に生えてる腫瘍を気色悪く思いすぎたせいで、腫瘍とは別のところでおかしくなっちまったんじゃねえか？」

「腫瘍を合わせるときだけ発生する、しかも年齢によって見えるものが異なるヒステリーですか」

八嶋は両手を挙げる。

「そこまで規則性があるなら、それはもう、一つの現象では？」

「……それは、そうかもしれねえけどな」

反論が思いつかないのか、警部は下を向いた。

「だから何が気に食わないんですか」

阿城が虎地の周囲をぐるぐる歩き回り始めた。

「警部は八嶋さんに『はなの会』を探ってほしかった。言われた通りにした。報告もした。オールハッピーじゃないですか」

「その結果がハッピーじゃねえんだよ」

虎地は隆起の著しいあごを撫でながら、

「お前らがこんな話を引っ張りだしてくるとは予想外だったし、その方向で捜査しろと指示が下るのも思いもよらなかった。まさか合間《あいま》管理官から好意的な見解が出るとはな」

「ああ、あれは私もびっくりしましたね」

阿城が両手を打った。合間管理官は、捜査一課長に次ぐ捜査会議のナンバー2だ。謹厳実直を絵に描いたような性格と風貌の持ち主で、接する際は常に緊張を強いられる。その管理官が、意外にも前向きな反応を示してくれたのだ。

「突拍子のない事柄《ことがら》であっても、関係者に影響を及ぼしている可能性があるならば重視するべきだ」

そう言って、八嶋たちがこの現象を追求することに賛意を示したのだった。

「驚きですよね。あんな頭固そうな人が、味方になってくれるなんて」

阿城はLED照明を見上げている。八嶋も同感だったが、世の中には柔らかい鋼鉄も存在するのかもしれない。

「おかげで俺は、そんなわけわからん現象に駒《こま》を割《さ》くはめになっちまった」虎地は頭をかきむしる。「管理官の話もそれなりに筋は通ってるがな、ギャンブルすぎる。人員をドブに捨てかねない判断だぞ」

警察捜査を犯人へ向けて迷路を進むような試みに例えると、虎地たち管理職の仕事は、配下をどの方向へ歩かせるか、どの方向へ集中させるかを割り振ることだ。簡単に言ってしまうとその分配を決定するのが捜査会議の役割になる。今回管理官の発言によって、虎地は配分の変更を強いられている。それが不機嫌の原因なのだろう。

「つまり虎地さんは、俺たちが『はなの会』でそこそこ無難な証拠を見つけてくるのを期待してたわけですね」

八嶋は阿城とアイコンタクトを交わす。遠慮しなくていい、という合図だ。「なのに珍魚を釣り上げてきちゃった上に、ゴーサインを出されてしまったからやりにくくて、むかついてるわけだ」

「勝手ですねえ。パイン載せのハンバーグしか受け付けない子供かよ」

「あのな!」

虎地はひじで机を震わせた。

「捜査員が無限に湧いてくるなら俺も文句は言わねえよっ。現実離れした話を追って、本星《ほんぼし》を取り逃がしたら目もあてられないだろうが」

「じゃあ現実的な話をしましょうか」

八嶋は声をまじめ寄りに修正した。上司をおちょくってきたのは、この先のためだ。

「あの夢や、夢を見るメカニズムについては考えないことにしましょう」

「ええっ、もったいないじゃないですか」

口を尖《とが》らせる阿城を、手の向きでなだめる。

「この病気を三十年以上調べてきた権威でさえ、知らなかったか、解明できなかった現象なんだ。俺たちの手に余るのは間違いないだろうし、理解できたところで、犯人逮捕につながるとは限らない。管理官もおっしゃってたように、重要なのは現象そのものより、そこから生じた影響だ。『はなの会』の中により少人数のグループが存在していた。その中心人物が被害者の一人だった。とりあえず、この事実に力点を置こう。英文の読解と同じだよ。わからないところは放置して、大枠を考える」

八嶋はタブレットから、純直菊乃《きくの》・南沢美琴《みこと》・広文翔《かける》・大松隆《たかし》の情報を呼び出した。全員、水奈の遺体が発見されてから程なくして聴取を受けている。「はなの会」で彼女と一緒にいたことを張ノ瀬が証言したからだ。しかし聴取記録を読む限り、薔薇を接触させる行為については誰一人として言及していない。

「もう一度、この四人に連絡を取って、薔薇の件を黙っていたのはどうしてか追及する。回答があるにせよないにせよ、以降、四人には監視を付ける。警部、駒を融通してもらえますか」

「何人欲しい」

「監視対象一人につき二名で計八名……いや、被害者とSNSで連絡を取っていたという、村路加夜にも付けておきたいですね。グループの会話が耳に入っていた可能性も考慮して、張ノ瀬愛にも欲しい。十二名でお願いします」

「……待て、比較的手空《てす》きのやつを数える」

右手にスマホ、左にタブレットを抱え、虎地は思案する風だ。現場指揮官の一人である八嶋の部下は、当然、阿城一人だけではない。加えて上司である虎地は、八嶋のような警部補数名を指揮する立場にある。それでも計六人分の監視要員を直ちに見繕えるほど人員に余裕はないのも事実だった。基本的に殺人事件は各地の警察署と協力して捜査にあたるので、そちらから人を出してもらったら数は足りるだろう、というのが八嶋の見立てだった。

「なんか、時間かかりそうだからジュース買ってきます」

阿城が会議室を出ていった後も、八嶋はタブレットを睨んで唸《うな》り始めた虎地を観察していた。少し無理を言いすぎただろうか？

　しばらく経って、阿城が戻ってきた。手ぶらだった。

「ジュースは？」

　八嶋の問いに、巡査部長はかぶりを振った。「下で買おうとしたら、ちょうど受付に男の子が来てたんですよ。今晩、『はなの会』へ聞き込みにやってきた刑事を出せって」

「へえ、誰？」

　吉報をもたらす来客かと期待する八嶋に、阿城は意味ありげに微笑んだ。

「ニコラス・ホルトです」

　タブレットとにらめっこをしている警部を会議室に残して、八嶋は阿城と共に一階へ降りてきた。会議室から一番近い階段を使えば受付の真横に出るが、あえて遠い方の階段を使い、受付の右手にある、背の高い彫刻の陰《かげ》から訪問者を覗き見ることができるスペースへ回り込んだ。受付に志波瞬也と名乗った少年は、デニムに長袖の青いTシャツという出《い》で立《た》ちでソファーに腰掛けている。

「そんなに似てるかなあ」

膝に手を置き緊張している様子の少年を眺めながら、八嶋は首をひねる。とくに思い入れがある俳優でないこともあり、ニコラス・ホルト似と言われてもぴんと来ない。整って彫りの深い顔立ちではあるものの、写真を並べて間違えるほどではないだろう。

「パーツっていうより佇まいが似てますね」阿城が私見を述べる。「なんていうか、母性本能くすぐる系？シャープな顔立ちなのに、どっか寂しそうっていうか……同年代女子の初恋泥棒って感じですね。これは流花ちゃんも熱を上げるはずですよ」

その初恋泥棒が、どんな用があって自分たちに会いたいのだろう。数時間前、流花に聴取したばかりだから、彼女の話を聞いて、自分も何か伝えたくなったのだろうか。

「ここは、阿城にまかせるか」

八嶋は流花に警戒されたことを思い出した。

「警察に苦手意識がある人っているからさ。年が近い相手と話した方が安心するだろうし」

「うーん、私は逆だと思います」

阿城は両手の人差し指で×を作る。

「瞬也君、ぴりぴりしてるように見えます。たぶん、流花ちゃんを心配してるんですよ。私たちに目を付けられたから、冤罪《えんざい》で逮捕されるんじゃないかって気がかりなんじゃないですか」

冤罪とは限らないけどね、という言葉を八嶋は呑み込んだ。

「だったら、流花ちゃんを助けるために、自分に不利な情報でもしゃべってくれるかもしれません。私みたいな爽《さわ》やかで親しみやすいお姉さんが対応したら、安心して口をつぐんじゃう。てなわけでこの場は、うさんくささの具現化みたいな八嶋さんの出番かと」

「阿城、『失礼』って言葉知ってる？」

しかし一理あると考えた八嶋は、自分が矢面に立つことにした。

「お待たせしました。八嶋といいます。どういったご用件で？」

八嶋の顔と声を知覚した瞬間、少年の表情から窺える警戒度数が一気に跳ね上がった。少し傷つきつつも、八嶋は収穫を期待する。

「流花は事件に関係ありません。あいつを逮捕しないでください」

少年の要求は、すがすがしいまでにストレートだった。話が長くなりそうなので、近くの談話スペースへ誘い、仕切り直す。備え付けのポットに入っていた紅茶を飲ませると、少し落ち着いたのか、少年の声からとげとげしさが若干、抜けた。

「流花に聞いたんですけど、刑事さんも『これ』なんですよね」

少年は長袖の左をまくり上げた。

左ひじの上に、直径二センチ程度の薔薇が咲いている。

頷いて、八嶋も後頭部を見せる。

「わかってもらえるはずですけど、俺は、同じ薔薇持ちの人たちを特別、大事に思ってます。全員と会ったわけじゃないし、年が離れてる人もいるけど、ある意味、学校の友達や家族より大切です。同じ病気にかかって、わけわかんない薔薇が生えて、いろいろ苦労している仲間なんですから」

うん、わかるよ、と頷きながら、俺はそうでもないけどな、と八嶋は考える。自分は同じ病気にかかっていたというだけで、そこまで親近感を覚えるほどではない。ただ、社会に出て数年経った自分の感覚と、まだまだ狭い世界に生きているはずの少年の視点とでは、温度差が生まれるのも仕方ないだろう。涼火と一緒だった頃の八嶋要なら、もっと強い感情を同じ薔薇持ちたちに抱いていたかもしれない。

「薔薇持ちの中でも、一番付き合いの長いのが流花なんです。同い年だし、小さい頃、親の仕事が忙しいときは、二人して『はなの会』の宿泊施設にお世話になったことも何度もありました。ちょっと恥ずかしい言い方ですけど、あいつのことは妹みたいに思ってます」

　今の言葉、流花が聞いたら喜ぶだろうか？　同時に八嶋は、二人の関係についての説明が、流花が語っていたものと微妙に違うニュアンスであることを訝《いぶか》った。このちぐはぐさはどこから来るものだろう？

「あいつ、普段は明るいですけど、心の底に、危なっかしいところがある感じなんです」

　八嶋の疑念を知ってか知らずか、少年は流花の脆《もろ》さについて語り始めた。「自己肯定感って言うんですか、自分を大切に思えないみたいなんですよ。事情聴取なんかで追い詰められたら、何をやらかすかわかりません」

「自己肯定感の欠如ねえ」

　八嶋はあえて踏み込んでみる。

「それって、何か理由があるのかな」

　少年は数秒間、躊躇する様子を見せた後で、

「あいつ、一人っ子ですけど、本当は双子のきょうだいがいたんです。その子はお母さんのお腹で死んじゃって、あいつ一人が生まれてきたんですけど」

少年の声に、憐憫《れんびん》の響きがまじる。

「一度、悩みを打ち明けてくれたんですよ。自分がお腹の中で、きょうだいの栄養を取り上げてしまったせいで、その子は死んだんじゃないかって。わざわざ自分を取り上げた産科医さんにまで確かめて、そういう理由じゃないって教えてもらったそうですけど、まだ引っかかるものを抱えているみたいなんです。きょうだいは死んで、自分だけが生き残った。だから親のためにもその子のためにも立派な人間になりたいけど、なにが最高の『立派』なのかわからなくて、考えると苦しくなるって……」

そこまで語り続けた後で、瞬也は間違いに気づいたように背筋を伸ばした。

「……いえ、すみません。あんまり関係ない話をしゃべっちゃいました。双子とか、そういうところは忘れてください」

おや？

八嶋は少年の態度に引っかかりを感じた。今、明らかに焦っていた。口にした内容を、なかったことにしたいという様態だ。だが、どの部分だろう？

「俺が言いたいのは、危ういところがある流花を、尋問なんかで刺激してほしくないって話なんですよ」

「なるほど、警察が無遠慮に突っつくと、精神的なダメージがきついだろうから手心を加えてほしいと」

　角度を若干変えて、探りを入れることにする。

「瞬也君、君が精神状態を心配しているのは、流花ちゃん一人かな？　それとも、俺も含めた薔薇持ち、全員かな？」

　一瞬だけ表情に浮かんだ狼狽《ろうばい》を、少年はシャッターのように折り畳んだ。

「治ったとはいっても、脳に関係する病気にかかっていたわけですから、俺も含めて、『はなの会』の人たちはナイーブなところを抱えていると思います。そういう意味では、全員を気にかけてますよ」

　逸らされたな、と内心でため息をつきつつ、八嶋は引き下がらない。

「君自身も含めて、元オスロ昏睡病患者はどういう辺りが脆いと思ってる？」

「一度記憶を失った人間なんです。またどこかで吹っ飛ぶかもしれないでしょう？　実際、俺たちって、発病する前の思い出は曖昧ですよね。また同じようなことが起こったら、人生がめちゃくちゃになってしまう」

　たしかに八嶋も、子供の頃の記憶は、靄《もや》越しのようにしか思い出せない。とはいえ非薔薇持ちに訊いても幼児期の記憶は曖昧にしか覚えていないそうなので、これまで、大して気に病んでは来なかった。しかし瞬也の危惧するように、今、この瞬間に再発でもしたら、これまでのキャリアが台無しになってしまう。その辺りの危惧は、八嶋も持ち続けているものだ。

「あと、これも流花が言ってた話で、俺もある程度共感できるんですけど、刑事さんは、ネットのフェイクニュースとか、怖くないですか」

「怖いっていうのは、だまされることがかい？」

「だまされるなら、まだましなんです。フェイクニュースと、自分が知ってるはずの事柄が食い違うことがあるじゃないですか。そういうとき普通の人だったら、『どっちかが間違ってるんだな』で済むかもしれませんけど、俺も、流花も不安になっちゃうんですよ。自分の記憶に、エラーがあるんじゃないかって」

「ああ……そういう発想はなかったな」

同じ薔薇持ちでも不安を覚えたり覚えなかったりするんだな、とつくづく思う。

「情報が多すぎて、疑心暗鬼になっちゃうんです。今を生きる若者なのに、自分の記憶が信頼できないせいで、情報の海に浸されてるのが気持ち悪いんです」

世代格差もあるのかな、と八嶋は想像する。インターネットが本格的に世の中をつなぐようになってから二十余年。スマホが普及してからおよそ十年。そうではなかった時代をかろうじて知っている八嶋と、どっぷり浸かっている瞬也たちでは感受性が異なるのだろうか。

「まあそんなわけで、流花に事情聴取するときは、もっと気遣ってほしいんです」

締めくくるように、瞬也は声量を上げる。洪水のように情報が氾濫《はんらん》する社会の中で、記憶に不安を抱えている薔薇持ちたちはナイーブに流れがちで、流花の場合、自分を大事にできない個人的事情も手伝って、さらに動揺する可能性が高い。だから丁寧に扱ってもらいたい。まとめると、瞬也の要請はこんなところだろう。筋は通っている。が、同時に、何かをごまかされたような空振り感もしっかり残っている。

「一番気がかりなのは流花ですけど、他の人たちや、患者以外の関係者だって心配してますよ。兵藤って子と面識はないんですけど、同じ薔薇持ちが殺されたって知って悲しかったです。開本博士だって、みんなの恩人ですから」

一度俯いた後、こちらへ向き直った瞳は、少年特有の頑固で真摯《しんし》な光をたたえていた。

「もちろん、覚悟はしてます。今回の事件、もしかしたら薔薇持ちの一人が犯人かもしれない。それでも、同じ薔薇持ちとして、皆がなるべく傷つくことのないように捜査してもらえますか」

「当然そうするつもりだし、他の事件だって、同じ心づもりで捜査にあたってるよ」

「ありがとうございます」

意外にも、少年はあっさりと引き下がってくれた。

「間違いなく流花は無実です。警察の人がしっかり捜査してくれるなら、冤罪とかはないって信じます」

「信頼してくれてうれしいよ」

広報担当の爽やかさを意識して笑みを浮かべながら、八嶋は少年の意図するところを疑っていた。納得したように見せて、ここから要求を挿《い》れてくるつもりではと予想する。

「事件が解決されたら、刑事さんに頼みたいことがあるんですけど」

そら来た。

「薔薇持ち同士がお互いの薔薇をくっつけて夢を見るやつ、禁止してもらえませんか。俺、あれはヤバいと思ってるんです」

予想外の要求だった。内心を悟られないように注意しながら、八嶋は肩を波立たせる。

「うーん、それはちょっと難しいなあ。警察は脳医学の専門家じゃないし、そんな決まりを作る権限はないんだよ」

そもそも一介の刑事である八嶋が請け負える話ではない。

「開本博士亡き今、博士に次ぐ権威たちが集まって、研究を進めた上で、医学会から見解なり、指導をしてもらうしかなさそうだね」

「それだと、いつになるかわかりません」

膝に手を載せたまま、瞬也は八嶋の方へ身を乗り出してくる。

「これは想像ですけど、開本先生や、治療に関わってたお医者さんたちも、夢の件は知らないんじゃないですか」

「まあね」ここはしらを切り通しても仕方がない。捜査会議の前に、開本の弟子であり現在オスロ昏睡病の治療に携わっている医師数名に連絡を取ってみたのだが、全員、そのような現象は把握していないと困惑していた。発症率が低すぎるために複数の患者が同時に入院するようなケースは稀であるため、どの医師もサンプルを得られなかったのだろう。あるいは開本博士なら把握していたかもしれないが、個人の研究成果を開示するための手続きに着手はしていなかった。

「兵藤さんに話を聞いた薔薇持ちたちは、興味本位で薔薇を合わせ続けてますよね。もしかしたら、脳細胞とかに悪い影響があるかもなのに」

「その言い方だと、君も体験済みなんだね」

「偶然知ったんです。七月の終わり頃だったかな、夕方、『はなの会』へ遊びに行って、ソファーに寝転んでたら、誰かの薔薇が落ちてたんですよ」

「落ちてた？」いきなり突拍子もない話が飛び出した。

「後で張ノ瀬さんに聞いたんですけど、薔薇がじゃまでじゃまでしょうがないっていう人がいて、ときどき、カッターとかで切り落として、そのまま放っておくらしいんですよ」

「おおざっぱな子もいるんだなあ」

この腫瘍に痛覚は存在しないため、やってやれないこともない話だが、大胆にも程がある。

「それで、俺の薔薇に偶然くっついちゃって。もうパニックでしたよ」

そうなるだろうなあ、と八嶋は同情した。水奈にレクチャーを受けた流花さえ目覚めたときには汗だくだった。事前知識も何もなかったら、驚愕はその比ではないだろう。

「最初は、落ちてた薔薇と、白昼夢が結びつかなかったくらいです。でも別の日に、花畑の辺りで同い年くらいの男二人が話し込んでるのを耳に挟んで、ああ薔薇のせいだったのかって把握したんですよ」

話から推測する限り、秘密を漏らしたのは大松と広文だろうか？　案外、迂闊《うかつ》だ。水奈は開本博士に内緒で白昼夢の探究を続ける予定だったらしいが、知れ渡るのは時間の問題だったかもしれない。

「話を戻しますね。俺にはあの夢が危険なものに思えてならないんです。俺が見たのは、部品の集まりで出来上がってる世界の中で、一本のネジになる夢でした。最初は世界の一部になったことに満足してるんですけど、最後は自分だけさびて屑鉄《くずてつ》になって、冷たい場所に廃棄されるんです。やったことないけど、ドラッグで見る幻覚みたいでした。ドラッグって、クスリの成分が頭の中身を変えてしまうから禁止されてるんですよね。薔薇を合わせてドラッグみたいな世界が広がるなら、脳みそには、同じくらい悪影響かもしれないじゃないですか」

八嶋は本心から感心していた。薔薇の白昼夢をドラッグの一種ととらえることで、事件の構図がクリアになった気がしたからだ。兵藤水奈のグループは、どれくらいの回数、薔薇を合わせ続けていたのだろう。水奈に教わった薔薇合わせを繰り返した結果、心身に異常をきたした薔薇持ちがいたならば、水奈を恨んでいたとも考えられる。

「実際に、聞いたことはある？　白昼夢のせいで、『はなの会』の誰かがおかしくなったとか」

「実例は知らないんです。直接、会の誰かに確認したりしてませんから。藪蛇《やぶへび》になるかもって思ったので」

後ろめたさを感じたのか、窓の方を向いた瞬也は、すぐに視線を戻した。

「ついさっき、流花と会って刑事さんの話を聞いて……そのとき初めて、流花も夢の件を知ってるってわかったくらいですから」

「さっきの薔薇が落ちてたって話だけど、そんなにしょっちゅう転がってるの」

「俺が見たのは一回きりですね。落とした人に張ノ瀬さんが注意したらしくて、その後は気を付けるようになったとか」

すると、同じような事故が頻発しているわけでもないということか。八嶋がはっきりさせておきたいのは、白昼夢の件が、会の中でどれくらい広まっているかという部分だ。だいたいこの程度、という手探りだけでも把握したかった。

それにしても、切り落とされた薔薇でも白昼夢が発生するとは驚きだ。最近は散髪や洗髪の際を除くと意識する機会も減っていた後頭部の腫瘍について、八嶋は認識を改めざるを得なかった。

「おっと、もうこんな時間だ」

腕時計に目をやると、十時を回っていた。未成年をあまり遅くまで拘束しているのは問題があるので、この辺りで切り上げることにする。細かいところで確認したい部分はあるが、後からSNSや電話で訊ねてもいいだろう。それには信頼を得る必要がある。

「長話になっちゃったから、後半をまとめさせてね。瞬也君、君は薔薇を重ね合わせると何が起こるかを知っていた。その上で白昼夢は、薔薇持ちの心身に悪影響を与えるのではないかと心配している。この事件の犯人が誰であるにせよ、事件が解決したら、白昼夢の存在が知れ渡ることは間違いない。興味本位で薔薇を合わせた会員たちが、ドラッグ中毒のように廃人化してしまうんじゃないかって恐れているんだね」

「だいたいそんなところです。今日も、流花は苦しそうでしたから」

少年の目が鋭さを増したのは、流花の不調が、八嶋と薔薇を合わせたせいだと考えているからだろう。「あらためてお願いします。『薔薇合わせ』を禁止してもらえませんか」

「さっきも言ったけど、一介の捜査官である僕にそんな権限はない」

自分は他人の信頼を勝ち取るのが得意なタイプではないと承知の上で、八嶋は言葉を選ぶ。大事なのは、安請け合いをしないことだ。

「とはいえこの事件に関わっている限り、開本先生の関係者に聴取する機会は出てくると思う。その人たちに、君の見解を伝えるくらいならわけはないよ。同じ薔薇持ちとして、同調してあげてもいい。それじゃだめ?」

はっきり言って、完全な空手形だ。

それでもできることはできる、できないことはできないとカードをさらけ出す対応が、この少年に対する誠実な振る舞いだと八嶋は信じていた。振り返ると学生時代の自分は斜に構えた性格だった。だからこそ大人になった今は、少年の率直さに対して、可能な限り真摯でありたいと願っている。

瞬也はしばらくの間八嶋をまっすぐ見つめていたが、

「それで結構です」

立ち上がり、一礼した。

「お忙しいところ、お手間を取らせて申し訳ありませんでした」

「うん、こちらこそ遅くまで引き留めて悪かったね」

志波瞬也がエントランスから去るのを見届けてから、八嶋は談話スペースの外で待機していた阿城に声をかけた。

「阿城、尾行お願い」

「瞬也君をですか?」眉の形が疑念を示している。「さっきの話、変なところはないと思いますけど」

「俺もそう思う。けどさ」

八嶋は談話スペースの窓に視線を動かした。「さっき、窓の外に流花ちゃんが見えた」

阿城は瞬きを繰り返す。「なんで一緒に入ってこなかったんでしょう」

「どうもその辺が引っかかるんだよな」八嶋は手のひらで喉《のど》を触る。「二人が一緒に帰るみたいならしばらく尾行してほしい。そうじゃなかったら帰ってきていいから」

会議室へ戻ってきた八嶋は、机に突っ伏して眠っていた虎地の背後に立ち、背中をつついた。

「俺のお願い、上手く行きそうですか」

「……下京署《しもぎょう》と中京署《なかぎょう》から人員を割いてもらえそうだ」

目をこすり、虎地はいつもよりさらに野太い声を出す。

「やるなら早い方がいいってことで、広文・大松・南沢・純直・張ノ瀬に再度聴取を行った上で、全員の居住地に警備を一人ずつ送ることになった。お前の要望は二人だったが、急遽《きゅうきょ》用意できるのはこれが限界だ」

「今はそれで構いません。村路加夜については？」

「村路の高校に電話をかけてみたところ、まだ勤務している教員がいたので助かった」まったく公務員はブラックだな、と虎地は乾いた笑みを浮かべながら、「村路は現在、陸上の合宿で富山にいるらしい。警備員が常駐してる施設だから、ある意味一人暮らしより安心だ。合宿は明日終わるそうだから、それからの警護については朝になってから検討する」

「ありがとうございます」瞬也に倣い、八嶋は本心から頭を下げる。「ここまでのスピードで動いてもらえるとは意外だった」

「俺は、やるときはやる男なんだよ」渋面《じゅうめん》のまま虎地は歯を見せた。「そっちはどうなってる？『はなの会』の人間が面会に来たんだろ？」

八嶋が志波瞬也とのやりとりを説明していると、スマホに阿城からの着信が入った。

「あの、流花ちゃんが一人で帰るので、タクシーを呼んであげたいんですけど、経費で落ちますかね？」

「いけるけど……俺、尾行を命じたはずだよな」

「ちょっと事情があるんですよ。帰ったら説明しますので」

流花も薔薇持ちの一人であり、次の被害者に選ばれる確率もゼロではない。ここは万全を期するべきと考えた八嶋は、同乗して自宅まで送り届けるよう伝えた。

二十分ほど経って阿城が戻ってきた。

「いやー、びっくり、びっくりですよ。マクドで告白する男女って、実在するんですね。青春って感じです」

「お前何しに行ったんだよっ」声を荒らげる虎地に、巡査部長はサーセン、と呟き、

「ええと、一から説明しますね。ここから出ていく瞬也君を追いかけたら、彼に流花ちゃんが駆け寄ってきたんです。必死に何か話しかける流花ちゃんを、瞬也君はほとんど無視してる風だったんですけど、結局二人してマクドに寄りました。私も近くの席に座って、会話が完全に聞き取れたのはそこからなんですけど」

阿城によると、二人の関係は瞬也が八嶋に語ったようなものとは違う様子だったという。

「流花ちゃんのこと、妹呼びしてた割には、なんか冷たいんですよ瞬也君。会話もおざなりだし、すぐにマクドを出ようとするし」

会話から推測する限り、八嶋たちが「はなの会」で流花に話を聞いた後に瞬也がやってきて、白昼夢の話が知れ渡りそうなことを知り、本部を訪れたという流れらしい。瞬也は自分一人で八嶋と談判するつもりで、流花は勝手に追いかけてきたようだ。

「流花ちゃん、最近瞬也君と会えないって話してたじゃないですか。機会がないとかいうレベルじゃなくて、避けられてるみたいなんですよ。スマホの番号もSNSのアカウントも知ってるのに、ぜんぜん応答してくれないそうです」

「妙な話だね」

八嶋はついさっき会ったばかりの瞬也の表情を思い返す。振る舞いや言葉には、同じ薔薇持ちたちや、流花に対する労《いたわ》りがこもっていたはずだ。

「話してるうちに、どうして突き放すのって流花ちゃんがヒートアップして、とうとう告白したんですよ。『私、瞬君のこと好き』って。そしたら間髪入れずに『俺は嫌いだ』って返されて……マクドが静まり返っちゃいました」

気まずい光景が目に浮かぶようだ。

「すぐに瞬也君は店を出ていって、残された流花ちゃんは呆然《ぼうぜん》としてましたけど、しばらくして泣き出したんです。それで、いたたまれなくなって」

阿城は腕を組み、胸を張る。

「通りすがりの優しい刑事さんを装って、慰めてあげたって次第です」

流れは理解したが、腑《ふ》に落ちない。

「俺たちには流花ちゃんが大事だって明言しながら、本人には冷たい。噛《か》み合わないね」

「そんなに難しい話か？　本人の前では素直になれないってだけじゃねえか」

虎地がつまらなそうに切り捨てる。

「ツンデレってやつだろ」

阿城が哀《あわ》れむように目を細める。

「虎地さん……無理して若者言葉使わなくてもいいですよ」

「無理してねえよ。十年以上前からある言葉だっての」

「昔からだったらそうかもしれませんけど、流花ちゃんの話だと、最近、急によそよそしくなったそうです。八月の頭くらいから、急に壁を作ってきたって」

「八月、頭……」

八嶋はスマホを覗いた。

「そのちょっと前だね。瞬也君が初めて白昼夢を見たのは」

「あー、つまり、流花ちゃんを心配してる？」阿城が背筋を伸ばす。「薔薇の白昼夢は健康に悪いっていうのが瞬也君の持論ですよね。これ以上、流花ちゃんに危ないことをさせたくないわけですよ」

「それだったら、『薔薇合わせはもう止《や》めなよ』って注意すれば済むだろ。わざわざ

れてくれるでしょうし」

「それもそうですね。流花ちゃん、ベタ惚《ぼ》れっぽいから、たいていのお願いは聞き入れてくれるでしょうし」

じゃあ何でだろ？　と阿城は立ち上がり座りを繰り返す。

「瞬也君、もしかしたら白昼夢について、もっと深いところまで理解してたりしませんか？　その秘密が、流花ちゃんと会えない理由だったりして」

「夢の件は、とりあえず追求しないって話になっただろうが」

虎地が面倒くさそうに大口を開けた。

「脱線もほどほどにしろよ。志波瞬也が抱え込んでる事柄と、今回の事件が関わっているとも限らないからな」

「そうですね。とりあえずは兵藤水奈のグループ優先ですね」

頷きつつ、八嶋は流花の泣き顔を思い浮かべていた。あの子、泣いたのか。恋愛で泣くような女の子だったんだな。いやいや、俺がおかしいだけだ。フラれて泣かなかったら、いつ泣くっていうんだよ。

そういえば、と気づく。流花と絡まっていたように、記憶の奥から引っ張りあげてしまった。あいつは、俺の前で一度も涙を流さなかったな。

第三章　白昼夢の記憶

八嶋要が設楽《したら》涼火と初めて言葉を交わしたのは、十二年前の九月、京都市内のホテルで開催された「はなの会」のパーティでの出来事だった。それは開本博士が高名な医学賞を受賞したことを祝う宴席で、各界の著名人が集い、順番に祝辞を述べていた。誰も彼もオリジナリティに欠けたスピーチで、要はすっかり退屈していた。恩人の晴れの舞台だからと出席したが、こういう社交めいた場所は好きではなかった。

広い会場のあちこちで、要同様、義務感から出席している少年少女が時間を持て余していた。

スピーチの合間を縫うように飛び交う囁き声を、要は耳にした。なんとなしに周囲を見渡すと、会場の片隅で、要と同い年くらいの少年たちが、数メートル離れた席に座っている一人の女の子を品評している様子だった。

かわいいじゃん。

あの子も元患者なんだな。

誰か、声かけてみろよ。

要は少女の指に光る薔薇を見た。ドレスから伸びる白い腕を見た。片側にまとめた黒髪と、清水で洗った陶器のような面差しを見た。

囁きを聞く限り、少年たちは薔薇持ちではないらしい。開本博士とつながりのある、医療関係者の家族といったところだろうか。少年の一人が、「薔薇持ちは〜」と呟くのが耳に入る。それからオスロ昏睡病の患者に関する、ちょっとした偏見を口にした。少女は、眉一つ動かさなかった。

人混みをくぐり抜け、要は少女の前まで歩いていった。「ついてきて」と声をかけると、少女は無言で頷いた。それから二人して会場を脱け出した。

「これ、ナンパ？」

ホテルの裏庭まで歩いてきたとき、少女が訊いた。関西のイントネーションが、東京から引っ越してきたばかりだった要には新鮮に響いた。

「そうじゃなくて、ナンパから助けたつもり」要は弁解する。「聞こえてたろ、あいつらの話。居心地悪くても、一人で出ていくのは負けた気がして嫌なんじゃないかなって」

　少女は瞼をゆっくり上下させた。

「高級ナンパ師やな」

「だからナンパじゃないって……」

「ええやん、ナンパ。私、超絶美少女やから、声をかけられるくらいは慣れとるよ。でもあいつらはアカンな。離れたとこでウダウダしてる連中に好き放題言われるくらいやったら、君みたいなストレートの方がよっぽどええ」

「断固としてナンパじゃないけど」要は背筋を伸ばして笑った。「ありがとう。なんかうれしい」

「こっちこそ、ありがとう」少女も姿勢と、表情を揃える。「ほんまは違うってわかってる。助かったわ」

　そのときは、社交辞令のように連絡先を交換しただけだった。おもしろい子だな、と隅っこに刻んだだけだった。数日後、彼女から電話がかかってきたので、要は少し驚いた。

「連絡くれるとは思わなかったよ」

「私もせえへんつもりやった」電波の向こうから軽やかな笑い声が響く。「今から、山登りに行かへん?」

その日は日曜日だった。友人と登山をする約束をしていたが、キャンセルされてしまったという。

「女子が一人で山登りって、ちょっと不用心やろ? それで、八嶋君ならいいかなって」

「山って、どこ? 俺、そんなに経験ないよ」

「大文字山《だいもんじやま》。右の方」

「近いじゃん」

その頃の要は、家族と一緒に京都御苑の近くに住んでいた。少し大通りに出れば、山が見えるくらいの距離だ。暇だからいいよ、と答える。自分を安全な人間と見なして誘ってくれたのだから、悪い気はしなかった。

御所の近くで待ち合わせた後、銀閣寺に程近いルートから登山を開始する。もう三時前だったので、頂上ではなく中腹にある火床を目指すことにした。念のため登山靴を履いてきた要だったが、道は整備されており、スニーカーで行き来する観光客も少なくなかった。三十分ほどで火床に到着する。赤褐色の石を組み上げた灯火台が点在するスポットで、夏の伝統行事として有名な五山送り火の夜には、ここで篝火《かがりび》を焚《た》き上げる。「大」の字に並ぶ篝火は、残暑の風物詩として全国的に名高く、当日は市街の各所で見物人がこの山を見上げ、過ぎ行く夏を見送るのだ。ということはつまり、火床からも市街地の大半を見渡せることになる。西日に染まりつつある京都の街並みと、神社仏閣と寄り添うように点在する緑の取り合わせに魅せられた要は、携帯のシャッターを連打した。

「すごいな、街から半時間程度で、こんなのが見られるなんて知らなかった」

「思ったより素直なリアクションやね」

「俺、そんなに冷めてるやつに見える？」

「まあ、ほんとに冷酷やったら、私を助けてくれたりせえへんよな」涼火も目を細めながら、携帯を操っている。「ここは、何度来てもええ。今年に入って、これで四回目」

「山、そんなに好きなんだ」

意外だった。涼火の白い肌も細い腕も、アウトドアを好む風には見えないからだ。

「本格的なところには登らへん。頂上やなくても、景色のいいところから街を見たいんや」

少女は弧を描くように携帯をくるくる動かしながら、

「地図見たら、街とか都市とかって、日本列島のほんの一部やろ？　ほとんど山で、たまにしかない平べったいところで私らは暮らしてる。でも理屈では知ってても、学校や病院や商店街を行き来するだけやったら、実感するの、すごく難しい。せやからときどき、こういう風景が見たくなるねん」

「人間が嫌い？」

要の質問に、涼火は驚いたように唇を結んだ。

「いや、人間の暮らしを外側から見てるのかなって思ったからさ。それって、人間が心底好きだったら出てこなそうな見方だし」

無遠慮な問いかけだったかなと要は反省したが、

「一人一人は嫌やないけど……集まると、苦手や」

苦笑いで教えてくれた。

「ありがと」

「なんでお礼言うねん」

ばつが悪そうに頭を掻《か》く。

「あんまり教えないでしょ、そんなの」

「まあな」

照れた顔になり、涼火は落陽をつかむように右手を伸ばした。人差し指の薔薇がオレンジに溶ける。「降りようか。今日は楽しかったわ」

帰宅してから、要は気づく。往復の道のりで、人気が途絶えるような場面は一度もなかった。

「山、行こか」

二度目のお誘いが来たのはわずか一週間後だった。

それから、週末になるたびに、要は山登りに連れ出された。大山崎町《おおやまざきちょう》の天王山《てんのうざん》、京都市と高槻市にまたがるポンポン山、亀岡《かめおか》市の牛松山《うしまつやま》……どれも日帰りで済む里山ばかりだったから、大して疲れもしなかった。頂上や絶景スポットから京都の街並みを眺望するごとに、要は大文字山で涼火の語った言葉を実感させられた。ミニチュアのような建物を見下ろしていると、それまで自分の過ごしてきた日常が世界のひとかけらにすぎないという事実が染みこむみたいに理解できる。心の容量が大きくなった気がする、と伝えると、少女はうれしそうに歯を覗かせた。

「俺、思ってたより狭い人間だった」

牛松山からの下山路、石段の途中で木立の一部が伐採されており街が垣間見《かいまみ》えるポイントで、要の口から自然に言葉がこぼれた。

「これまで日常に不満なんて持ってなかった。自分で言うけど、俺、性格もいいし、コミュ力も満点だからさ、毎日、そこそこ楽しく暮らせてたし、引っかかったりつまずいたりしなかった」

リアクションが返ってこないので、付け加える。

「顔もそんなに悪くないし」

「え？」涼火は眉毛を動かした。産毛《うぶげ》が風に揺れる。「顔は……ちょっと問題あるで、君。あやしい。うさんくさい。だまされそう」

そんなに列挙しなくてもいいだろう。

「性格もなあ、自分で性格ええ言うてる時点でお察しやで？」

「くじけそうだから結論から言うけどさ」要は両手の指でファインダーを作り、風景を囲んだ。「要領よく生きてこれたせいで、落っことしちゃうこともあるんじゃないかなって思い始めたんだよ。ちょっと乱暴な例えだけど、毎日が、洞窟《どうくつ》を掘り進めるようなものだとする。これまでの俺は、まっすぐさくさく掘削してた。それは正しい掘り方のようで、実はそうでもない。振り返ったら、出来上がった通路は狭くて窮屈だ。右往左往して無駄な岩盤も削った方が、広い通路が出来上がるだろ」

少し語りすぎたかな、と要は反省した。持論や信念をまくし立てるのは気持ちがいいけれど、聞かされる相手の気分は最悪だろう。

「ごめん、恥ずかしいこと話した。ガキみたいだね俺」

「ええやん、実際ガキやろお互い。私の風景の話も似たようなもんや」

山の空気を堪能するように涼火は背伸びをする。

「山登り、私の都合だけで八嶋君を道連れにしてたけど、そんなことで君の洞窟が広がったって言うんなら、悪い気はせえへん。ていうか、光栄やわ」

石段の溝に、細長い枝が引っかかっていた。自分の背丈《せたけ》ほどもあるそれを涼火は抜き取り、指揮棒のように木立の隙間を走らせた。からころと、乾いた木の葉が鳴り渡る。

「自分の言うたことで、人が変わる。おもしろいなあ」

その一連の仕草《しぐさ》と、綻《ほころ》ぶ口元と、猫のように優しく緩んだ目元が宝石の歯車みたいに調和している。

要は、パーティの少年たちに心から感謝した。

十一月、たまには府外へ遠征しようという話になり、二人は滋賀県の伊吹山《いぶきやま》へ出かけた。日本百名山の一座に数えられる伊吹山だが、厳冬期を避ければ、それほど危険な山ではない。花の名山としても名高い山だがオフシーズンだったため、登山客はまばらだった。

「うおー、爽快。ザ・山って感じや」

草原の道で涼火は空を見上げて両手を広げる。世間では山登りというと陽光の下、野草が生い茂る斜面を頂上目指して進むというイメージが浸透しているが、実際のところ、この風景があてはまる山は少数派だ。これまで登った京都の山々も、基本的には森林帯が大半で、頂上や要所にたどり着いてようやく景観が開けるというパターンが多かった。

そんな中でこの伊吹山は、イメージそのまま、もしくはそれ以上の風景を与えてくれる山容だった。標高を上げるにつれて、かつてはスキー場だった草地、丈の低い樹林帯、石灰岩が覗く草原と風物は変化するものの、見上げると空は常に開け放たれている。十一月の、肌に心地いい陽光の下、青空を見上げながら頂上を目指す登山は、斜に構えがちな要の心さえ躍らせてくれた。下山の際は、琵琶湖《びわこ》の遠景も楽しめた。湖の青と空の青が溶け合い、乾いた草の香りも快《こころよ》い。

ぱりぱりと小気味のいい駆動音を鳴らして、空を横切るものがある。パラグライダーだ。二合目まで降りてきた二人から見て、操縦者の靴の色がわかるくらいの高度を通り過ぎていく。見晴らしのいいこの山は、この飛翔体の愛好家にとっても絶好のロケーションらしい。

「なんか、ゆっくりなんがかえって気持ちええな。空中を歩いてるみたいや」

立ち止まって空を眺め続けていた涼火は、あれ、私もやりたい、と言い出した。

「来る途中にクラブハウスがあったよね。帰りに寄ってみる？」

「今はええかな。たぶん、高校生にはつらいお値段やろうし」

飛翔体の消えた空を名残惜《なごりお》しそうに仰いでいる。

「自分は上がらんでもええから、この青に、なんか飛ばしてみたいなあ」

「ロケットとか」

「もっとお金かかるやん」

「じゃあペットボトルロケット」

「だんだん庶民的になったなあ」

涼火はしばらく黙っていたが、一度頷いて、

「ええかもな。材料調べて、次のデートのとき、一緒に買いに行こか」

さらりと放った言葉を、要は危うく聞き逃すところだった。

「デート」真面目に聞き返す。「次の、ってことは、これまでもそうだったのかな」

「二度も言わせんといてや」

眉毛だけ怒った形に傾けながら、少女は器用に笑った。その表情に応《こた》えるため、要は懸命に言葉を探した。単純な表現しか出てこなかった。

「ありがと。君の方から切り出してくれるとは思わなかった」

「言っとくけど、つき合うゆうても、なんでもできるわけちゃうからね？」

「わかってる。段階的にだろ？」

「役人さんみたいな言い方やな……どうせやったら、回数券渡そか？　この一枚でここまでですよ、二枚目でそこまでできますよ、みたいな」

「それこそお役人じゃん」


それまで名前のなかった関係に、二人して、ラベルを貼《は》り付けた。この転換について、要は一抹の不安も感じていた。恋人と呼ぶ相手に求められるような気遣いが、ちゃんと自分の心から湧き出してくれるだろうか？　季節が冬に移り、登山の機会が減ったことも危機感をかきたてる。これまでは登山というちょっとした非日常の上に成り立っていた二人のつながりが、図書館やショッピングモールや喫茶店の中でも変わらず強度を保っていられるものだろうか。

そんな心配は、二人で堤防沿いを歩いた昼下がりに笑い飛ばされてしまった。要は川岸に平行して伸びている何かのパイプを眺めていた。パイプは苔《こけ》に埋もれた古いレンガから始まっていて、生え際から液体が漏れて小さな水たまりを作っていた。薄茶色とクリーム色が斑点《はんてん》と縞《しま》模様を水面に広げている。カフェオレか、木星の大気みたいだな、と要が考えたとき、

「木星みたいやね」

涼火が呟いた。同じものを注視して、同じ感想を口にした。

驚いて少女を見つめると、瞬きした後、瞳が見つめ返してくる。

このときばかりは認めるしかなかった。浅い付き合いを好み、他人に期待せず、幻想を抱かない。そんな人間関係ばかり張り巡らせてきた要だったが、そんな要にとっても涼火は特別だ。

二人は同じ眼差しを持っている。さすがに全く同一というわけではないだろうが、社会や物事に対する着眼点や喜怒哀楽の配置が似通っている。お互い、考えもしない見解を口にしても、相手は受け入れてくれる。これまでもうすうす感づいてはいたものの、ここに至って確信させられた。

勘違いかもしれない。それでも要は、この幻想に浸っていたいとさえ願った。

「今、『はなの会』に泊まってるんやけど」

十二月中旬の夜、涼火から電話があった。オスロ昏睡病患者やその家族が治療などで京都を訪れる際無料で利用できる宿泊施設だが、利用予定のない時期は治療と無関係に宿泊できる。地元在住のためこれまで宿泊したことがなかった涼火は、自腹で予約を取ってみたのだと言う。

「でも案外、暇や。遊びに来られへん？」

要も手空きだったので行ってみると、キッチンで張ノ瀬が豪勢なムースケーキを作っていた。盛り付けにキウイとイチゴ、オレンジと三種類も果物を使っている。

「すごいですねこれ。何かお祝いがあるんですか」

「私らのお祝いやて」ソファーにいた涼火が、苦笑いで教えてくれた。

「私と君が付き合い始めたって言うたら、盛り上がってしもうて……」

「そんなの、よくある話じゃないですか」

「そうでもないんだ。私の把握している限り、薔薇持ちの中でお付き合いを始めたのは、あなたたちが一組目」

ボールで卵白をかきまぜる張ノ瀬は、これまでで一番上機嫌に見える。鼻歌まで流れ始めた。「そもそも会員自体少ないから、恋愛じゃなくても、なかなか親密な関係は生まれないんだよ」

はしゃぎながらキッチンをフル稼働させているオーナーを前にすると、ありがた迷惑です、とは言いづらい。今日は無料だと言われたので、ケーキも、フルコースみたいな豪勢な夕飯も、二人して平らげてしまった。

「今日は、全部おいしかったです」

食後のカモミールティーをすすりながら、涼火は満足げな顔だ。

「お祝いだからね。実験的な食材は使ってない」

エプロンを外し、張ノ瀬は入り口、涼火、要へと順番に視線を送った。

「これからちょっと買い出しに行ってくるから、お留守番お願い」

二人が頷くと、オーナーはいたずらっぽい流し目を要の方へ送り、

「いろいろ仕入れるから、だいたい二時間は帰ってこないかも——いや、大体じゃないな、二時間きっかりで戻ってくるよ」

そう告げて、出ていってしまった。

「いや、ここで何ができるねんって話やろ」

気まずい沈黙を破るように涼火が明るい声を出した。「まだ部屋の鍵《かぎ》ももらってないし……もらってたってそんなんアレやけど」

結局、ソファーの前にあった一昔前のゲーム機で時間を潰すことにした。これまで二人のときは山登りや外歩きが大半だったので、こういう遊びは新鮮だった。

一時間ほど経ったとき、涼火が突然立ち上がり、エントランスへ走っていったかと思うとすぐに戻ってきた。手に白い紙切れを持っていた。おそらく、受付に備え付けてあるメモ用紙の一ページだろう。

「あげるわ」

白紙の長方形を手渡された要は途方にくれる。

「なんだろう」

「伊吹山で話したやろ。お付き合いの回数券」

「何も書いてないんだけど」

指摘すると、少女は挑むようにはにかんだ。

「その辺は君の好きにしてくれたらええ」

要は回数券を両手でつかみ、軽く折って切れ込みを入れた。

それからよけいなものを傍らに置きやり、立ち上がって正面を向いた。少女はいたずら者の笑みを浮かべたままだ。その前髪を要は掻き上げる。露になった額に、軽く唇を付けた。

「おでこかいな」少女が抗議する。「いくらなんでも、もっと、こう……」

「張ノ瀬さんに悪いからさ」要は唇を付けたばかりの額を指で撫でる。「では、もう少しだけ」

少しだけしゃがみ、今度は唇と唇を重ねた。

それから何事もなかったようにゲームを再開して、テレビのクイズ番組を見て、雑誌のクロスワードパズルを三つ片付けたとき、あくびをした涼火がごろりとソファーに横たわった。寝顔を眺めているうちに、要も睡魔に襲われる。涼火の反対側で、仰向けに身を沈めた。まどろみの中、要はこんなに恵まれた人生でいいのだろうかと罪悪感さえ感じていた。

目を開ける。急に眩《まぶ》しくなったからだ。帰ってきた張ノ瀬が照明を点《つ》けたのかと思ったが、そもそも二人とも、電気を消してはいなかった。じゃあどうしてだろと身を起こすと、正面のソファーに涼火がいない。振り向くと、少女は背後に立っていた。

ソファーの後ろから、こちらを見下ろす格好だ。

その目が、怯《おび》えていた。

咄嗟《とっさ》に要は自分の胸元や背中を手で払った。怯えの他に、嫌悪や恐怖まで視線に含まれていたからだ。気持ち悪い昆虫が服に付いているのかと考えた。そうでなかったら、涼火がそんな眼差しを送るはずがない。

しかしムカデも毛虫も見当たらない。彼女の表情は、間違いなく要に向けられたものだった。

「おいおい、濡《ぬ》れ衣《ぎぬ》だよ」努《つと》めて要は明るい声を出す。「俺もずっと寝てたから。変なことなんてしてないし」

「違うねん」

うつろな声だった。

「悪くない。君は悪くない」

「大丈夫？　気分おかしい？」

「……こんなの、ありえへん。うれしかったのに、楽しかったのに」

かすれた声は、猛毒でも飲み干したかと心配になるほどだ。何がなんだかわからない。ほんの数十分前まで笑ってた。幸せだったのに……。

「知らんかったらよかった。なんで見てしもうたんや。なんで」

ドアが開き、張ノ瀬が入ってきた。二人の顔を見比べて、怪訝《けげん》な表情になる。

「何か、あったの」

知りたいのは要の方だった。

何か気に障《さわ》ることでも口走ってしまっただろうか？　要は今日のやりとりを振り返る。あの後すぐ、涼火は部屋へ引きこもってしまった。そのまま帰宅した要だったが、頭の中で疑問符が渦を巻いている。

翌日、具合はどうかとメールで訊くと、そっけない文面で返事が送られてきた。体調の問題ではなかったとわかって胸を撫で下ろしたが、懸念は解決されていない。これ以上突っ込んだメールを送ることもためらわれたため、要はただ待つことに決めた。

しかし数日経っても、涼火は連絡をよこさなかった。元々涼火は、電話やメールより直のコミュニケーションを好むタイプだったので、それほど頻繁に連絡が来るわけではなかった。だからこそ、向こうから断絶された場合、こちらでどう対応していいものか困惑してしまう。

〈ごめん、教えてほしい。俺、なんか悪かった？〉

連絡がないまま年が明け、しびれを切らした要は単刀直入にメールで訊ねることにした。

〈何も悪くない。最初から間違ってただけ〉

しかし返信は要領を得ない内容だった。

〈意味がわからない。間違ってたって何が〉

〈全部〉

〈全部って？　俺と付き合い始めたことが間違いって意味？〉

〈もっと前から、全部全部全部〉

〈真面目に教えてくれる？〉

〈ごめん。説明できない。説明したらあかんのや〉

数分の間隔を経て、もう返事はもらえないかとあきらめかけたとき、

〈要は、私のおじさんとおばさんの話、知ってるんか〉

思いがけない話題だ。

〈知らないよ。そっちの家族のこと、ほとんど教えてくれないだろ〉

〈そうやったな。身内の恥やからな……なるべく知らせたくなかった〉

身内の恥？　要が最初に思い浮かべたのは、おじさん、おばさんとやらが殺人にで

も手を染めたのかという発想だったが、

〈そういう話とも違うねん。ごめん、忘れて。私の口からは言いたくない〉

〈ごめんな。本当にごめんな。要は悪くない。悪くないけど、耐えられへんのや〉

その返信以降、反応さえゼロになってしまう。

焦れる心をなだめながら、要は待つだけでなく、別方向から涼火を探ろうとした。彼女が施設にやってきたら、それとなく話を聞いてくれるよう、張ノ瀬に頼んだのだ。

しかし吉報は届かなかった。あの日以来、涼火は「はなの会」を訪れていないらしい。

二月に入った。忍耐強く待ち続けながら、涼火という個人が、自分にとってここまで重要な存在になっていた事実を要は噛みしめる。中旬、携帯が鳴った。ディスプレイに表示された相手は張ノ瀬だった。期待を込めて要は受話器マークを触る。

「八嶋君、涼火ちゃん、あなたのところに来てたりしない?」

だがもたらされたのは、待ち望んだ情報ではなかった。来ていない、と応えると嘆息が返ってくる。

「ご両親から電話がかかってきたの。涼火ちゃん、昨日の朝、家を出ていったきり帰ってこないんだって」

家出、誘拐? いくつかの単語が脳裏をよぎる。

「昨日、お休みだったでしょう？　涼火ちゃん、『山へ行く』ってだけ言い残して行方不明なのよ。もう警察にも相談しているみたい」

「山ですか」

「あなたのところに泊まったりしていないのだったら、遭難したのかもしれない……八嶋君、あの子と一緒に山登りしてたんだよね。心当たりとかない？」

心当たりが多すぎる。とりあえず要は、これまでに涼火と登った山をすべて伝えておいた。

大半の山は、標高も低い里山であるため、二月でも登山は可能だ。逆に言えば、遭難の危険性は少ないとも言える。ただし最後に登った伊吹山だけは例外だった。

厳冬期の伊吹山は、千四百メートル足らずの標高に不釣り合いなほど、過酷な雪山として知られている。なにしろ積雪量の世界記録を誇るくらいだ。神話の時代には、英雄・ヤマトタケルノミコトさえ、この山で体調を損ねたことが原因で落命している。涼火が伊吹山へ向かったのなら、そこで遭難したのなら、生命さえ危ういかもしれない。

自分の見込み違いであってくれと祈りながら、二十四時間が経過した。再び、液晶に張ノ瀬の名前が表示される。

普段の張ノ瀬からは信じられないほど乾いた声を聞いた瞬間、要は最悪の知らせを聞くのだと理解した。

二月十八日、伊吹山の六合目付近をラッセルしていた地元の登山家が、膝を抱え身を丸めるような格好で半分雪に埋もれかけている少女を発見した。

急いで駆け寄り、雪を払ったが、すでに事切れていたという。身元は遺体のザックに入っていた生徒手帳から判明、登山家が下山した後、天候の好転を待って遺体は回収された。

告別式が執り行われたのは、さらに二日後のことだった。

警察は、涼火の死に事件性はないと判断したらしい。軽い凍傷を除いて、遺体に外傷は見当たらず、死因は低体温症と診断されたからだ。身に着けていた装備も、ザックの中身も、雪山登山を想定した過不足のないものであり、誰かに強要されて雪中に放り込まれたとも考えがたい。ただし涼火は雪山登山の経験者ではなかった。いくら装備を整えても、スキルの乏《とぼ》しさは死に直結する。秋の登山で伊吹山の危険性を軽視した初心者が、軽い気持ちで雪山に身を投じ、大自然に押しつぶされた――それが警察の結論だった。

けれども、と要は想像する。

無謀ではなく、自暴自棄が涼火の背中を押したのかもしれない。何かにショックを受けていたらしい涼火は、もうどうなってもいいという絶望を抱えながら山へ向かったのではないだろうか。もしかすると、悩みごとを振り払うために、苦行のような感覚で雪山を目指したとも想像できる。いずれにしても、あの夜、彼女に芽生えた何かが涼火を殺したのだ。

その何かを、涼火は明かしてくれなかった。その事実が、長い間、要を苛み続けることになる。

「張ノ瀬さん、涼火のおじさんとおばさんのこと、何か聞いてませんか」

葬儀の後、要は張ノ瀬に電話をかけた。

「涼火が、最後のメールで触れていたんです。ご両親に訊いた方が早いでしょうけど、この状況で切り出すのは難しくて」

張ノ瀬の宿泊施設は会員の集まる場所だ。会員の中に涼火の家族と親しい人間がいたなら、何か、聞いているかもと期待したのだ。

電波の向こう、張ノ瀬のくぐもった息は、躊躇と決断を繰り返しているようだった。

「……噂《うわさ》レベルの話なら耳に入ってる。無責任なでたらめかもしれないから、他人には教えないでね」

同意すると、少し早口にあらましを伝えてくれた。

涼火の父親は三人きょうだいで、妹・弟とは年が離れていた。二人のきょうだいは、涼火とも仲がよかったという。

そのおじさんとおばさんが、数年前に自殺した。

二人とも独身だったが、おじのマンションで、毒入りの林檎《りんご》酒を呷《あお》り、互いの手を紐で結びつけたまま息絶えていたという。

まるで心中のような死に様に、不快な噂が囁かれるようになった。

あの二人は、男女の関係だったのではないか、と。

わからない。

要の困惑は深まるばかりだった。最後に涼火が言葉を漏らそうとしたのは、まちがいなくその噂に関してだろう。だが、噂が真実だったとして、要と涼火の仲に、何の関わりがあるというのか。

まさか、と気づいた要は、両親に確認した。自分と涼火が、生き別れのきょうだいである可能性はないか、と。

ありえない、という答えが即座に返ってきた。材料があるならDNA鑑定をしてもいいが、絶対にありえない、という親の言葉を、要は信じた。

おじとおばが本当にそういう関係であったなら、涼火は彼らの死を悼んだだけでなく、嫌悪感を覚えたかもしれない。その後、付き合い始めた要が実のきょうだいだったと判明したなら、その絶望は、雪山へ身を投じさせるほど強烈なものになり得るだろう。他人同士なのに感性が通じ合っていることを喜んでいた。それなのに、血のつながりという不快な事実を突きつけられたのだから。

しかし無関係なのだ。自分と涼火は、きょうだいでもなんでもない。だったら、どうして君は死んだ？

十一月。要は再び伊吹山を訪れていた。

その日はメンテナンスでも行っている時期だったのか、パラグライダーも見えなかった。ただただ青い空が、これほどまでに孤独を感じさせるものなのだと要は初めて知った。

（まあ、今は空に誰もいない方がやりやすい）

要はペットボトルロケットの組み立てキットを持参していた。いつか飛ばしてみたいと涼火が語っていたロケットだが、結局彼女が生きている間は材料の調達さえできなかった。そのロケットを、この場所で空に放つ。要の中では供養というより、けじめの意味合いが大きい。

組み立てた後、水を蓄えたペットボトルにエアーポンプで空気を入れる。周囲にも空にも人がいないと確認した上で、発射レバーを開放する。

ペットボトルの中で圧力をかけられていた空気が水を押し出し、それが推進力となってロケットが飛んでいく。

上昇したロケットは、十数メートル上空で推進力を失い、落下した。草地に落ちたロケットを、要は歩いて回収に向かった。

なんとなく、気にくわなかった。

ペットボトルが青空に吸い込まれるような光景を期待していたけれど、今回、購入したキットにそこまでの出力は備わっていなかった。青すぎる空は遠近感が皆無で、雲一つ浮かんでいないため、空を、青色の天井が塞《ふさ》いでいるようにも見える。ロケットは、堅い青に跳ね返され、落ちてきたかのようだ。

幸い、推進に不可欠な水はまだ持参している。再度セッティングして、発射させた。

やっぱり、しっくりこない。何がしっくりこないのかわからない点が厄介だ。涼火は還《かえ》ってこない。だから要は、彼女とやり残していた事柄を完遂して、一つの締めくくりにするつもりだった。どれだけ大事な相手でも、一人の人間を引きずったまま一生を過ごすなんて、みじめな生き方はしたくない。

だからペットボトルロケットは、美しく空を飛ぶべきなのだ。

でも、どう美しければいいのかわからない。四度目の発射を終えて、ストックの水が底をついた。まだあきらめたくない。麓《ふもと》の神社に湧《わ》き水《みず》が流れていたのを思い出す。幸い、ここは二合目だ。上り下りする余裕はある。

結局四往復、二十発打ち終えても、満足できなかった。

疲労と失望が募り、動けない。

「あー、何やってんだ俺」

草地に寝転び、自分を笑う。

結局のところ、涼火は他人と交わらない道を選んだだけだ。悩みや痛みをさらけ出し、弱みを見せるくらいなら、自分一人で片を付ける方がましだというあきらめ、やせ我慢、あるいは思いやり。それは要にも理解できる考え方だ。それでも、その殻を破り、手をつなぐことが自分の洞窟には必要だと、要は信じかけていた。

けれども涼火は、殻にこもったまま遠くへ去ってしまった。

裏切りだと憤るほど身勝手ではない。それこそ彼女に対する裏切りだろう。涼火は自分の感受性を守り通したまま一生を終えたのだ。寂しいけれど、彼女の中では正しい選択だった。

（べつに必要ないよな。人に委《ゆだ》ねるとか、委ねてもらうとか）

要はあきらめる道を選んだ。

高校、大学、社会人と、要は人生をさくさく掘り進む。その途中で新たな恋人や友人に巡り会いはしたものの、彼女たちは涼火のように洞窟の幅を広げてくれるような火花は与えてくれなかったし、要も求めはしなかった。

年月に洗われ、痛みも次第に薄れる。

現在の八嶋にとって、涼火との思い出は、あやしなれた赤ん坊のような存在だった。ふいに顔を出し、泣きわめいても、なだめる方法は心得ている。彼女の死は、洞窟の中で振り返るとわずかに光るぼやけた蛍火と同じで、ただ美しいだけだ。今の八嶋要に影響を与えることはない。

そのはずだった。

「夜分に大変申し訳ございません。八嶋と申します」

「……はい、そうです。涼火さんの告別式でお会いしたのが最後でしたね。今は……」

「……事件のことはご存じだったのですね。私は現在、京都府警で……」

「……確認させていただきたいことが一つ……」

「……ありがとうございます。大変参考になりました。近いうちにお伺いして……」

第二会議室は昨日より閑散としている。書類仕事があるとかで虎地が去り、シャワー室へ行くと言って阿城もいなくなったので、八嶋は無人の部屋で誰にも遠慮することなくスマホを使った。

「どこにかけてたんですか？」

振り向くと阿城が戻っていた。ジャージに着替え、頭にバスタオルを載せている。今夜はこのまま本部に詰めるつもりらしい。

「元カノのお父さん」

「元カノって、死んじゃった『はなの会』の人ですか」

「うん、設楽涼火。もう十二年も前だけど、思い出したんだ」

八嶋はバスタオルから覗く、濡れた髪を見た。

「たとえばさ、阿城の部屋に、彼氏が遊びに来たとする」

「セクハラっすよそれ」

判定が厳しすぎる。

「……最後まで聞いてね。彼氏は仕事で疲れていて、ソファーに横になって、そのまま眠ってしまった。阿城はその姿を見下ろしている。そういうとき、彼氏の頭とか髪をさ、撫でたりする？」

阿城は前髪の水滴を指で払いながら、

「撫でるんじゃないですかね。ツルツルでもフサフサでも」

「だよな。俺と涼火にもそういうシチュエーションがあってさ、二人して向かいのソファーで寝てた。起きたら涼火が後ろに立ってたんだ。でもさ」

八嶋は自分の後頭部を触る。「俺の薔薇はここ。涼火の薔薇は、指から生えてたんだよね。その状態で、撫でたらどうなる？」

「薔薇と薔薇が、くっつく」

阿城は手を叩く。

「そしたら白昼夢が見えたってことですか？　兵藤水奈より十年以上前に、涼火さんは薔薇にそんな機能があるって知った……あれ、でもそれなら八嶋さんも気づかないとおかしいんじゃ」

「俺はそのとき、まだ眠ってたから。睡眠中に薔薇を合わせたらどうなるかはまだ確認してない。もしくは、その時点でもう見えなかったとも解釈できる」

水奈が流花に語っていた話だ。白昼夢が見えるかどうかは、薔薇持ちの年齢に左右されるという。見られなくなるタイミングには開きがあるという説明だったので、十二年前の八嶋が、すでに見えない状態だったとしても齟齬《そご》はない。

「今夜、新条流花と薔薇を合わせたとき、俺には眩しい光しか見えなかった。今思い返すと、あのときも起き抜けに光を見た覚えがある」

「八嶋さんは夢を見られなかった。元カノさんは見えたかもしれない」阿城は腕組みして床を見下ろした。「その話、事件と関係あるんですか」

「その夜から、涼火の様子がおかしくなったんだよ」八嶋はうす苦い記憶をすする。

「それまで上手く行ってたのに、会うことさえ避けるようになった。そのまま涼火は、ほとんど自殺みたいな状況下で命を落としたんだ。白昼夢が、俺たちの関係に亀《き》裂《れつ》を入れたとしか考えられない。そして現在、類似の事態が発生している」

「志波瞬也ですね」

阿城はホワイトボートの前へ移動して、マーカーで氏名と矢印を書き連ねる。

志波瞬也　冷たい　↓　新条流花

元カノさん　疎遠　↓　八嶋少年

白昼夢が原因？

「だいたい八月頭頃でしたよね。瞬也君が流花ちゃんに冷たくなったのって。ちょっと前に、瞬也君は初めて白昼夢を見ている」

「そして新条流花を粗略に扱うだけじゃなく、『薔薇合わせを禁止してほしい』と俺に頼んできた」

「はあーっ、こりゃあ何かありそうだ」

興奮してきたのか、阿城はマーカーの先で、ホワイトボードを何度も突いた。

「白昼夢の内容は、人によってバラバラ。でもある程度共通点はあって、元カノさんや瞬也君は、その何かに気づいた。その何かは公表されるとまずい、とてもショッキングなことで、そのせいで元カノさんも瞬也君も人が違ってしまった……この『何か』、今回の事件に関係してるかもって持っていくのは、飛躍しすぎでしょうか」

「しすぎじゃあないと思う。だから電話で確認したんだよ」

八嶋は机に置いたスマホを指し示す。

「涼火の遺体は、雪山ということもあって損傷は少なかったし、凍傷もわずかだったから、葬儀は通常の段取りで執り行われた。俺も、彼女の顔を見せてもらった。あまりに安らかで、死んだってことが信じられないくらいだったから、死に顔ばかりが印象に残って、他に意識が向かなかった。だからあらためて、お父さんに訊いたんだ」

八嶋は何度も後頭部を触る。

「涼火の遺体から――指からは薔薇が消えていた」

「それって」

阿城の瞳が揺れ動く。

「誰かが雪山で、事故に見せかけて元カノさんを殺して、薔薇を奪い去ったって話ですか。そいつが今回の犯人って話ですか」

「いや、それはさすがにない」

「……いきなり腰を折らないでくださいよ」

「悪い悪い。だって殺人犯が雪山で涼火を殺すっていうのは、ちょっと現実味のない話だよ。リスクが高すぎる。プロの登山家でも命が危ういような状況だし、そもそも検視結果は事件性を否定しているしね。薔薇の消失は、涼火自身の仕業だろう。自分で切り取って、粉々に砕いたか、雪の中に捨てたってあたりだろうね」

「死んじゃった場合、薔薇は生えてこないんですよね」

「腫瘍も人体の一部なんだから、そう考えるのが自然だね。つまり涼火は、死後に自分の薔薇を残したくなかった。そして今回の犯人も、殺した相手の薔薇を残したくないみたいだ。二つの『残したくない』に共通点を求めるくらいは許される発想だろう」

「どうします？」

阿城はあごで部屋の入り口を示す。

「さっき虎地さんと、夢については深く突っ込まないって決めたばっかりじゃないですか。方針転換するなら、また説得……」

言い終わらないうちに、ドアが開き、虎地が入ってきた。目を見開き、口を堅く結んでいる。

「あっ聞こえちゃったみたい」

阿城はバスタオルの頭を掻く。「そんなわけです警部。夢の件についても、ガンガン突っ込むことにしましょうよ。さっき、兵藤水奈と薔薇を合わせてた人たちに見張りを付けるってことになりましたよね。白昼夢の話をどうして黙ってたかってところまで追及することになってましたけど、もうちょっと、攻め込んでもよくないですか？」

「無理だ」

虎地の返答は、断固とした、というより、無念を噛みしめるような口調だった。論破を狙っていた様子の阿城が、二の句を継げないでいる。

「全員は無理だ。無理になっちまった」

空気でも砕くように、白い歯を強く噛みしめている。事態が急変したことを、八嶋は理解した。

「それはつまり、聞き込みができない状態って意味ですか」

「そうだよ。やられた。もう証言してくれるのは二人だけだ」

虎地は平手を机に打ち付ける。

「たった今知らせが入った。南沢美琴と純直菊乃、この二人の遺体が、それぞれの自宅で見つかった」

虎地の依頼を受けて下京署の刑事が南沢美琴の自宅に向かったのは、午後十時半のことだった。

南沢は下京区にある学生マンションで一人暮らしをしていた。今回、自宅へ向かった刑事は、兵藤水奈の遺体が見つかった直後に彼女を事情聴取している。マンションを訪れて在宅であるようなら聴取を行い、不在なら帰宅するまで様子を見るように、というのが虎地からの指示だった。

エントランスでインターフォンを押したが、応答がない。帰宅前と判断した刑事は、マンションの裏側で待機することにした。南沢が勤務しているジュエリーブランドの店舗兼工房は、マンション正面にある大通りにつながっている。しかし南沢の前に犯人が現れた場合（あるいは彼女自身が犯人の場合）、不測の事態に備えて、逃走ルートを押さえておく必要があると思い立ったのだ。

マンションの裏側は空き地になっており、背の低いブロック塀が敷地を隔《へだ》てている。不用心だな、と刑事は思った。工事関係者が放置していったのか、ブロック塀のこちら側にレンガが積み重なっている。塀自体も丈が低く、成人ならレンガを足がかりにして乗り越えることは難しくなさそうだ。

南沢の部屋は一階で、塀を降りてすぐの位置にあるはずだ。刑事は塀に近づいた。部屋の明かりが点いている。そのとき、臭気が鼻腔《びこう》を刺激した。

あからさまではない。ほんのり漂う程度だ。しかし刑事にとっては間違えるはずのない臭《にお》いだった。彼は今年配属されたばかりの新人で、勤務開始から数日で腐乱死体を目の当たりにしていた。そのときは上司の前で嘔吐《おうと》してしまったことが苦い思い出になっていた。今、かすかに嗅ぎ取れる臭気は、濃度の違いこそあれ、同じ種類の刺激だった。

緊張を覚えながら刑事はマンションの正面に回り、管理人を探した。

八嶋が到着した頃には、マンションの周囲は、すでに規制線のテープが張り巡らされていた。遺体を発見したという刑事に案内されてマンションに入る。一〇二号室の外で、青い制服の鑑識が忙しそうに動き回っていた。外からフラッシュを焚《た》いているということは、被害者は玄関か、それに近い位置で発見されたのだろう。

部屋を覗こうとしたとき、スマホが鳴動した。虎地警部からだ。

「他の面子《メンツ》は無事を確認した。広文翔・大松隆・村路加夜・新条流花、ともに無事だ」

「こっちも、来る途中で電話をかけました。張ノ瀬愛も無事のようです。志波瞬也にも連絡がついています」

八嶋は府警本部で虎地に頼んだ事柄を確認する。

「広文と大松は、白昼夢の存在を知ってたんですよね」

「問いただしたらあっさり認めたそうだ。ちなみに村路も把握していた」

「最初の聴取で教えてくれなかったのは、兵藤水奈の意向ですか」

「ああ、触れ回って開本博士に嗅《か》ぎつけられたら、実験を禁止されるかもという理由だったらしい。博士も兵藤も殺されてしまったからこそ、より言い出せなくなったみたいだな」

　南沢美琴が自宅で死亡していたという一報を受けた虎地は、直ちに兵藤水奈と交流のあった「はなの会」メンバー全員の安否を確認するよう指示を下した。直後に純直の自宅マンションを張り込んでいた刑事が管理人の許可を得て踏み込んだところ、純直の遺体も発見される。二名死亡の報告を受けた虎地は、とりあえず本部にいた八嶋と阿城をそれぞれの現場へ急行させた。そして現在、八嶋はここ南沢の自宅にたどり着き、阿城もまもなく、純直の家へ到着する手はずだ。

　殺された。「はなの会」の、しかも二人目の被害者とつながりのあった面々が……軽薄が身上の八嶋でも、焦りを覚えずにはいられない。今、頭にあるのは、これ以上犠牲者を増やしたくないという一念だ。

「新条と志波にも警備を割り当てられそうですか」

「その二人くらいなら、なんとかなりそうだ」

「無理に決まってると承知で訊きますけど、『はなの会』会員の全員をガードすることは？」

「無理に決まってる」いつにもまして、声が重い。「百人強だぞ。一人、一駒と数えても、とても配備できない」

「念のため訊いておきたかっただけです。なるべく早く本部へ戻ります」

鑑識に挨拶しながら、八嶋は開け放たれた玄関から室内を眺める。

「……どうなってるんだ」

遺体を目の当たりにした八嶋は驚きの声を抑えられなかった。

南沢は、玄関から少し奥へ入ったフローリングに、仰向けに倒れていた。フード付きのワンピースは、喉から腹部にかけてが切り裂かれ、胸元が露出している。

フードが外れ、セミロングの髪が絡まっている首筋に、ナイロン材と思われる青いロープが食い込んでいた。周囲の肌が赤く腫《は》れている。このロープが凶器と見てほぼ間違いないだろうが、目をつぶり、口をわずかに開いた死相は穏《おだ》やかだった。

首元から十センチ程度下がった位置に、傷跡のような赤黒い組織が見える。艶《つや》めいたその部分は、兵藤水奈の右肩と酷似していた。薔薇が消失した右肩だ。水奈同様、南沢も腫瘍を奪い取られていた。

そこまでは想定内だ。八嶋を驚かせたのは、彼女の体に薔薇が残されていたことだった。

傷跡の上下左右、首の下、右鎖骨の下、さらに右目の上、左耳の下。色合いの異なる八個の薔薇が、南沢の上半身を飾っている。加えて露出していない下腹部や下半身、太ももの周辺にも、同じ形の膨らみが浮かび上がっていた。

八嶋は思わず自分の後頭部を触った。薔薇持ちがその身に宿す薔薇は、一つきり。そういうものだと思い込んでいたが、例外が存在したのだろうか。南沢美琴は、複数の腫瘍を持つ薔薇持ちだったのか？

ふいに視線を部屋の奥へ移した八嶋は、早合点《はやがてん》に気づき反省する。壁のコルクボードに、青、黒、黄色と様々な色彩の薔薇がピン留めされている。薔薇の下には付箋で「作・10／10」などと日付が記入されていた。

「そうか。見習いのジュエリーデザイナーだっけ」

八嶋は鑑識に渡された上履きに足を通し、壁まで近づいた。

やはり薔薇持ちに腫瘍は一つだけ。残りは模造品なのだろう。

「あのう、自分、三日前に彼女を聴取したんです」

案内してくれた刑事が遠慮がちに口を挿む。

「そのときからこんな感じでした。胸元や服の下は見えませんでしたけど、目や耳のところに薔薇が付いてました。向こうから教えてくれたんですけど、子供の頃から、目立つ場所に腫瘍があるせいでじろじろ見られるのが嫌で嫌でたまらなくて、あるとき思いついたそうです。腫瘍と同じ形をした、もっときれいな薔薇のピアスを作って、体中を飾り立ててやろうって」

刑事はコルクボードの下にある、「医療用ラテックス」と印字された小ぶりな缶を指し示した。

「イミテーションの薔薇は、これに塗料をまぜて作っているそうです。元々は義肢なんかに使われる素材で、肌にも優しいとか」

同じ薔薇持ちの苦悩に八嶋は思いをはせた。自分の薔薇はサイズも小さく、髪の毛で隠せる位置なのでまだましな方だったが、位置によっては好奇の目にさらされ続け、多大なストレスを生んだことだろう。

だが南沢は、ストレスを芸術へと昇華させたのだ。同じ薔薇持ちとして、眩《まばゆ》さを覚えずにはいられない。

しかしその眩さも、犯人によって奪われてしまった。犯人が自作の薔薇には目もくれず、腫瘍だけを奪い去ったと知ったら、彼女はどう思うだろうか。

再びスマホが鳴った。阿城だ。

「到着しました。一通り見せてもらいましたので、鑑識の邪魔にならないようしばらくはおとなしくするつもりですけど」

「そっちも、電波大丈夫だよね。スマホでカメラアプリ使える？　リアルタイムで映像を送ってほしい」

遺体とその周辺の状況を照らし合わせることで、何か発見があるかもしれないと思い立ったのだ。

程なくして送信されてきた純直菊乃の部屋は、南沢美琴とは別の意味で個性的だった。

まるでコンテンツの密林だ。

ＤＶＤ、ブルーレイ、そして今では絶滅危惧種のＶＨＳビデオ……それら映像ソフトが、壁や床の調度がわからないくらいに積み重なり、空間を占領している。

その山へ突っ伏すように、被害者がうつ伏せに倒れている。上下を白で揃えた部屋着姿。ショートカットの首に白いビニール紐が巻き付いている。下を向いているため見づらいが、南沢同様、表情は穏やかに見えた。

ビニール紐より少し上の位置に、件《くだん》の赤黒い痕跡が覗いている。犯人は、こちらでも被害者の薔薇を持ち去ったらしい。

「どこから手を着けていいものやらさっぱりなんですよ」

映像の外で阿城がぼやく。

「今、映してる場所だけじゃなくて、そこら中が山、山なんです！　友達に映画オタクの娘《こ》がいるんですけど、こんなに酷《ひど》くないですよ。アマゾンプライムとか使ったらいいのに」

たしかに最近の子にしては珍しいな、と八嶋は首をひねる。ここ十年で、映像コンテンツの購入方法は、店頭でパッケージを入手する形からネットを介したストリーミング視聴へと変遷した。若い子ならネットの方が使い慣れてそうだけどな、とぼんやり考えた後で気づく。映っているパッケージの中に、知っているタイトルが一つも見当たらない。

おそらく最新の方法で入手できる作品はそちらを利用している。その上で、ネットで手に入らないような作品だけを現物で揃えているのだ。

(思ったより、真面目な学生なんだな)

おそらく学業に関連したコレクションなのだろう。ＣＧアーティストを養成する専門学校の生徒、という肩書にうさんくささを感じていた八嶋は、故人に対する認識を改めた。中継映像を残したまま、八嶋はスマホでブラウザを立ち上げ、純直の名前と、専門学校名を入力した。

ヒットしたのは、専門学校のサイトだった。

「本校では、ＣＧアートについての知識を学ぶだけでなく、在学中からインターン制度や各種コンクールへの応募を通じて実践的なスキルの習得を奨励しています」

「在校生の紹介」

テキストの下に生徒のインタビューが写真付きで掲載されており、純直の姿もあった。こういうコンテンツで取り上げられるのは、相当優秀な生徒だった証《あかし》だろう。将来の目標・ＣＧアーティストを目指す理由・入学希望者へのメッセージなど、かなりの文字数を割いて紹介されている。

適当に読み飛ばしていた八嶋は、最後のＱ＆Ａにさしかかったところで指を止めた。

Q：来年は卒業ですが、卒業制作についてアイデアは固まりましたか。
A：最近、不思議な夢を見たんですけど、それを動画で再現したいと思っています。

八嶋は自分が大学生だった頃を思い返す。卒業制作って、九月の現時点で、ある程度完成しているものだろうか？

「阿城、そっちでパソコンとかは見つかってる？」

「今しがた発掘されました。鑑識さんたちがロックを外してます」

阿城がカメラの位置を変えてくれる。雪崩を起こしそうな映像ソフトの山に囲まれて、鑑識たちがノートパソコンを取り囲み、持参したサルベージ機器を接続しようと試みているようだ。

「その中に、純直の夢を再現した動画が入ってるかもしれない」

「夢って、例の、薔薇の白昼夢ですか」

「わかんないけど、そうだったらぜひ見てみたい」八嶋はスマホの充電が充分あることを確かめながら、「一旦、切るね。『卒業制作』とか『夢』とかいうタイトルのデータが見つかったら、データをコピーしてくれるよう頼んどいてほしい」

鑑識の初動捜査は一時間ほどで終了し、南沢の遺体は司法解剖に付すため搬出されていった。八嶋も現場を後にする。同時に、阿城の方でも作業が終了したとのメールが送信されてきた。

〈卒業制作って名前のデータが見つかりました〉

〈八嶋さんのスマホとかにデータを送信するのはまずいみたいです。鑑識のＰＣにコピーはできるので、帰ってから確認する形で大丈夫ですか〉

問題ないと応え、便宜を図ってくれた鑑識に謝意を伝える。時刻は深夜一時を回っていた。さすがに瞼が重い。おそらく明日の朝、緊急の捜査会議が開かれるだろうから、動画を確認した後で睡眠を取っておいた方がよさそうだ。

本部に戻ると、会議室にプロジェクターがセッティングされていた。ノートＰＣに直接つないで画像や動画を再生できるタイプの品だ。スクリーンの代用にするため、阿城がホワイトボードの角度を調整している。その正面で、虎地が机に突っ伏して眠っていた。

「わざわざ手間をかけてくれなくても、ＰＣで再生したらよかったのに」

なって」

「卒業制作なんですから、ちゃんとした感じで再生した方が作者さんの意図に沿うか

「虎地さん、このままでいい？　眩しいんじゃないかな」

「放っておきましょう。明るかったらよそで寝たらいいんです」

無慈悲に告げながら、阿城はＰＣの動画ファイルをクリックした。プロジェクターが、ホワイトボードに映写を開始する。

最初に映し出されたのは、ピンクの住宅街だった。人気のない大通りを挟んで、清潔そうな住宅が延々と並んでいる。空は単調な水色で、通りのアスファルトは現実のそれより薄いグレー。建物や道路の質感はのっぺりしており、現実味は感じない。稚拙というより、アニメのような表現を試みているようだ。

遠雷のようにパーカッションの音色が響き始めた。次第に音量を上げるその曲は、ハイドンの『皇帝賛歌』だ。道の先に赤い点々が浮かび上がったと思うと、少しずつ人の形に大きくなり、こちらへ近づいてくる。やってきたのは、朱鷺《とき》色の制服に身を包んだマーチングバンドだ。五百人はいるだろうか。太鼓、トランペットに横笛と、様々な楽器を奏《かな》でながら整然と行進を続けている。全員、長袖の制服で、円筒形の制

帽を深々と被《かぶ》っているため、表情も性別も窺い知ることはできない。制帽の頂点からはケイトウの花が生え、風が吹いているのか、メトロノームのように揺れている。映像の視点は、彼らを追いかける位置へと角度を変えていた。

隊列は平坦《へいたん》な道のりを延々と進む。追走を始めてから、すでに五分が経過していた。

「ちょっと、退屈っすね」阿城があくびをかみ殺す。「早送りしちゃいます？」

「最初は通しで見ておこうかな」八嶋は表示されている動画の再生時間に目をやった。十二分きっかりで終わるようなので、この映像に何らかの手がかりを期待しているのなら、それぐらいの時間を惜しむべきではないだろう。

マーチングバンドに変化が訪れたのは、再生時間が五分を突破した時点だった。進行方向に真っ黒な壁がそびえ立っている。隊列が近づくと、壁は分裂して、それぞれ人間サイズの悪魔に姿を変える。おとぎ話に登場するようなわかりやすい悪魔だった。頭に角を生やし、コウモリの翼とカギの尻尾《しっぽ》も備えている。半月形の三白眼《さんぱくがん》もコミカルで、醜悪さはまるで感じない。悪魔の総数はマーチングバンドと互角程度で、隊列が近づくと、三《み》つ叉《また》の槍を構えて立ち向かってきた。

そのとき、トランペットが火を噴《ふ》いた。楽器の先端から爆発が生じ、その中から弾丸が飛び出した。先頭の悪魔に命中すると、目を回して仰向けに倒れる。倒れた悪魔はピンクに染まった後、霧のように消え失せた。

トランペットに続いて、フルートやチェロも弾丸を発射する。太鼓を叩くと、大気を震わせるようなエフェクトが生まれ、悪魔を何匹もまとめて吹き飛ばした。

戦いはマーチングバンドが圧倒的に優勢だった。悪魔たちはなすすべもなく倒れ、霧散を繰り返す。弾丸の発射、敵への命中、悪魔の消滅するタイミングが、演奏のリズムに沿っていることに八嶋は気づいた。皇帝賛歌は少しずつペースを上げ始める。呼応するように悪魔は霧消を続ける。鼓笛隊の動作、悪魔のリアクション、降り注ぐ弾丸のまとまりが、一つの楽曲を構成しているようにも思われた。傍らの阿城に目をやると、ライブのように肩を揺らしてノっている。

すでに楽曲のペースは、クラシックではありえないくらいのハイスピードに転じている。悪魔の軍勢は、虫食いのように欠けていく。その後方に、ぼんやりと人間の形をした白い影が現れた。

その影が、口を開いた。

「□□□□□□□□□□□□□□」

聞き取れない。ノイズが凝縮したような音だ。

「□□□□□□□□□□□□」

「これってもしかして」

阿城がなおも身体を揺らしながら指摘する。

「流花ちゃんや兵藤水奈が夢の中で聞いたっていう、謎の言葉じゃないですか？　ゆっくりにしたら、何言ってるかわかるかも」

「落ち着いて。これは白昼夢そのものじゃない。夢の再現なんだからさ」

ＰＣへ伸ばしかけた手を、八嶋は制止する。「本物の夢の中で聞こえてなかったら、正確に再現できるはずがない。兵藤水奈が実験を重ねていた以上、純直菊乃もこの言葉の正体はつかめていないはずだ」

「それもそうか」阿城は手を引っ込める。「でも焦らすなあ、無理だとわかっても、聞き取りたくなっちゃう」

それは八嶋も同感だった。数を減らしつつある悪魔の軍勢だが、ここに来て謎の影を遮《さえぎ》るようにスクラムを組み始めたため、なかなか影の輪郭が見えてこない。もう少し、もう少しで、と食い入るようにホワイトボードを眺めていた八嶋は、ふと、自分が純直の術中にはまっていると気づいて苦笑した。音楽、リズム、リアクション、そして見え隠れする秘密。これらが動画の中で絶妙なバランスの下に配置されており、退屈とはほど遠い場所にいる。この見事な構成は、自分の夢を再現するにあたって、純直が付け加えたものだろうか？　それとも、白昼夢の時点で完成されていたのか。

後者かもしれない、と八嶋は考える。桜の水に溶けて地球を覆う新条流花の夢も、鳥になって太陽を貫く兵藤水奈の夢も、陶酔を覚えるほどの一体感をもたらすものだったという話だった。この動画にも、同種の秩序がツタのように広がりつつあるようだ。魅力的なイメージであることは認めざるを得ない。十二分の再生時間だが、倍あっても楽しめるだろう。

(待てよ)

八嶋は思い出す。この動画もこれまでに聞いた白昼夢と同じなら、最後には、

「ぎゃあああああああああああああああああああああああああああああああああ」

大音量の絶叫が、第二会議室を覆った。

これまで平気で眠り続けていた虎地まで跳ね起きた。

「どうした」

事情を早口で説明しながら、八嶋は動画を見つめ続けていた。

「おああああああああがああああああ」

「ぎひいいいいあええええええええええ」

「るおおおひいいいいいいい」

叫び続けているのは一匹の悪魔だ。

マーチングバンドが弾丸を撃ち出し、悪魔が倒れる。これまでと変わらない展開のはずだった。悪魔は肌の色が変わり、そのまま霧になって消えるはずだった。

だが、その悪魔は消えずに残っている。路上で手足をばたつかせ、のたうち回っていた。顔面が苦悶に歪《ゆが》んでいる。いつの間にか、悪魔の容姿がリアルなものに変わっていた。尻尾・角・翼というオーソドックスな悪魔スタイルはそのままだったが、全身の質感が別物だった。競走馬のように筋肉が波打つ肢体。涙とは別の、ねばっこい液体に濡れる三白眼。さらに弾丸を浴びた腹部からは、黄色の体液とピンクと水色の内臓が露出し、芋虫のように暴《あば》れている。ＣＧは、内臓を巡る毛細血管まで克明に描写していた。色合いこそ人体の内臓とは異なるものの、作りものとは思えないリアリティーだ。

「いぎひいいいいいぎいいい」

「うああぐあああああおおう」

リアクションの異なる悪魔は、その一体に留《とど》まらない。最初に絶叫した悪魔から伝染が始まったように、以降、弾丸を身に受けた悪魔たちは、消えることなく、路面で体液と内臓を撒《ま》き散らし続けた。

しかしマーチングバンドは躊躇も怯える様子も見せない。ただただ律動的に弾丸を放ちまくる。身を削られ続ける悪魔たちからこぼれ続ける身体の中身は、道路を濡らし、水かさを増し、粉みじんになった悪魔たちを呑み込んでなおも膨《ふく》れ上《あ》がる。

やがて悪魔たちは死に絶え、謎の言葉を口にしていた影はいつの間にか消え去っていた。どろどろの死骸《しがい》から出来上がったのは、クリーム色と茶色に彩られた水たまりだった。隊列は、なおも斉射を止めない。銃弾を撃ち込まれた水面は波立ち、攪拌《かくはん》される。ようやく弾丸が尽きたのか、隊列が静かになったとき、水面は縞模様と斑《まだら》模様が入りまじっていた。

八嶋は涼火と歩いた川沿いの道を思い出していた。二人して目を留めた、パイプの周りに広がる小さな水たまり。あれに浮かんでいた模様と、今、映し出されている水たまりはそっくりだ。あのとき、八嶋たちは惑星を連想した。

マーチングバンドの前で、水たまりが浮遊した。無重力下のように球形へと膨らみ、上昇する。そして大空で、木星に変わった。

「……なんでだ」

八嶋の喉から、かすれた驚愕が漏れる。

木星は落下し、マーチングバンドを押しつぶした。

動画はそれでおしまいだった。

(これが、純直菊乃の夢だって?)

無色に戻ったホワイトボードを、八嶋は意味もなく凝視する。

「八嶋さん、もう一回再生しますか」

阿城が声をかけてきたが、声が出ない。

「おい八嶋、大丈夫か」

「大丈夫です。大丈夫じゃありません」

「どっちなんだよ」

「動揺してます」そう宣言することで、動揺を抑える。「阿城、最後のあれ、どう思った」

「最後のどれです」

「悪魔がぐちゃぐちゃになって、水たまりが木星に変わっただろ。ああいうイメージ持ったことあるか? 水に浮かんだ模様を見て、木星みたいだなって思ったり」

た。

「思ったことありませんね」

八嶋は虎地に視線を移す。事態が飲み込めない様子だったが、静かにかぶりを振った。

「そうだよな。でも、俺は想像した。薔薇持ちだった元カノも、同じように考えてた。その空想を、同じ薔薇持ちが夢に見ていたことになる」

リアクションが取れないふうの阿城たちを視界の隅に追いやり、八嶋は亡き恋人と過ごした時間に思いをはせる。

自分と涼火は同じ眼差しを持っている。その発見がうれしかった。自分の性質を軽薄で無感動と見なしている八嶋だったが、あのときは、煮えたぎるように歓喜した。

けれども、勘違いだったのか。

薔薇持ちは、その身に腫瘍を宿している。こいつの影響で、あるいは施された治療の影響で、似たような感受性を育《はぐく》んだだけだったとしたら。

それまでかけがえのないものと信じていた、自分たちのもののとらえ方や思考が、薬物やその副作用によってもたらされた、単なる脳みその反応だとしたら……

軽い頭痛を覚えて、髪の毛をまぜ返す。弾みで薔薇に触れ、苛立《いらだ》たしさが募る。

自分は一体、何を信じて歩けばいいのだろうか。

第四章　記憶の山

「……以上が、オスロ昏睡病に対する私の見解だ」

言葉を句切り、男は返答を待った。しかし沈黙が続くのみで対面している青年は口を開かない。おそらく、彼にとっては受け入れがたい内容だったからだろう。

「開本君、私も暇を持て余しているというわけではない。君の求めに応じて、私の専門知識が許す限りで解析を行ったのだよ。感想の一つくらいは、聞かせてくれてもよさそうなものだ」

「失礼しました」開本は青白い顔に手のひらをあて、無難な言葉をひねり出そうと努力している様子だ。「しかし、正直申し上げまして、私にとっては信じかねる内容です」

「そう思うのも無理はない。この病に関して、完全な意味での専門家というものは存在しないのだから」男は労りの視線を開本へと送る。「そもそも評価というものは、常に相対的だ。著名な学会誌で論文が高評価を得たならば、その研究者は名望を手に入れることだろう。しかし審査に不正があったとしたら？　制度を敷いてカバーするにしても、完璧に公正な評価というものは存在しない。本質的には、科学者の眼力《がんりき》に頼る他ないのだよ。そんなわけで開本君、好悪《こうお》や偏見を脱ぎ捨てた上で、君は、私の結論をどう評価する？」

開本は拳を震わせながら、ぽつぽつと吐き出した。

「直感的には、正しい結論であると認めざるを得ません」

「おかしな顔をしているね。世界の真実が一つ、解き明かされたということだよ。喜ぶべきじゃないか」

「喜べるものですか。期待外れもいいところだ。これでは、全くの無駄足です」

「無駄？　ずいぶんと悲観的だね。財宝を求め、ある冒険家が旅立った。彼は求める宝が、とある洞窟に眠っていると当たりを付け、大変な苦難の末に、洞窟を踏破した。結局、洞窟の中に財宝は存在しなかった――この結末を、君は『無駄だった』と断じるのかな？　『今後この洞窟を探す必要はない』という貴重な結論が手に入ったじゃないか」

「この件に関して、正確な比喩ではありません」

「うん、わざとズラしたからね。しかし本質的には間違っていないはずだ。開本君、君は手に入れたじゃないか。『この方法ではオスロ昏睡病を治療できない』より正確に言えば、『オスロ昏睡病に治療法は存在しない』という輝かしい結論を」

「私は患者の家族に約束したのです。絶対に、お子さんを快復させてみせると」

「ありのままを伝えるしかない。そもそもこの病は、快復とか、記憶を取り戻すとかそういう問題ではないという話を」

「無理です」

開本は唇を噛みしめる。「この上は、かねてより用意していた二番目のプランに移るほかありません」

男は目の前の青年に哀れみを覚えた。

「それは茨《いばら》の道だよ。成功を収めても、これから何十年もの間、秘密を抱え、苦悩し続けるはめになる。そんな方法に手を染めるくらいなら、私の手助けをしてくれないか」

「おっしゃっているのは、以前にも伺った計画ですか」

「そうだよ」男は両手を広げ、翼の形を作る。

「あらゆる人類が、永遠を手に入れるための実験だ」

「お断りします」

開本は吐き捨てるように言った。「あまりにも雲をつかむような話です。さっきの冒険家の例えに当てはめるなら、財宝にたどり着くことは、生涯を費やしても難しいでしょう。せいぜい、『その洞窟にはない』という事実が判明するだけだ……」

男にとっては、理解に苦しむ発言だった。

「さっきも言ったが、それのどこが悪いって言うんだい？」

「真理を追究することが、それほど重要なのでしょうか」

「学者を全否定する発言だね」

男は心の底からおもしろがっていた。

「だが私は、君の価値観も尊重するよ。かりそめの解決策で患者やご家族が安堵を得られるなら、それによって君の名望が高まるのであれば、やってみるのも悪くはないかもな」

「……あなたは、私を軽蔑《けいべつ》しておられるようだ」

「軽蔑？　馬鹿《ばか》を言うんじゃない。我々は大切なビジネスパートナーじゃないか。意見の相違はあっても、大枠では同じ方角を向いている」

「たった今、道が分かれたように思われますが」

「最終的には、同じ場所へたどり着く」

男は確信を抱いていた。

「開本君はどうして栄誉を求める？　それは、医学論文や、百科事典や、人々の心へ君の名前を刻みたいからだろう。なぜ名前を残したい？　永遠が手に入らないからだ。不老不死が叶《かな》わないのであれば、せめて、開本周大という人間がこの時代に存在したという証を史料に焼き付けたいからだ。名誉欲は、自己保存の代用品と言えよう。しかし実在するんだよ。自分自身を永久に保存する方法は、たしかに存在する。少なくともそこへつながる道筋は、おぼろげながら姿を現している」

笑いながら、男は自分の額を突いた。

「名声を求める私と、真理を求めるあなた」開本は疲れたようにうなだれた。「流れ流れた果てにあるのは、自分や他人を、いつまでも保存したいという根源的な欲求、というお話ですか。それこそが人類の願望であり、正義だと……」

「正義、とは気にくわない言い回しだが、そう呼んでもさしつかえないだろうね」

「では、あなたの考える悪とは、どういうものですか？」

尊敬と憎悪が混在しているような視線を浴びながら、男は答えをひねり出した。

「決まっている。その反対だよ。人間を、永遠に消滅させようとする試みだ」


十七日の捜査会議は、午前十一時から行われた。数時間前まで八嶋たちしかいなかった第二会議室は、大勢の捜査員でひしめき合っている。ホワイトボードの前に立つのは、捜査一課長と管理官の二人。椅子の最前列に虎地が座り、とりまとめた報告を発表する手はずになっている。八嶋と阿城は、虎地より二列後ろの椅子に腰掛けていた。

「くらうだろうな、吊《つ》るし上げ」

八嶋が小声で呟くと、阿城が眠たそうな声で応じた。「八嶋さんが『はなの会』へ行くのが遅れたから、被害者が二人増えたって話ですか。それ、百パー八嶋さんのせいじゃなくありません？」

理屈の上ではたしかにそうだ。会へ顔を出すことをぐずぐず避けていた八嶋に対し、虎地なり管理官なりがもっと早く「行け」と命じていたなら、この事態は回避できたかもしれない。とはいえ、実際に行かなかったのは八嶋。もっと早い段階で流花に出会い、兵藤水奈が実験を繰り返していた件とそのメンバーについて報告していたならば、上は彼らを注視して早い段階から監視を付けたとも考えられる。そうならなかった以上、責任の一端を八嶋が担っているのは事実だ。

「最悪、刑事部から放り出されるかもなあ」八嶋は覚悟していた。免職にされるほど一人で背負い込まされはしないにせよ、経歴には確実に傷が付くことだろう。管理職も悪くないと考えている八嶋にとっては、痛い話だった。

(転職するなら、三十前がいいよな)

上層部の心証を悪くした場合、冷や飯を食わされ続けるはめに陥るかもしれない。いよいよ居心地が悪くなったら、警察という職場にこだわる必要もないな、と八嶋は考え始めていた。

結局のところ、「はなの会」関連とはいえ、最初から本腰を入れなかった自分に非があるのだ。やはり、彼女の思い出が残るあの場所に対して二の足を踏んだことが災《わざわ》いしたのだろう。

この脆さを、涼火のせいにするのは自分勝手だろうか。だが彼女が理由も告げずに消えてしまった思い出が、以後の自分に影響を及ぼしている事実は否めない。彼女が今でも生きていたら、あるいは、これこれこういう事情で命を絶ちますと書き置きでも残してくれていたなら、この事件に対してもう少し積極的に振る舞えたかもしれない。

そこまで思いをめぐらせて、死者に責任を押しつけようとしている自分勝手さに苦笑する。こんな人間、やはりこの仕事にはふさわしくない。

横を向くと、阿城が神妙な顔つきになっている。

「八嶋さん、長い間お世話になりました」

「早い早い」

気の乗らない軽口を叩いているうちに、報告が始まった。

「司法解剖の結果、純直菊乃の死亡時刻は九月十六日の午前一時頃、南沢美琴は同日午前三時頃と推定されています」

京都府内で犯罪性が疑われる死者が発生した場合、京都大学・あるいは京都府立医科大学の法医学教室に依頼して司法解剖を行うことになっている。所見が出て間もないのか、報告する刑事はわずかに息を切らしていた。

「死因は両名とも、頸部《けいぶ》血管の圧迫閉鎖による脳循環不全であると診断されました」

「窒息ではないのか」

疑問を差し挟んだのは管理官の合間警視だ。鉄のような眼差しが、一瞬、八嶋と交差した。「兵藤水奈に関しては、紐状の凶器による絞殺で、死因は窒息死と判断されていたようだが」

「おっしゃる通り、通常、ロープのような凶器で犯行に及んだ場合、死因は窒息死になる場合がほとんどです。ですが被害者の背後に回り、頸部へロープをくぐらせ、一気に引っ張り上げた場合、頸動脈が圧迫されて脳に血液が回らなくなり、被害者は一瞬で意識を失います。ようするに、首吊り自殺と同じような状態で死に至るわけです。しかし、今回の遺体は周囲の壁などにロープを取り付けられる状況にはありませんでしたから、自殺の可能性は低いと思われます」

刑事は報告用のタブレットを手に持ち、過去の事例を検索しているようだ。

「紐状の凶器を使用する犯人が犯行を重ねる場合、被害者が増えるにつれて、殺害手段がある種、洗練されていく事例が見受けられます。窒息死は苦痛を伴うものであることから、被害者は激しく抵抗します。一方、首吊りに近い形で殺害する場合、被害者は自分が襲われたことさえ認識できない可能性もあります」

「なるほど、その点について、不審な部分はなさそうだ」

合間が締めくくると、捜査一課長も同意するように頷いた。

続いて、初動でそれぞれの現場に到着した二人の刑事と、直後に合流した八嶋・阿城が報告を行った。確認できる限りで現場から物品が持ち去られた形跡は見受けられず、預金通帳や財布も室内で見つかったことから、物取りの可能性は薄いと伝える。これは、万が一の可能性も除外しておくという、儀礼に近い報告だった。そもそも被害者二人の肉体から腫瘍が切り取られている以上、少なくとも兵藤水奈の死と無関係とは考えにくいからだ。補足事項として、最初に司法解剖の説明をした刑事が、被害者二名ともに性的暴行の痕跡は見受けられなかった、と伝える。ドラッグや睡眠薬の類いも検出されなかったとも付け加えた。

「死亡時刻から推定する限り、犯人は純直菊乃を殺害した後、南沢美琴のマンションへ移動したと考えられる。付近の監視カメラはどの程度洗っている?」

「それについては私から」虎地が立ち上がり、タブレットを覗き込みながら答える。「純直の住んでいた中京区のマンションから、下京区の南沢宅までいくつかルートを想定して、商店街のカメラなどをチェックしております。残念ながら現時点で、不審人物は浮上しておりません。マンション間を移動するのに成人男性の足で一時間あれば事足りますが、実際の犯行時刻は二時間の開きがあります。監視カメラを考慮して、大回りをした可能性も否定できません」

「それぞれのマンションにも監視カメラは設置されているのだろう」

　捜査一課長が口を入れる。「マンションの中で凶行に及んでいる以上、前後に入室した人物の映像は残っているのでは？」

「その部分は、痛《いた》し痒《かゆ》しというところでして」虎地の太い眉があからさまに下がった。

「結論から申し上げますと、犯行時刻前後の出入りは撮影されておりません。これは、それぞれのマンションに監視カメラは一台ずつしか設置されておらず、それらは正面入り口ではなく、不審者が忍び込む可能性のある裏口を撮影しているからです」

「すると、犯人は裏口から侵入したわけではないということか」課長は指先で自分のあごを弾いた。「オートロックなら、被害者自ら犯人を迎え入れるか、犯人が鍵を持っている必要があるな」

「セキュリティについて詳しく説明いたします。二軒のマンションは管理会社が共通のためか、類似したシステムを使用しているようです」

　液晶がはがれるのではと心配になるくらいの強さで、虎地はタブレットのディスプレイを操っている。すぐに目当てのデータを探り当てたようだ。

「いずれのマンションも、エントランスと部屋のドアがオートロックで施錠されています。どちらのドアも、外側にあるリーダーにカードキーを読み取らせるか、内側にいる人間がノブを回すか、室内のインターフォンを操作することで解錠が可能です……捜査上、重要なのは、それぞれ解錠のデータが管理会社に送信されるというところです」

文字が小さいのか、虎地はピンチで表示を拡大している様子だ。

「純直のマンションでは零時四十分にエントランスが解錠されており、これは純直の部屋から操作したものであると記録されています。零時四十二分に部屋のドアも解錠されており、これは純直のカードキーが使用されています。その後、一時十分過ぎに部屋のドアが内側から開き、十二分にエントランスも内側から解錠されています。これらの記録から、少なくとも犯人は純直と旧知の仲で、純直自身が犯人を迎え入れたと推察可能です」

ここから先を強調したいのか、虎地は咳払《せきばら》いを一つした。

「次に南沢のマンションで記録されている入室データですが、まず二時四十五分に、エントランスが南沢のスペアキーによって解錠されています。その後四十九分に、同じくスペアキーによって部屋も解錠されました」

「「スペアキー」」

　管理官や課長を含め、多くの声が重なった。無言で頷き、虎地は報告を続ける。

「このスペアキーに関して、広文翔と大松隆から証言が取れました。純直は、グループ内でとくに仲がよかった南沢の部屋に遊びに行くことがしばしばあり、南沢からカードキーを貸してもらっていたそうです。エントランスには部屋に直結しているインターフォンが設置されてはいるのですが、南沢は夜型の生活をしていたそうで、純直が訪ねてきたとき、いちいち起きるのが面倒だったのでしょう」

「普通に考えて、犯人が純直の部屋からスペアキーを持ち出したと考えるべきだろうな」

　合間は引き締まった頬の筋肉を少し緩めた。「そのスペアキーは、南沢の部屋から見つかっているのか」

「一通り捜索を行いましたが、見つかっておりません」

「カードキーに部屋番号やマンション名は記載されているのか」

「いえ、カードに持ち主の住所や部屋についての情報は一切印字されておりません。防犯対策でしょうね。送信記録に話を戻しますと、三時十分に部屋が内側から解錠、三時十五分にエントランスも内側から解錠されました。この部分に疑問点はありません。セキュリティについての報告は以上です」

虎地が着席した後、合間は少しの間、無言で直立していた。

「犯人が純直を殺害した後で室内を探したとして、スペアキーを発見しても、予備知識がなければ南沢のカードキーだと把握することは難しいだろうな。犯人は、その辺りの事情をあらかじめ把握していたに違いない。そう考えると、四人の被害者のうち、三名が所属していたグループについて、着目せざるを得ない」

そら来た。

皆の視線が八嶋に集まる。吊るし上げが始まるようだ。

「八嶋警部補、『はなの会』の会員として、君の意見を聞かせてもらいたい」

こっそりため息をついてから、八嶋は立ち上がる。

「まずお詫《わ》び申し上げます。私自身も会のメンバーでありながら、このグループの存在を軽視しておりました。兵藤水奈と彼女の周辺に照準を合わせることを怠り、犯人に先手を打たれてしまいました。純直と南沢の死は、私に責任があります。申し訳ありませんでした。いかなる処罰も甘んじて受ける所存です」

八嶋は自分なりに、誠心誠意を込めた反省の弁を述べたつもりだった。

「警部補、私が求めているのは謝罪ではない。意見だ」

しかし返ってきたのは、鋼《はがね》の言葉だった。

「ですが、ここで私の失策をはっきりさせておかないことには、捜査が——」

「それも違う。君の失策ではない。私たちの失策だ」

一瞬、隣の課長と目配せした上で、合間は言い連ねる。

「君も承知していただろうが、私たちの間で、本件に君をどう関わらせるかについて、意見の相違が生じていた。当事者に近い立場にいる者を深入りさせた結果、捜査に悪影響を及ぼすのではないかという懸念が浮上していたのだ。だからこそ君に対して、積極的に『はなの会』会員へ聴取を行えという指示は伝達されなかったし、君が目撃証言を中心に捜査を進めていたことも黙認されていた。はっきりさせておくべきは、それらが私たちの意向であったという部分だ」

私たち、という主語に八嶋は疑念を抱いた。言い回しからして合間管理官と課長を指しているように聞こえるが、もっと上層部の意志が介在していたとも考えられる。彼らは彼らで、綱引きや綱渡りの最中なのかもしれない。

「しかし、私がもっと早くに『はなの会』周辺を探っていれば、犯人は、純直たちに対して手出しを控えたとも考えられます」

「それは事実だろうし、君が気に病むのも理解できる。しかし警察組織という指揮系統の中で有責であるかというジャッジとは別問題だ」

合間はなおも揺るがない。

「このように動け、と命令されて、従わなかったか不徹底であれば君にも責はある。だが、やれとも言われなかったことに手を着けなかったからと言って、それで責任を取らせるのは筋違いだ」

譲るつもりは毛頭ない、という視線が八嶋に注がれる。

「繰り返すが、責めを負うべきは我々であって、君ではない」

「ありがとうございます」

「感謝ではなく、意見を求めているのだが」

「それでは私の考えをお伝えします」

頭の中に重ねていた言葉を、八嶋は急いで組み立て直す。

「私が進言させていただきたいのは、広文翔と大松隆、そして白昼夢を見た可能性のあるすべての薔薇持ちに監視を付けることです」

「広文と大松については理解できる。グループの生き残りである以上、第五、第六の標的になる恐れがあるし、二人のどちらかが犯人とも考えられるからな。しかし可能性がある薔薇持ち、というのは？」

「振り返ってみると、新条流花から聞いた中に、気がかりな話がありました。同じ薔薇持ち同士でも、二十代半《なか》ば辺りから、確実に白昼夢を体験できないようになるという情報です。実際、私と新条で薔薇を合わせても、こちらは光が見えるだけでした。ここで重要なのは、白昼夢の存在を知っていたと思われるメンバーの中に、該当する年齢層が含まれていない点です」

「兵藤は十八、純直と南沢は二十歳、広文と大松、そして村路も高校生だったな。すると白昼夢の存在は、この五人以外にも、確実に知れ渡っていることになる」

八嶋と合間のやりとりに合わせて、周囲の捜査員たちがタブレットを弄《いじ》りはじめた。関係者の年齢を確認しているのだろう。

「白昼夢は、十代後半で体験できなくなるケース、二十代に入っても見られるケースがあり、二十代後半からは確実に体験不可能になってしまう――というのが兵藤の語った実験結果です。この説明からは、相当数の薔薇持ちとの間で実験を行っているというニュアンスが読み取れます。ここは軽視するべきではありません。これまでに殺害された四名は、白昼夢の存在を知っていたために殺された、とも解釈できるからです」

軽いどよめきが会議室を走ったが、八嶋は気にしない。

「兵藤は言うまでもありません。彼女の実験に付き合っていたらしい南沢・純直も、確実に白昼夢の存在を理解していたでしょう。開本博士についても、この症例の権威なのですから、密《ひそ》かに把握していた可能性も否定できません」

「薔薇を接触させて白昼夢を見た可能性がある、というだけで、犯人は標的に選ぶというのかね」課長の声に、疑念が漂っている。「犯人は白昼夢とやらの何を問題にしているのだろうか。八嶋警部補、君はどのように推測している？」

「正直に申し上げますと、さっぱり見当がつきません」

「……それでよくもまあ、話を進められるものだな」

あきれ顔の課長に八嶋は頭を下げる。

「そもそもこの現象に、はっきりした意味があるのかさえ定かではありません。腫瘍が脳神経に特別な作用を及ぼしていて、くっつけると幻覚が発生する、ただそれだけで、夢の内容に意義なんてないかもしれないのです。犯人は、この現象に想像をたくましくして、勝手な理由で同類を襲っているだけなのかも……たとえばそう、テレパシーを信じているとか」

「テレパシー？」

眉をひそめる課長に、あくまで妄想です、と断る。

「純直の残した動画や、新条の表現から判断する限り、白昼夢には大枠で共通点が存在します。その辺りを犯人が曲解したのかもしれません。自分と似通った内容の夢を他人が見ている。薔薇持ちの脳は特別な回路でつながっていて、考えたことが筒抜けになっている。そんなことは許容できない。だから殺すしかない――とか。もっともこの例えだと、開本博士が最初の被害者になった理由が説明できませんけどね」

「妄想まで計算に入れなければならないとしたら、頭が痛いな」

合間の眉間に皺が生まれる。

「これからの捜査で、開本博士が密かにしたためていた論文なり、診察記録なりに目を通すことができたならば、手がかりも出てくるかもしれないが」

「それまでは、わからない部分はわからないまま放置しておくしかないと考えます。白昼夢が犯人にどのような意味をもたらすかという疑問にはこだわらず、ただ、犯人は知れ渡ることを望ましくないと考えている、阻止するためなら殺人も辞さないものである、と枠組みを定める。私も薔薇持ちの一人ですから、白昼夢の正体が気になるのは正直なところです。ですが、その疑問に関しては、保留にしておくべきです」

一礼した後、八嶋は着席した。一瞬、虎地と視線が合ったが、それ以上意見を述べるつもりはないようだ。

たった今まくしたてた話は、昨夜、虎地と煮詰めた内容の再確認に近い。自分や虎地の手が届く範囲内のみならず、捜査陣全体に伝わった点は有意義だった。

それから数分間、合間と課長は会議室を離れていた。今後の方針について、意見をまとめていたのだろう。

「今後の捜査については、大きく分けて二つの軸に絞る」

戻ったばかりの合間は、事件そのものをかきまぜるように大きく右手を動かした。

「第一の軸は、『はなの会』会員のうち、白昼夢の存在を知っていたメンバーを割り出し、彼らの安全を図るとともに容疑者を割り出すことだ。会員全員に聴取を行い、白昼夢の話について探りを入れろ。一度聴取している会員については、前回の証言と食い違う部分はないかしっかり確認すること。犯人がまざっていた場合、白昼夢の件は黙っていたかもしれないからな」

「もう一つの軸は、開本博士の公私に関するルートだ」

課長が合間の話を引き取った。

「八嶋警部補の発言はおおむね納得のいくものだった。ただ、第一の被害者であり社会的に重要な人物だった開本博士の存在を軽視しているようにも思われる。一連の殺人が白昼夢ではなく、開本博士にまつわる別の事情に端を発している線も捨て置くべきではない。そこで残りの捜査班は、博士の研究や、人間関係を洗ってくれ。その中で白昼夢に関するデータが見つかったら、第一の軸と合流させる。それぞれの班をどちらに割り振るかについては、虎地警部に一任する」

虎地が無言で頷いた。申し訳ないことに、やりたがっていなかった管理職のスキルを会得しつつあるようだ。

時刻は十二時を回り、さっきまで満席だった第二会議室は、昨晩の閑散とした状態に戻っていた。中にいるのは八嶋と阿城の二人だけだ。居残っているのは、昨夜訪れた純直と南沢の殺害現場について、報告書を作成する必要があるからだった。

「ありがたいよな。ああいう、ちゃんとした人ってさ」

八嶋が呟くと、阿城が面倒そうに首を傾ける。片方の耳にワイヤレスタイプのイヤホンが見える。近くに置いたスマホから音楽を飛ばしているようだ。

「なに聴いてんの」

「レッド・ホット・チリ・ペッパーズの『ハイヤー・グラウンド』です」

「渋《しぶ》いの選ぶねえ」

「おじいちゃんがファンだったんですよ。今日、命日なんで」

全く興味がない、という風に阿城は目を細めながら、

「ちゃんとした人って、合間管理官のことです？」

しっかり耳に入っていたようだ。

「うん、ザ・真人間って感じだよねあの人。俺とはぜんぜん違う」

「警察なんだから、八嶋さんも真人間の範疇《はんちゅう》に入ると思いますよ。ぎりぎり」

最後の一語を聞かなかったように装いつつ、八嶋は息を吐く。煙草《たばこ》なんて吸った経験はないが、吸いたくなる気持ちはわかる。

「法律に従って、まじめに仕事してるって意味では、まあ、そうだと思うよ。でもそれ以上に立派なわけよ、ああいう人たちは」

「八嶋さんの経歴に、傷を付けないよう配慮してくれたんですよね、あれ」

「その代わり、合間さんとか、課長に傷が付いちゃった」

八嶋は机の木目を親指でなぞる。

「俺が合間さんたちの立場だったら、間違いなく俺のせいにしていただろうねって想像すると、あの人たちのえらさが身に染みる」

「八嶋さん、自分を悪人に設定して楽になりたいタイプですか」

「悪人とまでは思ってないよ」

えぐってくるなあ、と噛みしめつつ、八嶋はこれ以上口に出すのはよくないかもと迷い始めた。コミュニケーションは、無難な話題で収めるのが望ましい。けれどもある程度深い付き合いになってくると、自分の弱さや醜《みにく》さを吐露することが儀礼になってしまう。その場合、さじ加減が難しい。でも今は、もう少しアクセルを踏んでもいいと判断した。

「薄いって自己分析してる。物事に対する情というか、思い入れが浅い。今回だってさ、同じ昏睡病患者が殺されたっていうのに、死んじゃったのか、かわいそうだな、って程度で収まっちゃうんだよな」

「元カノさんはどうなんです」再生が終わったのか、阿城はイヤホンを外した。「元カノさんが亡くなったとき、泣いたりしなかったんですか」

「泣かなかった。薄情極まりないよな」

柩《ひつぎ》に納まった涼火の白い頬を思い出す。

「でも、アレなんだよ。管理官みたいな人がいるとさ、俺みたいな薄いやつは薄いなりに、警察なり社会なりの中で、きちんと存在意義があるのかなって夢見たりもするよ。ちゃんとした人ってさ、感受性もちゃんとしてるから、とんでもないクサレ外道とか、社会全体を揺るがす巨悪なんてものにぶつかったら、きっとキツいだろ？　立ち向かうだろうし、勝てるかもしれないけど、いろいろ磨《す》り減るだろうね」

八嶋はホワイトボードに目をやった。年季の入った薄灰色は、クリーナーをかけても完全にインクが落ちない。そうだ。どうでもいい。自分の感性がどこから生まれたものだろうが、薄かろうが、社会に寄り添って生きていく以上、使えるものなら使ってやるだけだ。「そういうときにさ、俺みたいな薄い連中が側にいたら、フォローとか、支えてあげたりできるかもしれない。それが役割かもしれないってさ」

「そっすかー」

阿城はスマホを覗き込んでいる。「やべ、今日じゃなかったです。命日」

「さて、これからどうしようかな。俺の意見を汲《く》んでくれたのはありがたいけど、皆が動いてくれる以上、俺なりの働きをしないとね」

「ここはやっぱり、事情聴取じゃないですか？　生き残りの二人も含めて、八嶋さん、『はなの会』の人たちとあんまり顔を合わせてないでしょう。同じ薔薇持ちだからこそ口を開いてくれるかもしれません。流花ちゃんだってそんな感じでしたよね」

「まあ、そうするしかないか」

「ちょうどいいタイミングだ」ドアが開いて、虎地が入ってきた。手にスマホを握っている。

「村路加夜に聴取を行ってたんだが、八嶋、お前の話題になってな。同じ薔薇持ちの刑事に、どうしても相談したい話があるそうだ」

「ビデオ通話でお話ししてもいいですか。相手の顔が見える方が、話しやすいかなって」

電話を替わるなり、聴き取りやすいはきはきした声が飛び込んできた。電波越しとはいえ、刑事を相手にしても物怖《ものお》じしていない。八嶋がカメラを作動させると、液晶の向こうで、勝ち気そうな瞳が見つめ返してきた。

さっきまでU20日本陸上の強化合宿に参加していたという村路加夜は、高校のロゴマークが入ったジャージをまとった格好だ。日焼けした顔に、ポニーテールがよく似合っている。通話用の画面は大半が彼女の上半身で占領されているため詳しくはわからないが、背後にソファーやベッドが見えるので、宿泊用のスペースから電話をかけているらしい。

「どーも、僕が八嶋です。相談したいって、どういう話かな？」

「ごめんなさい、お忙しいときに。本当は、そちらから質問されたいですよね」

加夜は背伸びをするように肩を動かした。「何でも答えますので、先に聞いちゃってください。頼み事は、その後で構いませんから」

八嶋は少々意表を突かれる。

「質問、長くなるけど大丈夫？　その後で、その相談は無理ですって返事するかもしれないけど」

「オッケーです。頼み事も、きっと引き受けてくれると思います。私がそうさせますので」

不敵に笑う少女を前に、これは油断できないな、と八嶋は気を引き締める。場慣れしている。プレッシャーに押しつぶされそうな場面や、大人との交渉に鍛《きた》えられているのだろう。もし、この子が犯人なら、尋問は骨が折れそうだ。

「それでは遠慮なく、根掘り葉掘りさせてもらおうかな。白昼夢は知っている？」

「薔薇を合わせたら見える夢のことですよね。兵藤さんに教えてもらいました」

「兵藤水奈さんとは、SNSで知り合ったんだよね」

「そうです。インスタかフェイスブックのどっちかでした。私がオスロ昏睡病の元患者だって公表したら、いくつかレスが付いて、その一人が兵藤さんで……それをきっかけに連絡先を交換したんです」

殺されたと聞いてびっくりしました、と加夜は憂《うれ》いを露にする。朝のニュースで、純直と南沢の死についても承知しているそうだが、この二人と面識はないという。

「会ったことがあるのは兵藤さんだけですね。六月だったかな。京都にいるときに『はなの会』で待ち合わせて、いきつけのカフェでおしゃべりしました。そのとき、白昼夢について説明してもらったんです」

「知識だけ？　実際に試した？」

「試さないわけありません。ホテルを取って、二人の薔薇を合わせました」

「兵藤水奈は定期的に薔薇持ちを集めて実験を繰り返していたみたいだけど、村路さんはそのグループに参加していないんだね」

この質問は、水奈たちと加夜の関係を探るためのものだった。加夜がグループに仲間入りしていないのは、単純に彼女が多忙であったせいか、それとも他の理由があるのか。

「そうですね、兵藤さんに教えてもらって、私もこれや白昼夢について興味を持っていたのはたしかなんですけど」

加夜は左手をこちらへ向けてかざして見せた。左手首の下に、小ぶりな薔薇が光っている。

「兵藤さんと私では、興味の方向が微妙に違うんですよね。だから一緒に実験を続けるくらい仲良しにはなれなかったっていうか」

「その違いってところ、詳しく教えてくれないかな」

「簡単に言うとですね、私は陸上に集中したいから薔薇を調べたかったんですよ」

手首の薔薇を、少女は恨みがましそうに眺める。

「実はこの薔薇、何度も競技の前に切り落としてるんですよ。ちっちゃいし普段は気にならないですけど、競走するときは邪魔に感じるんです。一回試したら、なんかいい成績が出ちゃったこともあって、半分、験担《げんかつ》ぎみたいに毎回、切除してます」

「勇気あるなあ、俺は怖くていじったりできないよ」

「最初は怖かったですよ？　でも痛みもないし、手術用のメスを使わなくても楽勝ですから。最近は扱いもぞんざいになってきて、張ノ瀬さんに怒られちゃいましたけど」

「ひょっとして、『はなの会』の施設で切り落とした？」

「そうなんです。七月の最後だったかな？　切り取ったやつがどっかに行っちゃって、見つけた誰かが張ノ瀬さんに渡したみたいなんですね。いくらなんでも扱いが雑すぎるって注意されました」

おそらくその薔薇が、志波瞬也が白昼夢の存在に気づくきっかけになったものだ。

とくに教える義理はないので、黙っておくことにする。

「話が逸れちゃいましたね。私が気がかりなのは、この薔薇が競技を続ける上でハンデになるかもってところなんです。今のところ、切り取ったらマイナスはない感じですけれど、正体不明の腫瘍だから、今後どうなるかはわかりません。たとえば研究が進んで、この腫瘍から身体能力を向上させる特別なホルモンが検出されるとします。それがドーピングに引っかかるものだったら、私の選手生命は終わっちゃいます」

「つまり村路さんは、薔薇の存在が自分にマイナスを及ぼすかどうかを知りたいわけだね。兵藤さんは、そうじゃなかった。どちらかというと、白昼夢の方をクローズアップしていたのかな」

「白昼夢の中でも、最後に聞こえる声ですね。あの言葉の正体を、とくに知りたがっていたみたいです。私の場合、内容についてはどうでもよくて、夢を見てしまうこと自体が気がかりだったんです。団体競技で、薔薇持ちがチームメイトになるとするじゃないですか。その子の薔薇が手のひらとかだったら、バトンの受け渡しが難しくなっちゃいます」

「……その発想はなかったな」

八嶋が声を上擦《うわず》らせたので、隣にいた虎地が怪訝そうに眉を動かした。反対側の阿城も瞬きしている。

「ひょっとして村路さんは、薔薇持ち同士が薔薇を合わせるいろいろなパターンを記録してたりする？」

「当然です。それが一番の目的ですから。私と兵藤さんで試したり、兵藤さんの実験結果を伝えてもらってます」

「その辺り、詳しく教えてほしいな」

液晶画面の加夜を眺めながら、八嶋はこの少女をどこまで信じていいものか思案する。

彼女が犯人やその協力者だった場合、都合のいい情報を一方的に吹き込まれてしまうはめになるからだ。

(いや、薔薇に関する内容なら疑う必要はないな)

しかし、すぐさま思い直した。嘘を流し込むつもりなら、わざわざ聴取の相手に薔薇持ちの刑事を指名するわけがない。その気になれば、時間をかけて検証されてしまうからだ。つまり、内容を限定すれば、加夜の発言は信頼できる。とらえどころのない出来事が相次いだ今回の事件で、八嶋はようやく突破口を見つけた気分だった。

「村路さんは、定期的に手首の薔薇を切除しているって話だったよね」

「切除っていうか、消毒したハサミでじょきんって落としてるだけですけど」

「切り取った跡は、薔薇と同じ色合いの組織が見えるはずだけど」

八嶋は空いている指で、自分の後頭部を触った。

「その切り取り跡と、他人の薔薇をくっつけた場合、白昼夢は見える？」

「見えます」

「切り取り跡に接触させたのが、切り離したばかりの自分の薔薇だった場合は？」

「それだと、見えませんでした」

「同じく切り取り跡に接触させたのが、他人の身体から切り離した薔薇だったら？」

「その場合は、見えました」

「驚いた、いろいろなパターンを試しているんだね」

「私が気がかりなのは、うっかり薔薇と薔薇がくっついちゃうケースですから。試合前に意識が飛んじゃったりしたら最悪じゃないですか」

「なるほどね。村路さんが薔薇を切除した部分に、誰かの身体から切り取った薔薇を接触させたら、夢が見られる。この場合、見られるのは村路さんだけなのかな。切り離した、薔薇の持ち主は？」

「見えないみたいです。具体的に言うと、私の目の前で兵藤さんが薔薇を切り離して、その薔薇を使ったんですけど、兵藤さんの意識はそのままだったみたいですし」

「その場には二人しかいなかったんだね？　すると兵藤さんが嘘をついた可能性もゼロじゃないわけだ」

「それはそうですね。私は兵藤さんを信頼してますけど」

「その状況だと、村路さんと兵藤さんのどちらも薔薇が生えてない状態だよね。切り取り跡同士をくっつけても夢は見えたのかな」

「見えました」

「切り取り跡じゃなくて、切り取った薔薇同士をくっつけたら？」

「私も兵藤さんも意識を失いませんでした」

手が疲れてきたので、八嶋はスタンドにスマホを固定してその傍らに手帳を用意した。村路の語る、様々な実験結果を記していく。

「白昼夢を見る時間についても知っておきたい。今教えてもらったいろいろなパターンの実験だけど、意識を失っている時間に、関連性はあったのかな」

「えーと、それはぜんぜんないみたいです」

ぱらぱらと紙のすれる音が聞こえる。画面に映ってはいないものの、向こうでもメモを参照してくれているようだ。

「基本的な薔薇と薔薇の接触も、片方・両方が切除跡の接触も、切り取った薔薇を生えたままの薔薇にくっつけるケースも、時間はバラバラですね。たとえば私が切り取った跡、兵藤さんが生えたままの薔薇をくっつけるパターンですけど、同じ日に三回試した結果、一回目は私が五分、彼女が十五分意識を失いました。二回目が私：三十秒、兵藤さん：二分、三回目が私：一分、兵藤さん：三十秒で、本当にまちまちでしたね」

「ありがとう。貴重な情報だ」八嶋は昂《たか》ぶりを抑えながらメモを取る。

「これも、もしテストしていたら教えてほしいんだけど、薔薇と薔薇の間に布なんかを挟んだことはある？」

「もちろん、チェックしてます」予習を褒められたように加夜ははにかんだ。「ティッシュペーパー、ラップ、シルクのワンピース、新聞紙だと問題なく夢に入ります。薔薇と切除跡、切除跡同士でも同じです。これがもうちょっと分厚くなってくると不確かになります。ふわふわのバスタオルを挟むと、意識が飛ぶときと飛ばないときがありました」

「金属とか、木の板は試した？」

「アルミの板と檜《ひのき》の部材、アクリル板でテスト済みです。それぞれ、厚さが五ミリ以上だと結果が分かれました。材質より、厚さで変わってくるのかも。それ以上の厚さは、いい材料が見つからなかったのでチェックできていません」

どういう仕組みなのだろう、と八嶋は想像する。鋼鉄の板で遮断しても、隙間が存在しないわけではない。顕微鏡で拡大すれば、原子や分子の間に穴が通っているはずなのだ。その穴を、薔薇の細胞なり、何らかの電磁波が貫くという理屈だろうか？空想をたくましくしても、実証が困難であることは間違いない。鑑識や科学捜査研究所が確認できるレベルのシステムなら、開本博士がとうに論文を発表しているだろう。白昼夢発生の原理については、とりあえず脇《わき》に置くしかない。

「長話になってごめんね。とても参考になったよ」

なるべく穏やかな声で、八嶋は感謝を述べた。

「本当ですか？　正直、データがバラバラで、法則とかはそんなに導き出せない感じじゃないですか」

「いいや、バラバラであることに意味があるんだよ」

「へえ……？」片方の眉だけを器用に傾けながら、少女は口元を綻ばせた。

「じゃあそろそろ、私のお願いを聞いてもらえますか」

「ああ、そういう話だったね。待たせて悪かった」

「私たちを、あるところへ連れていってもらいたいんです」

八嶋は少しだけ返答に迷う。

「私たち、っていうのは、村路さんの他に誰が含まれているのかな」

「薔薇の秘密を、知りたがっている人たちです。時間がないから、兵藤さんのお友達や、警察が把握している範囲内で構いませんけど——とにかく、私たちの薔薇と白昼夢がどういう意味を持つものなのか気になっている人がいたら、声をかけてもらいたいんです。明日、村路加夜が、大様正和博士に話を聞きに行くって」

「大様、博士？」

大様正和。

開本周大の研究にインスピレーションを与えた論文の著者。

「私、今回の事件が起こるずっと前から気になっていたんです」

二の句が継げない八嶋にはお構いなしの様子で、加夜は左手を再び掲げる。

「私たちの薔薇は、記憶障害の治療法を施された結果、生まれたものですよね。だったらこれが生えてきた原因は、昏睡病の方じゃなく、治療に使った薬剤にあるのかもしれません。でも開本博士の論文を読んでも、理屈はわからない。腫瘍が生まれる仕組みについては説明がゼロなんです」

その点については、八嶋も承知していた。開本博士の著書や論文を読んでも、薔薇については「正体不明の病変」とあるだけで、具体的な説明は記されていないのだ。

「開本博士に直接教えてもらえたらって、『はなの会』を通じて連絡を取ったんですけど、なんかはぐらかすような回答しか返ってこなかったんですよ。忙しい先生だから仕方がないのかなって考え直して、もう一人、お薬に詳しい人を探すことにしたんです」

たしかにオスロ昏睡病の治療に使用された薬剤は、元々、大様博士が事故由来の記憶障害に使用したものだった。元をたどれば、滋賀県の病院で使用されていた床ずれ用の軟膏成分だと聞いている。薬剤を最初に使用した大様博士なら、薔薇のメカニズムについても見識があるとも考えられる。

「大様博士は、かなり前から消息不明だと聞いてたけど」

「博士の本を読んだんです。『自宅にて』っていうキャプション付きの著者近影があって、窓際に座ってる写真なんですけど、外に変わった形の花が咲いてたの。画像検索にかけたら、滋賀県の一部にしか生息していない花だってわかったから」

加夜は得意げにピースサインを見せる。

「陸上連盟のえらい人に頼んで、その辺りに大様博士の名前で買い上げた土地がないか、探してもらったんです」

「君、行動力がすごいね……」

「総体のレコードホルダーですからね」

よくわからない理屈を口にして、少女はピースを旋回させた。

「先月になって連絡がついたんです。さっき刑事さんにお伝えしたデータを送信したら、とても興味深いから、会いにおいでって。こっちから訪ねていったら何でもレクチャーしてくれるって約束してくださったんですけど、私が忙しいから、訪問が明日になっちゃって。でもこういう事件が起こってしまったから」

「そうだね、危険ではある」

八嶋が睨んだ通り、動機が白昼夢や薔薇のメカニズムに関連しているのなら、何かの拍子《ひょうし》で大様の居場所を知った犯人が命を狙うかもしれないし、彼に教えを請う行為も剣呑《けんのん》なものになる。

「それで、大様博士とも相談したんですけど、どうせなら薔薇の秘密を知りたい人をまるごと連れていって、警察の人にがっちりガードしてもらった方がかえって安全じゃないかなーって話なんですよ。警察も、知りたいでしょう？　薔薇と白昼夢の秘密」

すごいな、この子。

さっきも賞賛したばかりだが、八嶋は少女の行動力に感心していた。加夜の提案は、一連の事件に大転換をもたらす可能性を秘めたものだ。犯人にとってはさしずめジョーカーのような存在になり得るだろう。指摘された通り、薔薇についても教えてもらえるならありがたい。

「申し訳ないけど、大勢の警察官を動かす話になるかもだから、僕一人じゃ即答できない。少し時間をくれるかな」

「大丈夫です、今日中だったら」

「ちなみに、博士はどこに住んでいらっしゃるのかな」

ロケーションによっても警備態勢は異なるものになる。八嶋としては、軽い気持ちで投げた質問だった。

加夜も無邪気な声で答える。

「伊吹山です」

夕方の捜査会議を終えた直後、志波瞬也から電話がかかってきた。

「どういうことですか」

声に殺気がこもっている。八嶋は苦笑いを抑えられなかった。

「どうって、通達した通りだよ。楽しい楽しい遠足のお誘い」

「ふざけないでくださいよ。流花も行きたがっている」

「当然じゃない？　流花ちゃんも、うすうす感づいてるでしょう。白昼夢を見たせいで君の様子がおかしくなったことにさ。理由を知りたいと願うのは当然だ」

「だめなんです」瞬也の声から抑揚《よくよう》が消えた。「だめなんだ。あいつは絶対に知るべきじゃない」

「君はわかってるの？　薔薇が、白昼夢が何なんだってことを」

返事がない。三十秒ほど経って、終話しかけたとき、くぐもった音が吐き出された。

「……理屈や、理論じゃないんです。でもあの夢を見たとき、予感みたいなものが俺の中に降りてきたんですよ。そいつが正しかったら、流花はショックを受けます。自殺するかもしれないんです。流花だけじゃない。刑事さんだって、まともじゃいられませんよ」

「その話、俺にだけ教えてもらうってのはだめだろうか」

八嶋は可能な限りの真摯さを言葉にまぜた。

「十年以上前、俺の恋人が死んだんだ。その子も、薔薇を合わせた直後に様子がおかしくなった。君を苦悩させているものの正体が同じものだったら、俺はぜひ知りたい」

「できません。その人も、刑事さんに伝えないまま亡くなったんでしょう？　俺にもその気持ちはわかります」

「俺はぜんぜんわかりたくないな。自分一人で問題を抱え込んで、他人のためって決めつけたままあの世に行っちゃう傲慢《ごうまん》な馬鹿の気持ちなんて」

薄いながらに、八嶋は怒っていた。気圧《けお》されたような呼吸が電波から伝わってくる。

「俺には想像もつかないけど、確実に死を選ぶような話なのかい？　聞かされた瞬間、遠足のメンバーがこぞって首を吊るとでも？　流花ちゃんが百パーセント死を願うって、君は断言できるのかな」

「……それは、そうとは言い切れませんけど」

「だったら、信じてあげようよ」

合間管理官になったつもりで、八嶋は精一杯の気遣いを絞り出す。

「万が一流花ちゃんがおかしなことをしでかしそうになったら、俺や警察の皆で食い止めてあげるからさ。ええと、こういうのなんて言ったかな……そうだ、男と男の約束」

電話を切ると、隣に座っていた阿城が親指を立てていた。

「かっこいいっすよ八嶋さん」

「どうも」

照れ隠しに、周囲を見渡す。会議終了後、半数の捜査員が会議室を離れ、残っているのは第一の軸に割り当てられた面々と、捜査一課長、合間管理官、虎地、阿城、八嶋の五名だ。

すでに村路加夜へは連絡を入れている。彼女の希望は聞き届けられた。明日の朝、八嶋たちはボックスカーを駆って伊吹山へと向かう。参加メンバーと八嶋たち用に一両、警備担当用に一両という布陣だ。

「富山の捜査員から連絡が入りました」

虎地が課長と合間のいる方へ頭を向ける。「十五日の夜から十六日の未明にかけて、村路加夜が合宿の宿泊施設に泊まっていたことは疑いようのない事実です。少なくとも村路は純直・南沢の殺害犯ではない」

「まあそうだろうよ、よほどの自信家でもない限り、犯人がこんなイベントを言い出してくるとは考えがたいからな」課長が眠たそうに額を撫でた。「犯罪者に乗せられるような失態を避けるための、最小限の用心をしたまでだ」

出発は明日と決まったわけだが、それまで捜査陣が手をこまねいていたわけではない。存命・国内在住の「はなの会」の会員全員と連絡を取り、村路同様、行動を確認済みだった。結果、ほとんどの会員がアリバイを持ち合わせていなかった。死亡時刻が深夜だから仕方がない話だ。

「兵藤水奈の周辺に限っても、広文・大松・新条・志波・張ノ瀬のいずれもアリバイなし。兵藤・開本博士の死亡推定時刻に関しても、誰一人除外できなかった」

タブレットを繰り、合間はため息をついている。「可能なら、このツアーが始まる前に、容疑者を絞っておきたかったのだがな」

「その点に関しては、犯人の標的を絞れただけでもよしとするべきでしょう」

虎地が野太い声で慰める。「ヒアリングの結果、兵藤水奈の実験に付き合ったと答えた会員は判明済みの連中を除いて十五名。白昼夢の線を追う限り、犯人の標的になり得る面子を二十名程度に絞り込めたわけですから。この『遠足』でさらに効率化できますしね」

警察は——おそらくたいていの公的機関も同じだろうが——常に人員不足に悩まされている。「はなの会」の会員たちを連れて大様博士に会いに行きたい、という村路加夜の要望を入れ、警備まで用意するという判断は、そうした観点を踏まえたものだった。警護対象がばらばらに行動するより、団体行動をさせた方がガードは容易になるからだ。

「何事もなく終わってくれたらいいのだが」

課長は手のひらを眉間にあてる。「これ以上の失態をさらすわけにはいかないからな。脅すつもりはないが、皆、崖《がけ》っぷちにいることは理解しておいてくれ」

全員が頷いた後で、八嶋は手を挙げる。

「一つ進言があります。保険をかけておいてもよろしいでしょうか」

居並ぶ捜査員たちの頭に疑問符が浮かんでいるのをスルーして、八嶋はそれまでに手に入った材料の中から、一つの答えを口にした。

第五章　山の博士

公道を駆けている。

何かの競技だろうか？　それとも学校の催し物だったろうか。思い出せないが、一心不乱に身体を動かしていることはわかるので、自分にとって大事なイベントであることは間違いない。だったら、勝たないと。子供の頃から、運動が好きだった。筋肉を骨格を細胞をフル稼働させて成果を得ることに喜びを見出《みいだ》していた。球技や体操も嫌いではなかったが、陸上競技に身を投じたのは、身体以外の物体や他人の評価がまじらない純粋さをとくに好んでいたからだ。ルールを知らなくても、言葉がわからなくても、「走る」という行為は優劣が明らかだ。ゴールへ最初にたどり着くだけ。その単純さが、青空のように美しい。

沿道から声援が投げかけられる。自己中心的な性格だから、応援が力をくれると信じたことはない。声をかけたかったらどうぞご自由に、というスタンスだった。ところがこのときに限っては、温かい音がやけに身体へ染み渡り、踏みしめる足に充実を感じる。応援も悪くないな、とうれしくなり、さらにピッチを上げた。

何十キロ、何百キロ走り続けているのだろう？　倒れ伏してもおかしくないのに、不思議と身体には元気が詰まっている。視界にピンクが走る。桜の並木道を走っているのだ。この道はどこまで続くのだろう？　どこまで続いていたって構わない、と不安を振り払う。最高のコンディションとパフォーマンスを保ち続けている限り、どんな競技だろうと、コースだろうと敗北はありえないのだから。

沿道の人々は、皆、満面の笑みだ。それが疲れを癒《い》やしてくれるから、いつまで経っても脚は鈍《にぶ》らない。もう、ゴールなんていらないかもと思い始める。後続は気配さえ感じない。自分はぶっちぎりのトップを走っているのだろう。だったら、心強い応援を浴びながら、永遠に走り続けるのも悪くない。終わりが訪れないのであれば、自分は頂点であり続けるからだ。

声援が繰り返される。

「　　　　」

「　　　　」

「　　　　」

速すぎるせいか、聞き取れない。けれども、勇気を与えてくれる声だ。応援に力をもらい、桜の道を走り続ける。

ふと、おかしなものが視界の端に見えた。

観客の一人、今横を通り過ぎたばかりの青年の顔に、赤い線が引かれて見えたのだ。気になり始めると、他の観客にも同じ線が確認できる。線は、顔の輪郭をなぞるように、あごの下から額へ伸びて、最後に元の場所へ戻ってくるようだ。サッカーみたいに、サポーター特有のペインティングが存在するのだろうか？

――悲鳴を漏らしそうになる。違う。ペイントじゃない。線じゃない。切れ目だ。もっと正確には、貼り付いている。皆、顔と同じ色の仮面を貼り付けているのだ。その境目が見えている。あまりにも精巧な仮面なので、本物の皮膚と区別できなかったのだ。いや、もしかしたら、本物かもしれない。人間の皮膚を切り取って笑顔の仮面をこしらえ、本当の表情を覆い隠しているのだ。では、この人たちは、本当は応援なんてするつもりはないのだろうか。でも声は聞こえる。温かい声が……

見てしまった。固定された仮面の口から金属の一部が覗いている。小型のスピーカーだ。観客たちは、喉にスピーカーを埋め込まれている！

視線を逸らす。走ることに集中したい。だが、地面を向いたとき見えてしまった。

観客たちの足が、靴ごと、巨大なボルトで地面に固定されている。

全身を恐怖が通り抜ける。強制されているのだ。この人たちは、したくもない応援を強いられている。固定された笑顔と、作り物の声。それなのに身体は、満たされ、走り続けている。自分の意志なんかじゃなかった。いやおうなしに注ぎ込まれ、永遠の疾走を強いられている。

走ることに、足を動かす行為に、自分の肉体そのものに嫌悪を感じ、嘔吐してもなお走り続けていた。そのうち気づく。身体が腐りかけている。あまりに長時間、運動を強制されたせいで、細胞が限界点を超えたのだろう。

このまま死ぬのかな、と諦《あきら》めの境地に至ったとき、ぐずぐずと崩れ始める身体に、ひやりと吸い付くものを感じた。沿道の観客たちが、何かをこちらへ投げつけ始めたのだ。妨害ではなく、自分を助けてくれているのだとわかった。飛来する何かが体に貼り付いた瞬間、肉体が再生を開始したからだ。正確には、投げつけられたそれが、腐った肉体の各所と入れ替わっている。

数十、数百と飛んでくるのは、薄いピンクの肉団子だった。どうして、お団子が身体を癒やしてくれるんだろう。不思議に思っていると、ゆりかごが目に入った。沿道の人々がバケツリレーのように、一つのゆりかごをこちらへ併走させるように移動させている。皆、ゆりかごの中に手を突っ込み、そこから肉団子を取り出しているのだ。

見てはならないものだ、と気づく。ゆりかごの中に収まっているのは、肉団子の山ではない。観客は、ゆりかごの何かをちぎって、団子に変えているのだ。ゆりかごの中にある何か。それは当然――

ふいに角度が変わり、その中身が視界に入った直後、加夜の視界は真っ白になった。

「――そんな感じでした。私の見た白昼夢は、だいたい同じパターンでしたね」

村路加夜が話を締めくくった。

九月十八日の早朝、八嶋・虎地・阿城の三名は、府警本部の駐車場前で、山行《さんこう》の参加メンバーが集まるのを待っていた。すでに大型のボックスカーが二台、目の前に停車している。一台に参加メンバーと八嶋たちが、二台目に警備担当が詰める手はずになっていた。出発は七時の予定だったが、六時半頃に加夜がやってきて、軽い世間話が始まった。その流れで、白昼夢についても語ってくれたのだ。

「一体感、嫌悪感、そして謎の声、か」

八嶋が感想を漏らすと、阿城が飛びついてきた。「聞かせてもらった限り、共通点はそんな感じですね。最初はすごく気分のいい、世界全部に肯定されてるような夢で、途中で謎の声が聞こえて、でも具体的な言葉はわからないのも同じですね。最後にそれまできれいだったものが突然気持ち悪くなっちゃって終わる、と」

「あとは色、ですね」

加夜が補足を入れる。彼女は昨日のジャージではなく、つや消しホワイトにピンクのラインが入った上下の登山服に身を包んでいる。伊吹山はドライブウェイが通っているものの、博士の住まいへ向かうルートは徒歩を要するので、全員、動きやすい格好で来ることになっていた。八嶋も登山服に着替えている。新品を買う時間がなかったので、涼火と山へ登った際の装備を引っ張り出した。サイズがたいして変わっていなかったのが驚きだ。

「全員ってわけじゃなさそうですけど、ピンク系の色や花もよく出てくるみたいですね。水奈さんから聞きました」

加夜はボックスカーの車体へ鑑賞するような視線を送っている。色彩や形状に対する感受性が高いのだろうか。はきはきした口調と、利発な印象はスマホ越しに話したときと変わらない。八嶋は彼女と流花の白昼夢にも、特別な共通点があることに気付いていた。

――人肉食。流花は大蛇に姿を変えて見知らぬ赤ん坊を呑み込み、加夜はゆりかごの「中身」から作りだされた肉団子で、腐りつつある身体を整えた。加夜の場合は、「食べた」とは言えないかもしれないが、他人の肉体を自分の栄養にしているという意味では、広義のカニバリズムと呼べるだろう。この共通点にも、説明はつくのだろうか。

あまり大様博士に期待を寄せすぎるのもよくないかもな、と八嶋は自分を戒《いまし》めた。博士がたいした情報を持ち合わせていない可能性も否定できないからだ。全員、がっかりして下山するかもしれない。

六時五十分辺りから、メンバーが集まり始めた。最初に広文翔と大松隆が連れ立って現れた。広文は痩《や》せ型、大松はややぽっちゃりした体型だが、顔立ちは似通っている。

二人とも青白い顔をしており、バスを挟むとはいえ、山行に耐えられるのか八嶋は心配になった。

「……大丈夫です。ちょっと、美琴のことでショックが抜けないだけで」

広文が途切れ途切れに言う。

「一応、彼女でしたから」

張ノ瀬の話によると、最近、二人は付き合い始めたという話だった。

「ごめん、一応、ってどういう意味かな」

八嶋の疑問を阿城がカバーしてくれた。

「普通に付き合ってるんじゃなかったの」

「いえ、偽の恋人ってわけじゃないし、僕も好きでしたけど」

発音こそはっきりしているものの、広文の声には覇気や意欲というものが感じられない。元々こうだったのか、恋人の死が影響しているのか判別が困難だ。

「僕は、告白された側で……正直それまで、美琴さんのことはなんとも思ってなくて。でも、誰かに好きって言われて、それがかわいい子だったら悪い気しないじゃないですか。ありがとうって感じでＯＫしたから、付き合ってました！　って胸を張れないっていうか」

「ああ、広文君って、なにかと流されやすいタイプ？　別にいいじゃない。それでも彼氏は彼氏でしょう」

「いいんですかね……」

「いいよいいよ。付き合った時間が一秒だって、お付き合いはお付き合いですよ。言っていいんだよ。彼女が死んで、とても悲しいって」

「いや、それがめちゃくちゃショックを受けているわけでもないっていうか。冷血ですかね、僕」

「冷血上等。クズでも最低でも、最低なりに悲しんだらいいんだよ」

阿城がざっくりと慰める。微妙にデリカシーがない（本人は配慮が行き届いていると信じている）部下が、よけいなことを言い出さないか八嶋は少し心配になった。幸い、会話が途絶えたので、そのまま口をつぐんでいる。安堵しかけた途端、巡査部長は大松へ矛先を転じた。

「大松君は、グループの中で、好きな女の子とかいなかったの？」

（よく振れるな、そんな話題……）

グループ内の女子は全滅している。残酷極まりない質問だが、意外にも大松は赤裸々に語ってくれた。「俺は、水奈が好きでした。かわいいだけじゃなくて、なんか企《たくら》んでいる感じがすごく好みで……」

言いよどんだ後で、目を大きくする。「だからといって、振り向いてもらえないから殺したとか、そういうのじゃないですよ」

疑ってないよ、と八嶋は請け負った。少なくとも、単純な恋愛沙汰《ざた》から発展した殺人事件であるとは信じがたいのが現状だ。

「それに、いいなって程度で、行動に移しませんでしたから。付き合うことができた広文とは大違いです」

「なんにも違わないよ」

広文は気だるげに手を振った。

「僕も、大松君と同じだよ。自分が好きだったら、言い出したりできなかったよ。流れに任せただけだよ」

「やわやわしてるなあ」

八嶋の傍らで、阿城が囁いた。

「多いですよね。最近、ああいう感じの男の子。南沢さんは、どこがよかったんでしょう」

「たぶん、こういうところがじゃないですかね」

広文がリアクションしたので、阿城は「やばい」と口に手をあてたが、本当だから気にしませんよ、と少年は笑った。

五十五分を過ぎた頃、流花と瞬也がやってきた。加夜の呼びかけに応じて伊吹山へ向かう薔薇持ちは、これで全員だ。前日、連絡が付く限りの「はなの会」メンバー全員に山行の予定を伝えてはいたのだが、この場の面子を除いて、興味を示したものは現れなかった。

出発の準備を始めていると、張ノ瀬がやってきた。彼女にも遠足の話は連絡してあったものの、同行を申し出てはいなかったので、八嶋は少し驚いた。

「いや、私は行かないよ。今晩、宿泊の予約が入っているので、間に合わなかったら困るから」張ノ瀬は困ったような笑顔で手を振った。「ちょっとだけ、あの二人が心配なだけ」

視線の先にいるのは流花と瞬也だった。流花は、ボックスカーの後方に立っている瞬也に近づきたいみたいだが、「寄るな」と言わんばかりの空気が漂っているので、躊躇しているようだ。一方の瞬也も、流花を遠ざけているようでありながら、彼女の視線が他へ逸れたときには、目で追っている。

「初々《ういうい》しいっすね」離れた場所で見ていた阿城が呟いた。「あんなの、リアルにあるんだあ……ラノベの恋愛みたい」

「でも、心配なんだよ」張ノ瀬が八嶋に顔を寄せる。「二人とも、思い詰めてるみたいだから。『はなの会』で知り合ったカップルには、上手くいってもらいたいんだよな」

　上手くいかなかった片割れとしては、同意するしかない。

「二人が、とくに瞬也君が情緒不安定になってるのは俺も承知しています。目を光らせておきますので、安心してください」

「ありがとう。八嶋君も気をつけてね。君も薔薇持ちの一人なんだから」

「張ノ瀬さん、帰ってくるのは夜になりますけど、夕飯をお願いしていいですか？」

　あえて空気を読まない風に、加夜が明るい声で割り込んできた。

「前にごちそうになったエビチャーハン、すごくおいしかったから、材料があったら、また食べてみたいです」

「わかった。腕によりをかけて用意しておく」

　張ノ瀬は両手の指を組み合わせ、ストレッチのように伸ばした。

「何事もないとは思うけど、皆、気を付けてね」

　定刻通り府警本部を出発した車は、滋賀県を経由し、十時前に岐阜県へ入った。

　ここから伊吹山ドライブウェイという有料道路を使用することで、山の北側から回り込み、九合目付近まで一気に登ることが可能だ。加夜によると、大様博士は北方の御座峰《ござみね》という山に通じる尾根道の途中に居を構えているので、頂上は目指さず、山を折り返すことになる。

往路、車中の雰囲気は最悪だった。

初対面の人間もまざっているのだから、会話が途切れるくらいは気まずいうちに入らない。問題は、瞬也の流花に対する態度だった。流花は瞬也に対してとにかくコミュニケーションを取りたいらしく、ことあるごとに話しかけるのだが、瞬也の返事は、とにかくそっけないのだ。「べつに」「どうでもいい」「くだらない」を使い分け、拒絶を繰り返す。そのうち流花は涙目になり、黙り込んでしまった。

ムードメーカー気質なのか、加夜は適当な話題を振って楽しい空気を作り上げようと努力していた。瞬也も、彼女に話しかけられると友好的に対応している。しかし頃合いと見た流花が話題を引き取ると、途端に塩対応に変わってしまうのだ。

(これ、怒るべきかな)八嶋は阿城に意見を仰ぐ。運転は別の刑事が担当しているので、車内の人間関係を気にかける余裕くらいはあったからだが、

(無視でいいんじゃないすか。所詮《しょせん》、ジャリの喧嘩《けんか》っす)

阿城は肩をすくめる。たしかに一連のやりとりを子供の痴話げんかと見なすなら、口出しするのは大人げないだろう。他のメンバーが黙っているのも、当人同士の問題

だと達観しているとも解釈できる。フォローをあきらめ、八嶋はメンバーの監視という本来の業務に集中した。虎地も最後尾に陣取り、ぎょろつく瞳で周囲を見張っている様子だった。

九合目に到着したのは十一時半だった。駐車場を抜けると頂上を一周する遊歩道が広がっており、伊吹山の多彩な花々を楽しむことができる。八嶋も、涼火と訪れたことがある絶景ポイントだ。しかし道草を喰っているうちに博士の話を聞く時間が削られてしまっては本末転倒なので、今回、散策に時間は割かないことにした。その時間を昼休憩に充て、食後に大様博士を訪ねる手はずだ。

頂上付近の岩場に腰を下ろし、一行はめいめい昼食を広げた。春に比べると花は少ないものの、登山には最適のシーズンなので、他の登山客も多い。警備用の人員も含めると十数名の大所帯になるため、数ヵ所に分かれての食事となった。瞬也は一人、狭い草地に座ってコンビニパンを囓《かじ》っている。おそるおそるといった体で、流花が近づいた。手にしたランチボックスの蓋《ふた》を開いて見せる。

「お弁当、作ったんやけど、一緒に食べへん」

「いらない」

予想はついていたが、瞬殺だ。流花はなすすべなく、立ち尽くしている。

八嶋は涼火と出かけたハイキングの数々を思い出していた。少なくとも涼火が自分のために食事を用意してくれた覚えはないし、作ってあげた記憶もゼロだった。どちらも瞬也と同様、コンビニの商品で済ませていたのだろう。

（一回くらい、手作りしてもよかったかな）

声をかけるべきか、迷う。男の子のためにお弁当を用意してきた女の子が、涙をこらえている。ここで口を挿むのは、刑事の仕事だろうか？

「喰ってやれよ」

思いも寄らない人物が参戦したことに八嶋は驚いた。近寄ったのは虎地だ。阿城の姿を探すと、彼女も信じられないと言いたげに口を開けている。

「アレルギーでもあるのか。なかったら、食べてやれよ、全部」

瞬也の眉の形がいらだちを露にしていた。

「刑事さんには関係ないでしょう」

「これでも、まともな社会人を自負してるもんでな。食べ物を粗末《そまつ》にするなって若いやつに教えるのは、大人の仕事だよ」

虎地は瞬也の目を覗き込む。信号機の灯火みたいに分かりやすい瞳だ。だからこそ正論をセットにされると、あらがうのが難しいと八嶋も知っていた。

「いいです。こんなん、適当に作ったやつやから」

顔を赤くした流花がランチボックスの蓋を閉じようとするが、虎地は手を伸ばして制止した。

「適当じゃないだろ。右端にある梅しその鶏肉《とりにく》巻き、テレビの『お料理講座』の梅特集で紹介してたやつだ。真ん中にある卵焼きも、中にまぶしてあるホウレンソウの切り方が、前の日の特集でピックアップしてたやつとそっくりじゃねえか。毎日毎日、良さそうな料理をチェックして、こういう機会のために練習してたんだろ？　右上のタラコも、奥にあるパスタと絡めたワサビも――」

「もういい、もういいです。いじめんといてください」

流花の顔がますます朱に染まる。

いじめるつもりはないんだが、と頬をかく虎地の前に、瞬也が割り込んだ。

鶏肉巻きをつまみ、口に入れる。

「おいしい」

流花の顔が、マイナスとプラスを短時間で浴びたせいかゼロのような無表情に変わり、直後にぽろぽろと決壊した。

「……泣くなよ。悪かった。パン一つじゃ足りなかったからさ。助かる」

ばつが悪そうにその場を離れた虎地を、よせばいいのに阿城が追いかけた。

「虎地さん、料理とかする人なんですか」

「しない人だったけどな。今は自炊するしかないんだよ」

八嶋も、初耳の話だった。阿城も固まっている。

「離婚したんだよ。先月にな」

どっかりと腰を下ろした虎地の傍らにある弁当は、信じられないほどカラフルで多彩な内容だった。中身と作り主の顔を見比べながら、阿城はさらりと訊く。

「浮気ですか？」

警部は重力を帯びているような息を吐いた。

「お前、『配慮』って言葉知ってるか」


遊歩道を後にして、ドライブウェイへ戻る。食事の後、瞬也が発散していた刺々《とげとげ》しさは少しだけ和らいだように見えた。とはいってもいきなり馴《な》れ馴《な》れしく変わるほどではなく、遠慮がちに流花と距離を取っている。後ろを歩く加夜が、なぜかうれしそうに小さく手を叩いた。広文と大松も、満足げに頷いている。

「皆はさ、自分の記憶が心配になることってある？」

ふいに瞬也が口を開いた。「俺たち薔薇持ちは、病気にかかる前の記憶が曖昧でしょう。そのせいで、今でもきちんと物事が覚えられないいんじゃないかなんて、怖くなったりとか、しないのかな」

最初に府警本部を訪ねてきた際に、少し言及していた話だ。この場に薔薇持ちが揃っているので、話題に上げたかったのだろう。

「……僕は、あんまりないな」

広文がだるそうに答えると、大松も同意した。瞬也は意外そうに目を瞬いている。

「よっぽど記憶力に自信があるんだな」

「全然ないよ、自信なんて」広文はスローモーションでかぶりを振る。「ただ、記憶がおかしくたって、気にしないってだけ」

「どういうことだ？」

「だって、記憶とか、最初からもやもやしてるじゃん。薔薇持ちじゃなくたって同じだろ。どこかで聞いた話を間違って覚えてたり、何度も思い返すうちに違う形になっちゃったり、ネットや誰かの言葉で変わっちゃったりもするだろうし。人間の心なんてそんなもんだろうからさ、薔薇や病気のせいで少しずれちゃっても、誤差の範囲内だよ」

「そういう考え方もあるのか……」

よほど意外だったのか、瞬也はしばらく口を利かなかった。

「私は怖いと思うよ」

見かねてか、加夜が手を挙げた。

「病気のせいで、大事な事柄が消えちゃうのはとっても恐ろしい。でも、そうなったらしょうがないとも考えるかな。消えちゃったり、まざっちゃったらどうしようもないじゃない。嘆いて下を向くより、まっすぐ前見て歩きたい」

アスリートのお手本みたいな発言だ。眩しさを感じながら八嶋が一同を見渡すと、話に加わらなかった流花と大松は思案顔で回答を探している様子だった。記憶の揺らぎという話題一つ取っても、これだけ意見が分かれるものかと八嶋は感心する。自分も含め、同じ病に苦しんだ子供たちが、成長して各々異なる視点を持つようになっている。当たり前の話だろうが、あらためて目の当たりにすると、感慨深いものがあった。

なんだか懸案が片付いたような気持ちになってしまうが、ここからが本題だ。一行は、北へ向かって徒歩でドライブウェイを折り返した。基本的に徒歩での通行が禁止されている伊吹山ドライブウェイだが、周辺の山小屋などの住人や、彼らを訪問する場合に限り、特例が設けられているらしい。ガイドブックによるとこの周辺は八月にシモツケソウが満開になるようだ。桃色のビーズを集めたような花々が、まだ尾根道沿いにぽつぽつと咲いていた。

『静馬《しずま》ヶ原《はら》』と記された案内標識の前で、先頭へ出た加夜が、登山服からスマホを取り出した。

「ここです」カメラを立ち上げて撮影している様子だ。「ここでアプリをダウンロードしたら道案内してくれるって約束でした」

一同は標識を取り巻いた。よく見ると、地名の下に小さくＱＲコードが印刷されている。八嶋もスマホを取り出し、カメラアプリを起動してＱＲコードに向けた。残りのメンバーもそれに倣う。「案内アプリをダウンロードします。よろしいですか？」の質問が表示されたので、ＯＫと答えた。

「うわっ」

広文が軽い悲鳴を上げた。「グロっ。こういうの苦手なんだよ」

【グロいとはご挨拶だな】

八嶋を驚かせたのは、反応が返ってきたことだ。スマホのディスプレイに怪物が映し出されている。単なる静止画像ではなく、怪物は身体のところどころをよじらせるように動いていた。口を動かすと、合成音声と思われる声が響いてきた。

【いらっしゃいませ。ひさしぶりのお客様だね】

怪物の声が、各々のスマホからこだまする。

【歓迎するよ。私が大様正和だ】

【あと三十メートル直進したら、右手の坂に踏み跡が見える。獣道と間違えがちなささやかな道だから、見失わないように降りてきてくれたまえ。まあ、迷ったら、私がナビゲートしてあげるけどね】

ようするに、アプリを介して遠隔で語りかけているということらしい。液晶に浮かぶ怪物と山道を交互に眺めながら、八嶋は怪物のデザインについて記憶をたぐっていた。どこかで見た姿形だ。ゲームや映画ではなく、もっと真面目な場面で出会った気がする。

怪物の姿は、一応、人類をベースに成形されている。ただし、身体の各部位が縮小、もしくは肥大化していた。両腕・両脚は枯れ木のように貧弱なのに、両手は異常に大きい。握りこぶしのサイズが、両脚の長さと一致しているくらいだ。両手ほどではないが、頭部もラージサイズだった。その中でも鼻の周辺と唇が自己主張するようにせり出していた。

【八嶋警部補だったね。私の格好に興味をお持ちかな】

すでに自己紹介を済ませてはいるが、CGとはいえ、フランクに話しかけてくる怪物とのコミュニケーションは不思議な心地にさせられる。表情を読まれたということは、スマホのカメラ機能が作動しているということだろう。

「見覚えのあるスタイルなんですが、どうも思い出せなくて」

八嶋が正直に答えると、怪物は大きく両腕を開いた。巨大な両手が騒がしい。

【それでは、皆々様に問題だ。私のこの格好は、何をモチーフにしているのでしょーか】

「ペンフィールドのホムンクルス」

瞬也が答えると、怪物は大きな手を叩いた。

【ご名答。もしかして脳科学に興味をお持ちかな】

「あー、俺も思い出しました」八嶋はスマホを持っていない手を額にあてる。高校生に先を越されたのがちょっと悔《くや》しい。

「脳みそと、脳みそが動かしたり感じたりする体の各所を対応させたとき、どれくらいの割合になるかっていう図解でしたよね」

【おおむね、間違ってはいないな】怪物はせり出した唇を引き締め、うんうんと頷いた。

【カナダの脳神経外科医・ワイルダー・グレイヴス・ペンフィールドは、外科手術の際に発生した様々な反応を検知することにより、人間の脳と、全身がどのように対応しているかを視覚化した。嗅覚《きゆうかく》は脳みその中でどのくらいの割合を占めているのか、手のひらの感覚はどれくらいのパーセンテージなのか、という具合にね。脳みその中で、領域の大きい部分を拡大し、小さい部分を縮小する。その結果、完成したのが『体性地図』だ。この体性地図をかわいらしくマスコット化したのが、このスタイルなのさ】

かわいらしいかな……というつっこみを八嶋はこらえる。案内に従って斜面を下り始めたため、よけいな動作に気を取られたくないからだ。

「でも、よう知っとったな、瞬君。私、ぜんぜん知らんかった」八嶋の一歩先を下っていた流花が、尊敬の眼差しを傍らの瞬也に注ぐ。照れくさそうに瞬也は顔を背けながらも流花へ手を伸ばした。つまずきそうな起伏があったからだろう。

「俺、人間の脳みそとか、コンピューターとの考え方の違いなんかに興味があるんです。将来は、プログラムを勉強しながら、脳を解析するような研究をしたいって思ってるので」

【若いうちから進むべき道を定めている。素晴らしい】

怪物が再び手を叩く。

「ホムンクルスを使っているってことは、大様博士の専門もその辺りなんですか」

灌木《かんぼく》をかきわけながら加夜が訊く。「ネットや本に出ている博士のプロフィールって、その辺りが詳しく書かれてなくって」

【そうだね。ホムンクルスは私の研究の出発点だ】突然、怪物は画面の中で横倒れになった。【とはいえ、この格好だと少し説明が難しい。ちょっとだけフォームチェンジさせてくれ】

突然、怪物がバラバラに分かれた。

くるくると手足が宙に浮く背後に、巨大な脳みそが出現する、その上部からミカンの房のようなパーツが二つ、飛び出して、周囲に怪物の各所が配置される。

【今、飛び出したパーツが運動野と体性感覚野と呼ばれる部位だ】

ちりばめられた顔の一部と口が動いている。かなり気持ちが悪い。

【人間の身体感覚は、この二つの部位に集中している。つまりこのパーツが損傷すると、日常生活に相当な不便が生じることになる。たとえば運動野の中腹あたりが傷つ

くと、親指の感覚が失われてしまう】

分解された親指が、ぴくぴくと動いてアピールした。【ここからが重要な話なんだが、配置された身体感覚は、それぞれ全く独立して動いているわけではないことも判明しているんだ。親指の感覚を失った患者が、リハビリの果てに快復したとする。そのとき、脳を検査してみると、実は傷ついた部位は細胞が死んだままになっている例も少なくない。ではどうして指が動くようになったかというと、体性地図の上で、親指に隣り合っている部分の脳細胞が、常人のものより活性化していたりするわけだね】

「親指は、この配置だと首の隣にありますよね」

八嶋の後ろにいる阿城が、スマホを指さして確認しているようだ。

「つまり、首を動かすための脳細胞が、親指も動かせるようになったってことですか？」

【その通り。その現象こそが、私の脳科学の出発点だった】

今度は分割された首がせわしなく動く。

【脳みそのある部分が機能を失った場合、別の部位がその機能をカバーすることが起こりうる。このカバー機能は、どこまで働くものなのか？　それを研究するのが私の

専門なんだ。『代替脳医学』私はそう名付けている】

「すみません博士、我々はオスロ昏睡病の薔薇と白昼夢に関する解説をしていただくためにここへ来ているわけですが」

虎地が頭にかかった枝を払いながら訊いた。

「ひょっとして、もう始まってるんですか」

【その通り】

バラバラだった怪物が、元のスタイルにするりと再生した。

【とっくに始まっている。私の探究が、あの薔薇を生み出したのだからね】

十五分ほどかけて、一行はほぼ平坦な場所まで下ってきた。ミニマムな盆地のような地形の奥底に立っているらしい。正面には灌木が立ち並んでおり、視界はよくない。下りとはいえそれなりに筋肉を使ったせいか、大半の表情に疲れが見える。トップアスリートの加夜だけがけろりとしていた。

【慣れない人に、ここの下りはきつかっただろう。少し休憩したまえ。もう少しで着くからね】

怪物は細い脚を器用に曲げてあぐらをかいていた。野草が生い茂る中に清潔そうな石灰岩が所々露出しているため、腰を落ち着ける場所には困らなかった。

【ところで君たち、この山と、戦国武将、織田信長《おだのぶなが》の関係について知っているかな】

突然、これまでとはベクトルの異なる話題が飛び出した。

「来る前に調べました」大松が鼻息荒く答えた。「信長が、この山に薬草を植えさせたんでしょう？」

【予習もしてきたとは感心、感心】

怪物はたらこ唇を震わせる。

【永禄《えいろく》年間（一五五八年～七〇年）に、織田信長が宣教師に命じて、海外の珍しい薬草を栽培させた、と『南蛮寺興廃記《なんばんじこうはいき》』などの諸文献に伝わっている。その後、それらの薬草がどのように活用されたかについて大変興味深い記録が残されているんだ。この地方の豪農の家に受け継がれていた、『夏河家所領次第《なつかわけ》』という古文書でね、その中で一五八〇年に、夏河家の嫡男だった剛助《ごうすけ》という男が、合戦で矢傷を頭に負い、記憶を失ったと記されている。しかし伊吹山で育った薬草を塗り込めると、不思議なことに快復したそうだ。剛助の身体からは、変わった形の腫瘍が発生したという】

八嶋は薔薇持ちたちの反応を窺った。

全員、疲れを忘れたように瞠目《どうもく》している。

歴史上の出来事が、前触れもなく自分たちとつながった。

【せっかくだから、古文書の抜粋をアップしてあげよう】

液晶画面の怪物が姿を消す。代わりに、縦書きの文章が現れた。

夏河家所領次第　巻二十八

（書き下し）


天正八年（注釈一）、剛助長じて土吏《どり》（注釈二）となる。

剛助、織田方にていくさばたらきに功あり。

さるいくさにて、矢傷おびただしく、天地、過日、不明となる。

岐阜の中将《ちゅうじょう》（注釈三）、剛助を哀れみたまひて、
馬天《ばてん》（注釈四）に命じ、いぶきの薬園より妙薬を運ばせたまふ。

塗り込めし後、剛助、たちまち爽《さわ》やぐ。その身に芽吹きしはれもの、うまら（注釈五）に似たり。

（注釈一）一五八〇年

(注釈二) 夏河家の当主を指す名称
(注釈三) 信長の嫡男、信忠《のぶただ》のこと
(注釈四) 南蛮人＝伴天連《ばてれん》の呼び名の変字と思われる
(注釈五) 薔薇のこと

(現代文意訳)

一五八〇年、剛助は夏河一族の頭領である土吏の地位に就いた。

剛助は、戦争では織田家に加わり、大いに活躍した。

ある戦場で、ひどい矢傷を負い、自分の周囲の出来事や、過去の出来事がわからない状態になってしまった。

剛助を哀れに思った織田信忠様は、南蛮人に命じ、伊吹山で栽培していた薬を手配してくださった。

身体に塗布すると、剛助はたちまちのうちに快復した。その身体には、薔薇によく似たできものが生えていたという。


【研究者として、私は世界各地の脳機能障害に関連する症例記録を収集していた】

液晶画面に再び怪物が出現した。文章の邪魔をしたくないからか、さっきよりサイズは小ぶりだ。

【その中には近現代のカルテだけでなく、『夏河家所領次第』のような、古文書の一部に記された病に関する一文も含まれている。剛助の症例は、私にとって、とても興味深いものだった。外傷によって脳に障害が残ったと思われる患者が、手術や投薬ではなく、薬剤の塗布によって快復していたからだ。さらなる発見を求めて伊吹地方を訪れた私は、この地に伝わる薬湯や観光みやげの薬草などを子細に調べたが、記憶を回復させたという伝承を持つ代物を見つけ出すことはできなかった。そこで一念発起して、研究のために、伊吹山に移住することを決めたのさ】

「すごい行動力ですね」瞬也が感心している。「本当かどうかもわからない、四百年以上昔の、ほんのちょっとの記述を信頼するなんて……」

【やむにやまれぬ事情があってね】怪物は肩をすくめた。バランスの悪い上半身が振り子みたいに揺れる。【当時、私は個人的な事情から、どうしても完治させたい患者を抱えていた。事故の後遺症で、大脳新皮質と海馬《かいば》の大半に異常をきたし、記憶を失いつつあった重病人だ。あらゆる治療法を模索したものの手詰まりでね。この地を訪れたのは、藁《わら》をもつかむ気持ちだったのさ】

「その藁は当たりだった」八嶋は灌木の向こう側に目をこらす。「あなたはその薬草を見つけ出したわけですね。お住まいがこの辺りということは、この周囲に自生している植物なのですか」

【厳密に言うと、私が見つけ出したのは薬草そのものではないんだ】

怪物は大きな黒目を上下左右に動かした。【直接、試してもらう方が早いだろうね。斜面と反対側で通せんぼしている木々があるよね。その向こうに用意してあるから、皆、回り込んでくれ】

一同のうち、八嶋を含む薔薇持ちと、阿城だけが灌木の向こうへと歩き始めた。残りの警備担当は、念のため斜面の近くで待機させておく。

木々を回り込むと、正面に年季の入ったログハウスが見えた。キャンプ地にあるような二、三人用のログハウスを三棟、廊下で連結したような構造で、手前に小ぶりな陶器の瓶《びん》が並んでいる。その瓶と八嶋たちの間に、一対の、奇妙なオブジェが立っていた。

無理やり説明するなら、車輪付きの巨大櫛《くし》、とでも言うべきだろうか。

一辺五十センチ、高さ一メートル五十センチ程度の四角柱。その底部に穴をうがち車軸を通す形で直径三十センチ程の車輪が四つ、取り付けられている。これが一組、向かい合う位置に立っているのだが、それぞれ向かい合っている面からのみ、長さ一メートル程度の細長い突起がびっしりと伸びている。

素材は――全体が緑青に染まっているので、おそらく銅製だ。

【私がこの場所で発見した。落ち葉と砂に埋もれていたから、掘り出すのは手間だったよ】

怪物が腕を曲げ、大きな力こぶをつくる。

【正式名称を記した文書は未発見だが――私は勝手に、『伊吹の薬櫛《くすりぐし》』と呼んでいる】

「つまり、こいつで調合していたというわけですか？　記憶障害を治す薬剤を」

八嶋の問いに、怪物は唇をゆがめて首肯した。

【幸運だったのは、この仮称・薬櫛が一組残されていたことと、櫛の節々を分析した結果、草花の花粉が検出された点だった……手引書の類いが散逸しても、材料が推定できたというわけだ。使い方は簡単だった。君たちから見て右側の櫛に薬草を詰め入れ、そこへ左の櫛を挿し込むだけ】

言われてから気付く。一対の遺物は、全く同じ構造というわけではなかった。左側は仮称通り、櫛のように突起物が生える形だが、右側のそれは、櫛ではなく細いパイプを生やしている。パイプと櫛は対応する位置から伸びているため、真正面から密着させれば、左の櫛が右のパイプへすべて収まることになる。

【草花は伊吹地方の固有種もそうでないものもまざっているが、伊吹山地でしか取りそろえることができない組み合わせであることは間違いない。そこの瓶を見てくれたまえ。自治体の許可を得て、私が採取した草花だ。この季節には生えないものも、乾燥させて保存してある】

ログハウスの前まで移動した八嶋が瓶を覗き込むと、色とりどりの草花が丁寧に折りたたまれて詰め込んであった。

【茎の長い、黄色い花がイブキガラシ。同じく黄色だが、ゆりかごのような形状をした花がキバナノレンリソウ。薄紫のつぼみがルリトラノオ、赤紫の烏帽子《えぼし》に似た花がイブキレイジンソウ……その他にも、計二十六種の植物を採集済みだ。種類と分量は、櫛の分析結果を参考にしている。というわけで、楽しい実験のお時間だ】

「ひょっとして、私たちのために用意してくれたんですか」

阿城が目を丸くした後で、めんどくさ、と言いたげに舌を出した。

【お客様は久しぶりだからね。ちょっとしたアトラクションでも体験してもらおうかと思ったのさ。なあに、何事も経験さ。ほんの数分で終わるから】

　ここで変にこじれたら、博士がレクチャーを打ち切ってしまうかもしれない。八嶋は率先して瓶を担ぎ、薬櫛の近くに持ってきた。

【瓶の底にハサミが入っているからね。薬草をそれぞれ一センチ程度に刻んだ後、均等にまぜ合わせてほしい。その後、ゆるく握りしめて、パイプへ詰め込めるくらいの団子を作れるだけ作ってくれ。あくまで体験用だから、手は洗わないで結構】

　ちょっとした料理みたいな工程だ。全員で瓶を囲み、取り出した薬草から団子を握っていく。出来上がったものを持ち寄って、櫛の周囲に集まった。

【パイプが生えている方に団子を詰め込んで、もう片方の櫛を挿し込み、何度か抜き差しする。やってもらうのはそれだけだよ】

　全員で、団子をパイプへ詰めていく。

　ものの数分で、薬草はゼロになった。

【さ、はじめよう。櫛をパイプに挿し込んで、団子を潰す。そこから流れる草汁こそが、特効薬なんだ】

　虎地と八嶋がそれぞれ櫛の後ろに立ち、後ろから押し進めていく。遺物はずしりと重く、思ったより力が必要だった。車輪がなかったらそれなりの重労働になりそうだ。

櫛とパイプが合致するよう、互いを微妙に傾けた上で、相手側へ押し込んでいく。詰め込んだ草花が押し潰され、挿し入れした部分からぶくぶくと泡まじりの汁を流し始めた。地面にこぼれないよう、瞬也が空になった瓶をあてがってくれる。程なくして、二つの薬櫛は密着した。

「今更なんですけど、これ、この櫛を使う必要あるんですか。普通に、団子を集めてミキサーにかけても同じなんじゃ」

八嶋が疑問を口にすると、一瞬、返事が遅れた。

【あるような、ないような微妙なところだね】

「どっちなんですか」

【櫛を使わず、薬草を単にまぜ合わせるだけでも、成功する場合もあるようだ。ただし百パーセントじゃない。目当ての薬剤は、はっきりと色合いが変わるので区別できるんだが、まぜ合わせるだけだと、変色しないケースが二割程度は見受けられる。一方、この櫛を使用した場合は百パーセント変色する。どうやら櫛の先端と、パイプにだけ合金が使用されているみたいなんだが、貴重な文化遺産を傷付けるのは気が進まないから、どういう仕組みかは解明に至っていない。そんなわけで、今回はこの方法でお願いする。今の行程を、四、五回繰り返してくれ】

「やれやれ……」つぶやきながら、八嶋は櫛を引いた。ある程度戻ったところで、虎地とタイミングを合わせ、再び前進させる。すでに草花の組織が潰れていたせいか、最初よりスムーズに差し込むことができた。

三度、出し入れを繰り返したところで、八嶋は変化に気づく。それまで様々な色合いがまざり垂れていた草花の汁が、真っ白な泡へと変わっている。

【もうちょっと頑張ってくれたまえ。あと一回交差したら、その泡が灰色に変わるはずだ】

博士が予告した通り、四度目に生まれた泡は、濃いネズミ色に転じていた。さっきより粘《ねば》り気《け》を帯びているため、櫛同士を引き離すのに倍以上の力が必要だった。

五回目に密着させたとき、灰色の泡が急速に固まり始めた。餅《もち》のように凝固して、ところどころにひびが入っている。ひび割れた下から新しい色が現れたとき、八嶋を含めた全員が息を呑んだ。

割れたグレーの中から現れたのは、あざやかなピンク。

「桜の色や」

流花が陶然とした声を出す。「夢の中で、観《み》た色や」

「うん、私が走った並木道の色」加夜も同意する。「本物の桜の色じゃない……夢の中にしか、出てこなかった色だよ」

【よろこんでもらえて嬉《うれ》しい】怪物が不格好なダンスを舞っている。

「大様博士、電話やネットを介してのレクチャーではなく、ここに来るよう指示されたのは、このためでしょうか」

額の汗を拭いながら八嶋は訊いた。

「この薬液の成り立ちについて、言葉で説明するより、自分で確認してもらった方がいいという理由ですか」

【その理由は三割くらいかな】怪物は長い指で×を作った。

【残りの七割は、人に何かを伝える、という行為に責任を持つべきだからだ】

「何に対する責任ですか？」

加夜が作業で乱れたポニーテールをかきあげる。広文と大松は揃って眉を斜めにしていた。薬櫥の前で屈み、ピンクの薬液を観察していた流花も、慌てた様子で立ち上がった。

その傍らで、瞬也が労るような視線を注いでいる。

【ここまでは基本的なレクチャー。その先の話は、君たちの人生に深く関わる内容になる。ここに来てくれた薔薇持ちは六名だったね。新条流花君、志波瞬也君、広文翔君、大松隆君、村路加夜君、そして八嶋要君。これから先、目の前にあるログハウスに来てもらって、薔薇と白昼夢の正体についてお聞かせするわけだが、その前に、約束してもらいたいことがある】

いつの間にか怪物は消えていた。黒い画面で、声だけが響いている。

【どんな話を聞いても、決して自殺はしないと約束してほしい】

八嶋の脳裏に涼火の顔がよぎる。目を覚ましたとき、自分を見下ろしていた、嫌悪と恐怖が入りまじった表情だ。

「流花」瞬也が強い音を吐いた。「流花はやっぱり、ここで帰った方がいいと思う」

「そんなの、無理やし」少女は幼なじみを睨み返した。「私以外の皆が聞かされて、私だけ知らへんままなんて、無理や。我慢しても、絶対こらえられへんようになる。そのとき、この中の誰かに聞いてショック受けるよりも、今、丁寧に解説してもらった方が安全やろ？」

大きく息を吐き、下を向いた少年は、インターバルを置いて向き直り、少女をまっすぐに見据えた。

「わかった。信用する」

昨日の約束、お願いします、と念押しされて、八嶋は黙って頷いた。

加夜も広文も大松も、流花の言葉に同調したらしい。それぞれ目配せをし合って、ログハウスへと歩みを進める。

「博士、我々の誰一人として、死を選ぶつもりはないとお約束します」代表して八嶋が答える。

【了解した。それでは入ってきてくれたまえ。私は中央のハウスにいる】

そのまま、怪物の姿も音声も消えた。

八嶋が先頭になってログハウスの前に立つ。ドアの前でノックしようか迷っていると、

「入ってきたまえ」

少し掠《かす》れた、だが発音は明瞭《めいりよう》な声が、中から響いた。

ドアノブをつかみ、回したところで、二言目が耳に入る。

「ところで、さっきまでコミュニケーションに使用していたホムンクルスだが、あれを使った理由は二つあったんだ。一つは学習に用立てるため。もう一つは」

軽い笑い声が飛び込んできた。

「最初に怪物を見せておいたら、ショックが薄れるという発想だね。皆さん、私を見ても、できれば悲鳴を上げないでほしい」

どういう意味、と問う前に、勢いでドアを開いてしまう。

扉の向こう側は、ログハウスの内部とは思えないくらい学術的な空間だった。スチールの棚が四方に立ち並び、書籍や雑誌、バインダーが整然と収まっている。左手には小ぶりなデスクと椅子。奥に二階への階段。デスクの上には二台のノートパソコンが連結されていた。

部屋の主は、中央正面の安楽椅子に腰掛けていた。身長は百七十センチ前後。カーキ色のTシャツと、同色のオーバーオールのサイズが緩めなので、体格はわかりにくいが、日に焼けた顔が精悍に引き締まっているので、そこそこ鍛えているようだ。肩まではありそうな白髪をすべて後ろへ流し、ゴムで留めている。Tシャツは両肩にジッパーが入っている変わった作りで、右のジッパーだけが開いている。

その隙間から、大ぶりな薔薇が生えていた。

薔薇持ち。

本来なら、八嶋はその点に驚かされただろう。だが今に限っては、薔薇の存在さえちょっとしたアクセントに成り下がっていた。

八嶋が、そしておそらく、後ろにいる皆も引きつけられているのは、彼の額だ。額の右から、右のこめかみにかけて、大きな傷がある。いや、傷と呼ぶのは生やさしいくらいだ。表現としては、「欠落」と呼ぶ方が正しい。その部分の皮も、肉も消失している。

本来なら、この頭部にレクチャーを行うような機能は期待できないはずだ。にもかかわらず、目の前の男は満面の笑みを浮かべていた。

「はじめまして。私が大様正和です」

外から見たよりもスペースに余裕のある構造になっていたログハウスの二階で、一行は紅茶をごちそうになっていた。木製のテーブルは八人が座っても余裕があるくらい幅広いもので、人数分の丸太椅子も用意されていた。

「残念ながら、この茶葉は伊吹山地のものじゃない」

眉を傾け、大様博士はマドラーでかきまぜる。「麓から取り寄せたものだよ。研究以外で、あまり大自然を傷つけたくないからね」

「さっきおっしゃっていた、どうしても快復させたい患者とは、博士ご自身のお話だったのですね」

八嶋が確認すると、博士は傷跡を強調するように頭を傾けた。

「その通り。研究資料を集めるために出向いたコロンビアの病院で、麻薬カルテルの抗争に巻き込まれたんだ。いやあ、病院内で銃撃戦だよ？　平和な国の生まれで、つくづくありがたいと実感させられるね」指先で銃の形を作る。「弁護しておくと、コロンビアの脳外科医の技術は水準以上のものだったよ。ふっとんだ脳みそをその場でかき集めて、ウェディングケーキでも作り直すみたいにつなぎ合わせてくれたんだからねえ。でもあちこちがカーペットに転がったせいで、日本に帰ってきてから脳炎を発症した。海馬と大脳新皮質の大部分がやられてしまったんだ。何度も手術を繰り返して進行を抑えるメドはついたけれど、最初にやられた部位は、あきらめないとどうしようもなかった。大脳新皮質と海馬の大部分——つまり記憶を司《つかさど》る部位の大半が近い将来、役立たずになる！　学究の徒としては死刑宣告に近い診断を下された私は、とにかく、あらゆる技術を駆使して記憶を留めようと苦心した。そして、とんでもない宝くじを引き当てたのさ！」

博士は誇らしげに肩の薔薇を撫でた。

「現在、私の海馬と大脳新皮質はほとんどの脳細胞が死滅している。にもかかわらず私は、ホムンクルスで君たちをからかったり、薬櫛を実演するために山から薬草を引っこ抜いたりを苦もなく行うことができる。言うまでもなく、これは薔薇の効用だ」

「ある役割を担う脳細胞が破損しても、代わりに別の細胞が働いてくれる」瞬也が紅茶の表面を眺めながら、博士の専門分野、代替脳医学ですね」

「しかし現実は、私の想定を遥《はる》かに超えていた」大様は心底嬉しそうに手を叩いた。

「脳細胞のどれかがピンチヒッターを引き受けてくれる、なんてレベルじゃない！　身体の別の部位から代理が現れるなんてね……記憶の混濁に悩まされながら、薬櫛を見つけ出した私は、件のピンクの薬液を全身に塗りたくった。結果、肩から腫瘍が『開花』した途端、それまで頭を覆っていた靄がすうっと引いていったときは驚喜したものだよ。これで研究が続けられる。同時に、生涯をかけても惜しくないほどの研究材料も手に入った！　とね。こともあろうに、その材料は自分の身体から生えてきたものだ」

テーブルには飲み物の他に、フラスコに溜《た》まったピンクの液体も並べられている。先ほど、八嶋たちが薬櫛で作り出した薬剤だ。フラスコを軽く突きながら、瞬也が訊いた。

「織田信長に力を貸したという宣教師たちは、この薬剤の効果を完全に把握していたのでしょうか」

脳科学に興味があると言っていたからか、これまでになく少年は積極的だ。ここに来たのは、流花を心配したという理由だけでもないらしい。

「薬櫛のような専用の調合器具を使用していた以上、この組み合わせで生み出された薬剤に、特別な効果を期待していたのは間違いないだろう。しかし夏河剛助のような事例は、他地方の古文書をさらっても見出せなかった。おそらく宣教師たちが把握していた薬効はそこまでめざましいものではなかったと思われる。というのも、この薬剤は、すべての記憶障害を快復させてくれるわけではないからだ」

博士はこめかみの窪《くぼ》みの前で、指先をくるくる動かして見せる。当然と言えば当然だが、窪みから大脳が覗いているわけではない。穴の底らしき部分は、医療用のパテか人工皮膚のようなもので塞がれているようだ。

「記憶障害が治った直後から、私は世界中の、交通事故などで頭部に損傷を負った患者の主治医にコンタクトを取り、この薬剤を試してもらったんだ。結果、私のように薔薇を生やし、記憶を取り戻した患者はゼロだった。薔薇は生えても記憶は戻らないか、薔薇さえ生えないケースのどちらかだった。上手くいかなかった理由は、海馬と大脳新皮質『だけ』損傷するような事例は、ほとんど見られないからだ。私はレアケースなんだよ」

「他の分野を治してくれるわけではないんですね。すると夏河剛助も……」

瞬也が示した推定に、博士は同意を示す。

「私と同じく、記憶に関係する部位のみダメになったという稀少事例だったろうね。だから他の患者に使用しても効果はなく、その存在も製造法も忘れ去られてしまったんだ。まとめると、この液体の薬効は、『脳の記憶に関する部位が損傷した場合に、バックアップの役割を果たす器官を作り出す』ものということになる。その器官こそが、私たちの薔薇なんだ」

「私は薔薇持ちではありませんが、頭がくらくらしてますよ」

それまで会話にほとんど加わらなかった虎地が、薬草をかみ砕《くだ》いているような顔をする。「ほんの一部分とはいえ、脳みその代わりをしてくれる腫瘍と、それを作り出す薬が存在するなんてねえ」

八嶋も同感だった。博士という見本が存在せず、事実だけ伝えられていたならば、ペテンを疑ったかもしれない。しかしそれなりに死体に慣れ親しんでいる自分の目が、博士の頭部はまやかしでもメイクでもないと教えてくれる。

「事実を公表されず、このような山奥で研究を続けておられるのはどうしてですか」

八嶋はテーブルの外を見渡す。発電機や実験用の冷蔵庫と思われる機器が所狭しと並んでいる様は、まるで大学の研究機関のようだ。

「他の医学者が書いた薔薇に関する論文をいくつか読みましたけど、髪の毛や爪に類似した細胞構造を持っている、としか説明されていません。博士の研究成果で、学説を塗り替えることも可能では？」

「いや、彼らの研究と、私のそれに大差はない」

無念そうに顔をゆがめ、博士は手を振った。

「いくらこの腫瘍を分析しても、神経細胞の働きも兆候も、いっさい検出できないんだ。この薔薇が記憶を取り戻してくれることは確実だろうが、当てはまる化学反応は見つからない。なんらかの、未知の回路が存在するはずだが、観察できないんだよ。そんな状態で世間に姿を晒《さら》したら、好奇の目に対抗するためのロジックを用意できない。人前に姿を現さず、著者近影でも顔面に修正をかけているのはそういう理由だね」

「ものすごく失礼な質問をしてもいいですか」阿城が手を挙げ、いいとも言われないうちに問いを投げかけた。「メカニズムがわからないんだったら、薔薇のおかげで記憶が戻っているとは言い切れなくないですか」

「べつに失礼ではない。当然の疑問だね」博士は動じない。「関連性については実験を行っている。他の患者の実例から、薔薇が再生すると知った時点で、私は自分の薔薇をちょこっと切り取ってみたんだよ。ナイフでね。するとたちまち記憶の一部が不確かになった。薔薇の再生後は元に戻った。私の主観を元にした頼りない実証ではあるものの、薔薇は記憶に関係していると思われる」

すごい心臓だ、と八嶋は感心した。自身の記憶を失うことを恐れていた医学者が、前例があるとはいえ、自分自身を実験台に据えたのだ。探求欲とは、ここまで旺盛《おうせい》で罪深いものなのか。

とはいえ、今の発言からは、疑問も生まれている。口を挿もうとしたが、加夜が同じ話題で割り込んでくれた。

「私はときどき薔薇を切り取っているんですけど、別に忘れっぽくなったりもしません。他のメンバーも同じだと思います。博士とはなにが違うんでしょう」

それまで朗《ほが》らかに語っていた博士の顔が、ふいに無表情になった。

ナイーブな学者の地雷でも踏んだか、と八嶋は危ぶみ、加夜も口をつぐんだが、

「その質問に入ってしまったね」

研究の自慢はここまでだ、と博士は悲しげに一同を見回す。

「皆、ここに入ってくる前に、してくれた約束を思い出してもらいたい」

自殺してはならない。

戦慄《せんりつ》の気配を、八嶋は背筋に感じた。

「長々と説明を連ねて申し訳ないが、ここから開本周大君の話をさせてもらう。オスロ昏睡病の治療法を模索していた開本君は、漢方薬関連のデータベースから、夏河剛助の事例にたどりついた。『夏河家所領次第』に登場する薬草を調べているうちに、先行研究者の存在を知った彼は、ここへやってきて薬櫛を目の当たりにしたという次第だ」

そういう流れだったのか。

開本博士が大様博士とは無関係に薬草を追い求め、最終的に追い着いたという話なら、彼に手柄《てがら》の一部を認めても間違いとは言えない話だ。納得しつつも、八嶋は湧き上がる別の疑問に悩まされ始めた。

「オスロ昏睡病の患者にこの薬剤を使わせてほしいという要請を、私は快諾した。そもそもこの薬を生み出したのは大昔の誰かだろうし、特許を取るつもりもなかったからね。とはいえ私も霞《かすみ》を喰って生きているわけではない。資産家から資金を獲得した暁には、予算の一部をこちらにも流してくれることを条件に、薬剤のレシピを譲渡した。開本君は間違いなく優秀な医学者だったよ。薬櫛より精度は劣《おと》るものの、カセットテープタイプのウォークマンくらいのサイズで——ああ、今の子はわかりにくいかな——特効薬を抽出できる機構を編み出したんだからね」

おかしい。

八嶋はもやもやとした不安を拭えない。薔薇持ちたちを見渡すと、流花も加夜も広文も大松も、話の流れに疑念を抱いているようだ。ただ瞬也だけが、これから訪れる衝撃に耐えるように、唇を結んでいる。

「あの、ちょっといいっすか」

広文がおずおずと声を上げた。

「脳みその、記憶担当のところがやられても、代わりを作ってくれる薬がある。その薬で生まれてくるのが薔薇。僕の持ってるこれが、どういう役割のものかは納得できましたけど」

右の手のひらと、そこに生えている薔薇をかざす。

「この話のどこに、自殺したくなるようなショックがあるんですか。開本先生は、僕たちの病気にもその薬が効くんじゃないかって試した。実験は成功して、僕はここにいる。ハッピーエンドじゃないですか」

一瞬目をつむった後で、博士は答えた。

「成功していないんだ」

「はあっ」

「取り決めを交わしてから半年後に、開本君は再びここへやってきた。困惑と失望にまみれた顔だったよ。彼は教えてくれた。『患者全員に薬剤を塗布したが、誰一人として腫瘍は発生しなかった』とね。この薬剤は、オスロ昏睡病に効果をもたらすものではなかったんだ」

「いや、おかしいじゃないですか」つっこんだのは大松だ。「効果、出てるじゃん。俺たち、薔薇持ちになってる」

「効果は出なかった。理由を一緒に考えてほしいと誘われて、私は開本君と一緒に解析作業に従事した。最終的に、私が出した結論は単純明快なものだ。そもそもオスロ昏睡病の患者は、記憶を失っているわけではない」

意味が分からない。

八嶋は不可解に心を乱された。ここまで困惑したのは、涼火の態度が一転したあの冬以来だった。戸惑いつつも、精神的な防御態勢を整えようとする。この後繰り出される衝撃こそが、涼火を死に追いやったものだとしたら、瞬也との約束を果たし、流花を守らなければならない。自分が揺れている場合ではないのだ。

「ある種の精神病患者や脳病の発症者が、特定の信仰の中で『聖者』『覚者』などと崇拝される人物と似たような兆候を示す場合がある」

博士は謎めいた言葉を口にした。

「あらゆる事柄に興味を感じない。あるいは、すべてを平等なものと見なすために、どんな刺激が訪れても反応を返さないような状態だ。このような精神のあり方を片隅に維持しつつ、他者とコミュニケーションが可能であればその人物は、『悟りを開いた』などと賞賛されることもあるだろう。しかし完全に外界との交渉を絶ってしまった場合、そのあり方は評価されない。ただ精神が空白になったと診断されるだけだ。だがその心は空白とは違う。万物に価値を見出せなくなったから、なにもかもが同じ模様に見えるだけなのだ。右も左も、前も後ろも真っ白に見える人間は、進んでも後退しても真っ白があるだけだから、すべてが無意味となり、なにもする気が起こらない」

「それが、オスロ昏睡病？」

加夜が激しく瞬いた。「なにもかもに価値を感じないから、なにもしないし反応も見せない。端《はた》からは、記憶や人格を喪失したように感じられる……」

「そのように、私は解釈した。おそらく初期段階では、ウイルスなどが原因となり、なんらかの脳症にかかっている。その際、脳みそがあらゆる価値が消失するような体験を強いられるために、快癒しても物の見方が変わってしまう。だから厳密には、時間が経つと患者は治っているんだ。治った上で、世界に対する興味を失ってしまう。これは先行研究もある話だが、すくなくともCTスキャンにかけた限り、オスロ昏睡病患者の脳に異変は見あたらない。そして記憶領域が損傷していなければ、薬櫛の液体は、効果を及ぼさない」

八嶋は何度も、その場の薔薇持ちたちを見回している。何かの解答を得ようと表情を忙しく変えている加夜、顔を見合わせてリアクションを迷っている様子の広文と大松。流花は凍《こお》ったように身体を動かさない。瞬也は覚悟を決めたように瞑目している。

「いや、さっぱりわかんないですけど、同じこと訊きますけど、ここにいる人たちは薔薇が生えてるじゃないですか。しゃべったり動いたりできるじゃないですか」部外者の強みか、阿城が問いを重ねた。「オスロ昏睡病がそういうものだとして、開本博士はどうやって皆を治したんですか？」

「治していない」博士は絞るように声を吐く。「それでもなお、効果を期待して薬剤の塗布を続けていたとき、誤嚥性の肺炎を発症して危篤状態に陥った患者が現れた。その子は、死に際に薔薇を生み出した。脳死状態に陥ったとき、一時的に海馬と大脳新皮質だけが死んでいる状態となったため、薔薇を生む条件に合致したのだろう。だがすぐさま他の脳細胞も死滅を迎えたから、あっけなく旅立ってしまった。生まれた薔薇は、無意味だった。無意味のはずだった」

八嶋は確信する。自分は今、医学の暗渠《あんきょ》を覗き込んでいる。

「開本君は野心家だった。野心に逸《はや》っていた。彼は功を焦るあまり、死んだ子供から薔薇を切り取って、他の患者に移植するという実験に着手したんだ」

「いしょく」

青い顔をしていた流花が棒読みみたいに呟いた。

「他の人の薔薇を――いしょく？」

「オスロ昏睡病の患者は、あらゆる物事の優劣を失い、真っ白な世界を観ている」

繰り返してきたこの病に関する説明を、博士は念押しのように口走った。

「その真っ白な世界に、価値を注ぎ込むにはどうしたらいいだろう？　開本君は思いついてしまった。別の心を流し込んだらいいのだと。大様正和は、大脳新皮質と海馬を損傷してなお、薔薇のおかげで記憶を保ち続けている。つまり薔薇からは、記憶に関する情報が流れ込んでいることになる。では、ある人間の薔薇を、別人の身体に埋め込んだらどうなるだろうか？　移植先の精神が価値観を失っていたならば、別人の記憶を注がれたとき、白紙が朱に染まるように転写が発生するかもしれない。その精神は、発症前のそれとは別物に成り果てるだろうが、言葉をしゃべり、社会と触れあうことが可能になったなら、それは『治った』と呼んで差し支えないのではないか——実験は成功した。成功してしまった。死んだ子供の薔薇を複数に分かち、そのかけらを体の各所に埋め込んだところ、そのうちの一つが定着し、患者は意識を取り戻した」急《せ》いて語りすぎたせいか、博士は疲れ切ったように頭を垂れた。

「さっきの質問だが、君たちが薔薇を切除しても記憶を失わないのは、私とは事情が異なるためだ。パソコンに例えると、薔薇は外付けのＵＳＢメモリのようなもの。私は本体の記憶領域が破損しているが、君たちのそれは健在で、ＵＳＢからコピーしたデータをすでに脳みそにも保管している。薔薇は君たちの身体に定着しているが、もう使命は果たした後なんだよ」

混乱と冷静。二つの感情が瞬間的にせめぎ合い、冷静側が優勢に立ったことを八嶋は喜んだ。警察官としての使命、この場の薔薇持ちの中では年長者であるというプライド、しょせん自分なんてこんなものだという「薄さ」へのねじれた信頼が、足下が崩れ去るような感覚に抗《あらが》っている。

同時に八嶋は、爽快さも味わっていた。数々の疑問が氷解したからだ。

新条流花と村路加夜が、共食いを連想させる白昼夢を見たのはどうしてか。

自分と純直菊乃、そして涼火が、水たまりの模様から同じ天体を連想したのはなぜなのか。

双子のきょうだいを出生前に亡くしている流花に、瞬也がこの事実を隠そうとしていたのはいかなる事情によるものか。

そして何よりも、涼火を絶望させた要因。

それらすべてが、たった一つの解答によって霧散した。

これは、たしかに衝撃だ。自分は耐えられた。だが、周りにいる少年少女が、同じように受け止められるものとは限らない。

「今日は、初めて聞く話が多すぎて、頭を整理するのが難しい」

心のままを口にしてから、大様に向き直る。

「確認させてください。この俺も含めて、ここにいる薔薇持ちたちは、幼少時の記憶を共有しているという話ですね？　大本は、一人の子供からもたらされた薔薇であると――」

「その認識で間違いないよ」

肯定する博士の穏やかな笑顔は、余命宣告を連想させるものだった。

「つまり君たちは、精神的には同一人物なんだ」

第六章　博士の真実

　音を立てて椅子から立ち上がったのは加夜だった。額や首筋に汗が浮かんではいるものの、視線はまっすぐだ。ためらいがちに、しかし震えることのない声で問《と》い質《ただ》す。

「どうして今になって、教えてくださったんですか」

「単純な理由だよ。教えを請われたからだ」

　大様は背筋を伸ばし、

「学者が最後まで守り通すべき意地とはどういうものか？　それは質問に対して、真摯な解答を返すことだ。問われたら、必ず答える。それが私のプライドだ」

「逆に言えば、訊かれなかったら、教えないと」八嶋は揶揄《やゆ》するように割り込んだ。

「開本博士の決断を公表しなかったのも同じ理由ですか」

「彼の意見にも一理あると認めざるを得なかったからだ。世の中のすべてに興味を示さず、端から見れば屍《しかばね》のような姿で余生を送るか、他人の記憶を放り込まれた上で、新しい人生を歩み続けるか……後の方が素晴らしいという意見を、私は否定することができなかった。実際、薔薇を与えられた子供たちは、意識を取り戻した直後こそ他者の身体の中に居るような違和感を覚えただろうが、それを表現するための語彙《ごい》力を持ち合わせていなかったがために、おかしいのは自分のほうなのだろうと認識を改めて、すべてを忘却してしまった。以降は、めいめいの人生を謳歌《おうか》している。少なくとも君たちにとっては、開本君の決断の方がありがたかったのは確かだろう？」

「それは、そうだけど」テーブルを手のひらで押さえる大松は吐き気をこらえているように見える。「どうもありがとうございます、とも言いづらいっていうか」

傍らの広文も、首の動きで同意している。どういう理由かは分からないが、この話を予見していたらしい瞬也は、少し余裕があるらしく、隣の流花を気遣わしげに眺めていた。流花の顔は蒼白《そうはく》で、能面のように無表情だ。

薔薇持ちたちを労るように眉をひそめつつも、大様は話を止めない。

「この話を知っているのは、私と開本君、そして薔薇の提供者になった少年の親族だけだ。オスロ昏睡病の『治療』は世界各地で実施されているが、担当医師さえ、メカニズムを完全には理解していない。開本君が、視認できないほど小さい薔薇のかけらを、薬剤にまぜて塗布することで移植を可能とする方法を編み出したからね。要するに現在の特効薬は、亡くなった少年の薔薇を培養した上で、細かく分解した後、先程作ってもらった薬剤に配合する形で製造されている。各地の医師たちは、この特効薬を患者の全身に塗り込める。後は身体のどこかから、薔薇が生えてくるのを待つだけだ」

「お話を伺う限り、『治療』は薔薇のかけらだけで事足りるのでは？」八嶋は推論をぶつける。

「確かに、薬櫛の薬剤が効果を及ぼすのは私のようなタイプだけだ。しかし開本君は、正しく完治するならそれにこしたことはないとも考えていたんだよ。最期まで薬櫛の薬剤がオスロ昏睡病患者にも効果を発揮してくれる可能性を捨てられなかったんだ。だから砕いた薔薇と、薬櫛の薬剤をまぜた形で塗布を続けた、もし、本人の薔薇が生えてくるなら、借り物の薔薇は定着しないだろうというのが開本君の見立てだった。彼は、本質的にはロマンチストだったのさ」

「それにしても、三十五年間も隠しおおせたとは」

八嶋は呆《あき》れながらも感嘆していた。

「開本博士は、最初に亡くなった少年の遺族にも口止めをしたわけですか」

「少年のご家族には、そのようにお願いしたようだ。私の場合は少し違う。私はこの真実を積極的には公表しない。しかし薔薇持ちの誰かが好奇心に目覚め、話を聞きに訪れたいと願ったなら、その人物だけには教える——それが、開本君と私の取り決めだった。村路君が私の居場所を見つけ出したことで、扉は開かれたんだ」

「まだ教えてもらっていない部分があります」八嶋は自分が刑事としてここへやってきたことを忘れてはいない。「薔薇同士の接触によって発生する白昼夢の件です。あれはどういうメカニズムなんです？」

「申し訳ないが、その話は、私も村路君と連絡を取ったときに初めて知ったんだ。なにしろ開本君の手に成る薔薇を精査したことがなかったものでね。しかし仕組みを推測することは可能だ」

博士は椅子から、広文の後ろに立った。

「君の手のひらにある薔薇を、私の薔薇にくっつけてくれないか」

ためらいと疑念のまじった顔で、広文は手のひらを博士の肩に触れた。

数秒が経過したが、どちらも目を開けたまま平然としている。意識を失っていないのは明白だ。

「どうしてだろ」広文が手のひらを離す。「これまで、大松や南沢さんたちと何度もくっつけて、夢を見れないことはなかったのに」

「薔薇の由来が違うからだろう。私の薔薇は、私の身体から自分で生やしたものだが、君たちの薔薇は、とある子供の薔薇から、いわば『株分け』したものだからね。つまり私以外の薔薇持ちが薔薇を合わせる行為は、元々同一の存在だった薔薇を接触させていることになる。優れた再生能力を備えた薔薇の細胞が、同じ細胞を認識したら、どうなる」

「一つになろうとする？」

阿城が合掌している。

「どっちの薔薇も、相手の薔薇を巻き込んで治ろうとするわけですか。二つあったUSBが、一つにまとまろうとするわけだから……」

薔薇に記憶されていた情報もまざり合う。その情報が、リアルタイムで薔薇持ちの脳へ流れ込むとしたら、自分のすべてが、別の何かと溶け合うような感覚に包まれることだろう。

「それが、白昼夢の正体ですか」

白昼夢を体感したことはない八嶋だが、薔薇持ちであるせいか、感覚的に理解はできる。これまでに教えてもらった薔薇の白昼夢は、世界すべてと一体化するような幸福感を伴うという話だった。しかし、最後には拒絶されるか、世界への強烈な違和感となって幕を閉じる。

「快適な夢のままで終わらないのは、薔薇の中の記憶が、反発するからでしょうか」

八嶋の推測に、大様は同意してくれた。

「そういう流れだろうね。ベースになっているのは一人の記憶だが、その後の人生はそれぞれ別々の体験に彩られているはずだ。細胞は同じでも、薔薇の中身は別物に変わっている。だから最終的に融合はできない。おそらく最初に現れるビジョンは薔薇持ちの、重要な記憶や感性がアレンジされたもので、その後、世界と融合するような恍惚《こうこつ》に包まれるのは、相手の薔薇と同一化を試みるプロセスが始まるからだろう。しかし、個々人の夢は、細部に共通点はあっても、基本的には違う内容だ。同化に失敗した際、反発は、不快な夢として認識される」

「すると、私のように年を取った薔薇持ちが、光ってるだけの不完全な夢しか見られないのは……」

「同一化しようとする働きが、若い薔薇持ちより早い段階でキャンセルされるからだろうね。私と広文君の場合、完全に別の記憶だから、光さえ見えない。ちなみに自分で切り取った薔薇を、元の痕跡に近づけても何も起こらなかったらしいが」博士は加夜の方を向く。「切り取った直後は同じ情報が入っているはずだから、同一化が発生しても全く違和感を覚えないからだろう。そのまま薔薇を保存して、新しい薔薇が生えてきたとき、もう一度試してみたら、結果は異なるかもしれないな」

「その実験は、さすがに思いつかなかったです」加夜がくやしそうに目をつむる。

「薔薇は記憶の保管庫。博士を除く薔薇持ちたちは、共通の記憶を注ぎ込まれて育っている。白昼夢は、元々同じ記憶を持っていたはずの薔薇同士が接触することで発生する、エラーのようなもの」虎地が脱力気味に呟いた。「薔薇にまつわるわけのわかんない事情は、大体説明がついたわけだ。大様博士、ご教示いただき大変感謝します」

頭を下げる上司を脇目《わきめ》に、八嶋は心の引っかかりを拭えないでいた。そうだ、白昼夢の途中で聞こえるという、謎の声だ。あの声にも、説明はつくのか？

博士に質問しようと口を開きかけたとき、大松の体が椅子から滑り落ちた。

・

「問題なさそうです」

丸太の椅子を重ねて作った簡易寝台に少年を寝かせた後で、阿城が天井を仰ぐ。

「脈はしっかりしてるし、呼吸も止まってない。あーびっくりした。毒でも盛られたかと思っちゃった」

「血管迷走神経反射に類似した症状だな」阿城の発言に気を悪くした様子も見せず、大様は少年を見下ろしている。「注射の際、緊張が昂《こう》じて気を失うのと同じパターンだ。これは私のせいだね。なるべくわかりやすく、ソフトに伝えたつもりだったが」

いくら語り口に気をつけたところで限界は否めない。人ごとのように応急措置を講じた八嶋も、大松と同じショックを与えられているのだ。自分の記憶が、本来の自分のものではないという衝撃。オスロ昏睡病は幼少期に発症するため、記憶が上書きされたことに気づかないのは、不幸中の幸いというべきか、厄災というべきか。

この話、「はなの会」の皆にはどう伝えたらいいのだろう？　君たちが覚えている子供の頃の記憶は、実は他人の記憶を上書きしたものなんです。でも社会生活を過ごす上で、問題はありませんから気にしないでくださいね――言えるわけがない。

記憶とは、体験の集積だ。たとえうろ覚えでも、子供の頃の体験が、性格や嗜好《しこう》を決定する原材料であるはずだ。性格や嗜好とは、個人そのもの。原初の記憶が自分のものでないとするなら、自分が自分ではなかったという事実を突きつけられているに等しい。最初は平気そうに見えても、卒倒してしまったのも無理はない。

「君たちは平気？」

表情が硬いままの流花は瞬也が見守っているので、八嶋は加夜の方に声をかけた。額の汗を拭った後で、加夜は笑う。

「問題ありません。カタがつきました。私の中で、元々の自分が自分じゃなかった話なんて、そんなに重要じゃありません」

「本当に？」

疑いの目を向けたが、加夜はまっすぐに見つめ返してくる。

「私、自分で自分の身体を動かして勝ち上がってきたんです。元々の心がどんなものだったとしても、今、村路加夜という身体を操縦していることに誇りを持ってます。関係ないですよ。自分の記憶がどこから来たかなんて」

「強いなあ」まぶしそうに阿城が目を細めた。

「僕もまあまあ、平気です。村路さんみたいにポリシーがあるわけじゃないすけど」

ぼんやりと広文も手を挙げる。

「なんというか、まあ、そういうことがあってもいいんじゃないかなあって。フワフワしてるってよく言われる僕が、村路さんとか水奈ちゃんみたいなしっかりした人間と大本では同じだって話は、むしろ勇気づけられるっていうか」

八嶋には共感できる話だった。自分を薄情な人間、浅い人間、踏み込めない人間と評価していたせいで、かえってショックが軽減されている。どこか、救われた部分があるとさえ、感じ始めている。つまり耐えていられるのは、意志の強さではなく、自己認識の問題だ。だから加夜や広文が平気だからといって、倒れた大松を軟弱と断じるわけにはいかないだろう。おそらく彼が受けたショックは、涼火が味わったそれと同じ形をしているはずだ。つまり、恋愛の痛みだ。

大松は水奈に恋愛感情を抱いていたと話してくれた。八嶋の考えでは、愛情とは、他者を尊重することだ。他者の中に尊敬できる要素を見つけ出すことだ。同じ種族で殺し合う例も珍しくない生き物が、こいつは信じられる、こいつは自分に似ている、こいつになら殺されてもいい、と心を許す。その希少性が、愛情という言葉に宝石の価値を与えてくれるのだ。

それなのに、愛情を抱いた相手が他者ではなかったとしたら。

純粋だと信じていた感情は、単なる自己愛に成り下がってしまう。十何年も経ってようやく、八嶋は涼火の痛みを理解した。どちらかといえば人間関係を冷めた目で見つめていた二人だった。それでも何気ない仕草や、水溜まりの木星について言葉を交わしたとき、互いの中に同類を見出した。

だが、「同じ」を感じるのは当然だった。同じ記憶を与えられて育ったのだから、ある程度感性が似通っているのは不思議でもなんでもない。おそらく涼火は、あの夜、八嶋の薔薇と自分の薔薇を合わせて、なんらかのビジョンから、それを理解したのだろう。幻滅したのは、自分に対してだろうか。八嶋に対してだろうか。

涼火の場合、おじとおばが心中した件も影響しているはずだ。

囁かれていたように、二人が男女の関係にあったとしたならば、彼らに涼火は反発を覚えていたのかもしれない。近親相姦《そうかん》について、涼火が何か語るのを聞いた記憶はなかったが、八嶋の知る彼女は、決して肯定的な評価は下さなかったことだろう。

「同じ家、同じ環境、同じ遺伝子。そんな相手を好きになるなんて、進歩がないやん。手近すぎるやん。負け犬の愛や」

真実はわからない。だが、そんな風に軽蔑していたとしたら、自分と八嶋の交際も、解釈次第では近親相姦のようなものだと思い詰めたとしてもおかしくはない。

いずれにせよ、涼火は苦悩の果てに、死へと追いやられた。

だとしたら、今は瞬也と流花が気がかりだ。さらに言えば、うすうす感づいていたらしい瞬也よりも……。

「君たちも大丈」

大丈夫か、と八嶋が言いかけたとき、瞬也の隣で硬直していた流花が、突然彼を突き飛ばした。

流花がログハウスを飛び出すまで、ものの五秒もかからなかった。

瞬也は流花を気にかけるあまり、彼女の方から何かをされる可能性を意識の外に置いていたのだろう。なすすべもなく床へ転がった。咄嗟に近くに居た阿城と八嶋が彼を助け起こす。博士と加夜、最後に広文も遅れて手を伸ばしたため、その場にいた全員の初動が遅れてしまった。大松の頭を冷やすため、氷を取りに一階へ降りていた虎地は、異変に対応できなかった。灌木をかきわけながら走る足音が外から響いてきた。まずい、八嶋は舌打ちする。反対側だ。八嶋たちがこの場所へ降りてきた斜面サイドなら、刑事たちを待機させているのだが、彼女が走っていったのはそちら側ではない。

「全員、反対側の斜面へ回り込め！」

八嶋は無線機で刑事たちに指示を与える。「新条流花がそちらへ行った。おそらく自死をはかるつもりだ」

どたがさと、草を踏みならす足音が聞こえた。今の言葉を聞いた虎地が、流花を追いかけるために飛び出したのだろう。間に合うか？　八嶋も急いで階段を駆け下りる。

　加夜と瞬也を放置するのは危うい判断かもしれないが、指示しなくても、阿城が見張ってくれるだろうと期待する。

「あの方向は渓流へ繋《つな》がっている」ログハウスの外に出た時点で、二階から博士の声が届いた。「足を取られたら崖下へまっさかさまだ。気をつけて！」

　斜面を登る八嶋の後ろから足音が聞こえる。振り向くと、追いかけてきたのは阿城と瞬也だった。

「村路は？」阿城に訊ねると、反対側から刑事が一人、ログハウスに入ってきたので任せてあると答えた。

「俺が助けないとだめなんです」瞬也が声に後悔をにじませた。「やっぱり、連れてくるんじゃなかった。こうなることは予想してたのに……」

「志波君、君はどうやって、薔薇のことを理解したんだい」

　瞬也は、白昼夢の中で予感のように事実を知ったと話していた。予感、という辺りが、八嶋にはどうにも納得できなかったからだ。

「夢の中で聞こえる声です。俺の場合、声だけじゃなかったんですよ。誰かが叫ぶ声の先に、女の人が見えたんです」

若い瞬也は、声を出しながらも遅れることなく、付いてくる。

「顔立ちは不明瞭でしたけど、その人の前に立った瞬間、納得したんですよ。ああ、この心は元々俺のものじゃないって。俺がそうだったら、流花も同じだろうって」

詳しく説明を聞きたいのは山々だったが、ちょうど尾根にさしかかった。向こう側にせり出した崖があり、遥か下方に糸のような渓流が見える。岩場に流花が座り込んでいた。

「こないで」泣いている。

「行くに決まってるだろ」

瞬也が絞り出すように叫んだ。「嘘、ついたらダメだろ？　大丈夫だって言ったのに」

「だって、こんなの、耐えられへん」

しずくは少女の頬を伝い、鎖骨の辺りに光った。対照的に涙を見せなかった涼火のことを、八嶋は否応《いやおう》なしに思い出す。

「好きやってん。瞬君のこと、本当に好きやってん。でも偽物やった。もう、頭ぐちゃぐちゃや。消えたい」

「悩んでも泣いてもいいけどさ。死ぬなよ。頼むから」

「瞬君かて、私のこと、遠ざけたやろ？　同じ心から分かれた、私が気持ち悪かったんや」

「違う。俺は、大人になるまで待ちたかったんだよ」

瞬也も涙声だ。「元々は同じ心でも、身体が違うから、少しずつ変わっていくはずだ。博士が話してただろ？　少しずつ、別々の心に変わるから、夢の中で反発するんだよ。だから、何年も待って、それでも気持ちが変わらなかったら、本当に好きだって言えるかなって考えたんだよ」

由来は同じでも、心は変化する。白昼夢はその証拠だ。二十五を過ぎた薔薇持ちが、白昼夢を見られなくなってしまうのも、精神が成熟した証明。その意味では、白昼夢の後半に現れる悪夢こそが、精神の変遷を示すバロメーターであるとも言える。これらを示唆《しさ》するように畳みかける瞬也の説得は、理知的で的を射たものだ。問題は、自殺志願者に丁寧な論理がどれだけ通じるかという部分だった。

「だから、少しだけ待ってくれよ。今はしんどくても、時間が経ったら心は変わるかもしれないだろ。村路さんたちみたいに、流花だって平気になるかも」

「その話だけやない」

懇願《こんがん》を断ち切るように、少女は叫ぶ。

「私、お母さんから、全部全部奪ってしもうた。ふたごのきょうだいも、この体の、本当の持ち主も」

やっぱりそこにも引っかかるよな、と八嶋は唇を噛んだ。

瞬也が教えてくれた出生時の話だ。双子の片割れとしてこの世に命を授かったが、きょうだいは生まれてこなかった。そのことを気に病んでいたという流花が、こんな事実を知らされて、平気でいられるはずがない。

「私の手足も、心臓も顔も、私のものやなかった。お母さんにお父さんに愛されて、病気が早く治るようにねってお祈りされてたのは、今、考えてるこの心やなかったのに！　元々の心を、私が消してしもうた」

生きてる資格なんてないんや、と涙声を震わせる流花だったが、

「だったらなおさらダメだろ、今死ぬなんて」

瞬也が食いついた。

「他人を乗っ取ってまで手に入れた体なんだ。粗末にするべきじゃないだろ」

「でも、でも」

流花は岩場から動こうとしない。

「苦しいんや。真っ黒で、ぐるぐるしてる。世の中をめちゃくちゃにしてやりたい。けど、そんなの無理やから、私だけで終わる」

やはり、まともな説得は難しいだろうか。ここに至って八嶋は、見当外れの方向を探しているらしい、虎地や他の刑事たちが追いついてくることを諦めた。

だが、助ける。

八嶋の目の前にいるのは、あの冬、助けられなかった涼火だ。苦悩を打ち明けてくれたなら、分かち合うことができたなら、今でも涼火は自分の隣に居てくれたかもしれない。そこまで思いを馳《は》せて、八嶋は苦笑する。それぞれ別の人間だという説得をよしとしながら、二人を重ね合わせているからだ。もちろん、その思考に薔薇は関係ない。人間は結局、誰かを別の誰かに重ねてしまう生き物なのだろう。

この期に及んで分析なんてしている。自分は、どこまでも乾いた性格だな、と八嶋は苦笑いを重ねた。警察の同僚たちや、同じ薔薇持ちの少年少女。八嶋の人生は、良き人々との出会いに恵まれたものだった。自身はそうなれないと引け目を感じつつも、彼らの側に居ること自体は好きだったし、厚情には感謝している。思いがけない悪意や悲劇に彼らの感受性が脅かされたとき、彼らを守るのが自分の役割なのだ、とつい昨日の捜査会議の後、決心したばかりだ。

心がコピーだったと聞かされても、浅い傷で終わった自分。その軽薄さで、深手を負った少女を思いとどまらせるには、どんな言葉を投げかけるべきだろうか。どこまでも、うすっぺらさを貫けばいい。

おもむろに八嶋は歩みを進めた。

流花がぴくりと震える。八嶋は流花のいる崖までやってきた。一番奥にいる流花の位置からはまだ距離があるものの、すでに左右は険阻な傾斜で、風に灌木が揺れている。

「考えをまとめてみようか。流花ちゃんは、何に対して苦しんでいるんだろう」

少女の足下を注視しながら語りかける。

「一つは、自分の精神が、別人の心を塗りつぶしてしまった事実への罪悪感。二つ目は、自分の精神がコピーの一つにすぎないっていう事実への嫌悪感。このうち一つ目については、瞬也君の言う通りだ。他人の体を奪ってしまったからこそ、その体を、軽はずみに傷付けるべきじゃない。二つ目については、君より十年以上お兄さんである僕から断言してあげよう。心は変わるんだよ。元々は同じ形でも、きっと、生き続けるうちに違う模様が刻まれるようになる。そもそも、オリジナルってなんだろうね？　薔薇持ちだろうがなかろうが、心なんて周囲のいろいろから影響を受けて、様変わりするのが当然だ」

ずるい大人だから、八嶋は意図的に話題をずらしている。流花を最も悩ませているのは、思いを寄せていた瞬也と自分の心が同じ素材だった――つまり、同一の存在に恋愛感情を抱いていたという事実に対する嫌悪感だろう。この問題にあえて触れず、個別の問題から一般的な心のとらえ方にまで話を抽象化することで本質から目を逸らさせようと試みている。尋問や事情聴取でも使用するテクニックだ。

「繰り返すけど、流花ちゃんは、自分がオリジナルじゃないかもしれないってところが気持ち悪いんだよね。自分と同じ心が百名以上も転がっている。何が本物で偽物なのか区別できないのが耐えられない」

流花がうんとも言わないうちに、畳みかける。

「それなら、飛び降りたらダメでしょう。君が消えたって、気持ち悪いコピーは生き残ってしまう。すべてを終わらせたいのなら、もっと確実な手が残っているよね」

「何の話です」

後方から響く怪訝そうな瞬也の声に、八嶋は前を向いたまま答えた。

「殺人事件だよ。ここまで来たら、皆、理解してるだろう？　開本博士たちを殺した犯人は、おそらく、同じような動機で彼らを手にかけたんだ。精神的に、オリジナルとコピーが混在している状態を受け入れがたい。だから元凶である開本博士を殺《あや》め、薔薇持ちたちを全滅させたいと願っている」

「『はなの会』全員をですか？」

瞬也が高い声を上げる。「百名以上を消すなんて、無謀すぎますよ」

「多分、犯人も無茶は自覚している」

八嶋は振り返らず、流花を見据えたままだ。

「無理を承知で、やれるところまでチャレンジしてやろうって精神性だと思うよ。その辺りを指摘した上で、流花ちゃん、君に提案がある」

八嶋は唇を歪める。うさんくさいと言われがちな自分の容貌《ようぼう》に、このときほど感謝したことはない。

「俺が高校時代、付き合っていた女の子は、おそらく君と同じ苦悩を抱いてこの山で命を落としたんだ。同じ悩みで壊れそうになっている君を、そのまま死なせたくない。だからね」

八嶋は生まれて初めて、悪人をアピールするために笑顔を作った。

「君のために、犯人を見逃してあげてもいい。捜査に手を抜いてもいい。そうしたら、君の願いは叶う」

流花と、背後の渓谷を見据えながら、八嶋は答えを待った。

やがて少女は笑いをこらえるような声色で、つぶやいた。

「ちがう」

「なにかな？」

「ちがう。私、そんな悪いこと考えられへん。刑事さんと私の心、全然違う」

「言っただろ？　十年も経ったら別物になるって。君と瞬也君の心だってそうなるよ」

「こんな簡単なこと、なんでわからへんかったんやろ」

なにもかも吹っきれたようには見えない。眉間に皺をきざみ、それでもはにかんで、流花は前のめりに倒れた。

瞬也が走り寄る。大松と同様、血管迷走神経反射による失神だろう。

「ありがとうございます」

流花を抱き上げる瞬也は、泥の嵐《あらし》をくぐり抜けたように晴れやかな顔だ。

「約束したからね。助けるって」

「でも俺、ちょっと悔しいです。俺の言葉でどうにかしたかった」

「それはまあ、経験値の違いだね。俺だって君くらいの年頃には、こんな小芝居、思いつかなかった」

瞬也の隣を歩き、バランスを崩さないよう支える。まだ崖の上にいるので、油断は禁物だ。

「自分のときは無理だったからこそ、次の機会に助けられたんだよ。だから、恩着せがましいことを言うみたいだけどさ、瞬也君も、大人になったら別の誰かを助けてあげてほしい。機会があったらで構わないけどさ」

「俺、誤解してました」

瞬也の声が優しい。

「八嶋さんって、ちゃんとした刑事さんなんですね」

今気づいたのか……と不平は唱えずに、八嶋は微笑んだ。今度は善人を意識して。


「なんとか軟着陸できたみたいだね」

大様が安堵の息を吐き出した。

ログハウスに運ばれた流花は、大松と並んで二階のベッドで寝息を立てている。夕刻。当初は日帰りの予定だったが、今は安静にしておいた方がいいという博士の意見を容《い》れて、出発は翌日へ持ち越しとなった。幸い、ログハウスは二十名程度なら宿泊できる余裕があった。張ノ瀬に夕飯を頼んでいたことを思い出した加夜が、「はなの会」の施設にキャンセルの電話をかけていた。経緯を聞いた張ノ瀬は、驚きつつも流花たちが苦悩から解放されたと喜んでいたそうだ。

その後、宿を提供してもらえるせめてものお礼、と別棟のキッチンに刑事たちが集まり、調理を始めている。薔薇持ちたちも加わり、現在、二階に居るのはベッドの二人を除いて八嶋と大様だけだ。

「告白するとね、開本君の訃報を聞いたとき、くるべきものがきたと覚悟していた。善意で始めた試みとはいえ、患者や家族を欺いたことは間違いない。彼がいなくなった以上、この件に多少なりとも関わっている私がフォローを申し出るべきだろう」

近々、山を下りる予定だ、と博士は語る。

「薔薇のメカニズムを公表するのですか。この程度の人数でも、騒動になったことを考えると、アナウンスには、よほど注意を払うべきかと」

「もちろん、単純に記者会見を開いて事実を羅列するようなやり方は避けるつもりだとも。まずは開本博士と関わりのあった研究者を招集して倫理委員会に類する組織を立ち上げる。その上で、会員一人一人の事情に応じた情報開示の方法を模索していくべきだろうね。問題は、殺人事件が関わってくる部分だな。どこまでマスコミに開示するか、警察の方と擦りあわせが必要だね」

「その辺りは、虎地警部にお任せください」

上役に大役を押しつけつつ、八嶋は本題を切り出した。

「話は変わりますが、博士、設楽涼火という少女をご存じではないですか」

「憶えている」即座に答えが返ってきた。

「六合目で遭難した女の子だろう。亡くなる数日前に、私にコンタクトを取ってきた」

「そうだったんですか……」八嶋は、涼火もまた、今の自分たちのように博士を訪問するつもりだったのかと考えていたのだが、

「いや、その当時、私はここにはいなかったんだ。伊吹の冬は、山奥に住むには厳しすぎるからね。あのときは海外で過ごしていた。帰国してから話をしてあげる約束だった」

疑問が置き換わる。それでは、涼火はどうして、この山で死んだのだろう？

「薔薇持ちは、伊吹に惹《ひ》かれるのかもな」

博士はテーブルに置いたままのピンクの薬液に視線を注いだ。

「白昼夢の話を聞く限り、夢の中にはこの薬とよく似た色が登場する様子だね。薔薇持ちの記憶には、この薬液の存在が刷り込まれているようだ。この薬は人工的に作り出したものだが、材料は伊吹に生えているものばかりだ。風や大雪で花粉や花びらがまざり合って、偶然、薬液と同じものが生まれ、吹雪や雪解けに紛れるのかもしれない。その飛沫《ひまつ》が、空を巡って、各地にいる薔薇持ちたちを吸い寄せることもあるのだろう。推論の多い私の仮説の中でも、とびきり空想めいた話だがね」

真面目に語っていないふうの博士だが、悪くない想像だと八嶋は思った。絶望して死ぬより、山の神秘に魅入られて命を落とす方が、まだ救いがあるように感じられる。

「話はそれだけかな」博士は両手を首の後ろへと回す。「今日は久々におしゃべりしたせいで、少々疲れた。そろそろ休ませてもらいたいのだが」

「申し訳ない。まだお伝えしたいことが」幻想を打ち捨て、刑事は現実を吐いた。

「もしかしたら、今夜、もう一騒動起こるかもしれません。あらかじめご容赦いただけますか」

二十二時を過ぎた頃、中央にあるログハウスの外で待機していた八嶋のスマホが鳴動した。小声で応話する。

「八嶋さん、大当たりです。もうすぐそちらへやってきます」

阿城の声が興奮を帯びている。「細工は終わっているので、危険はゼロだと思います。どの段階まで待ちますか」

「着手するまで様子を見よう。抵抗してくれたら、公務執行妨害が成立するんだけどな」

「皆で取り囲んだら、観念してくれるんじゃないですか」

「そうだとありがたいけどね……殺人犯相手に言う言葉じゃないけど、あんまり手荒に扱いたくはない」

八嶋はログハウスから離れ、薬櫛の前までやってきた。櫛の陰に身体を隠して待つ。山奥だが、完全な暗闇ではない。ログハウスの二階のみ、淡い照明が点いているからだ。灌木の向こうに、夜間作業用のヘッドライトらしき光が見えた。光は、ゆっくりとこちらへ近付いてくる。正面に立ちはだかったりしないよう注意しながら、八嶋は薬櫛を離れ、灌木を向かって右へと回り込んだ。左側から、ヘッドライトが迂回《うかい》してきたからだ。直後にヘッドライトが消えた。ここまで来たら、ログハウスから視認されてしまうと警戒しているのだろう。

風が吹き下ろしてくるので、歩いても草の音が気にならないのは幸いだ。八嶋は灌木の横から少しだけ引き返す。ヘッドライトを落としたその人物は、右手に十八リットルサイズの灯油タンクを提げていた。薬櫛の前に佇み、次の行動を決めかねている様子だ。

薬櫛、撤去した方がよかったかな、と八嶋は後悔する。危険はないと承知しているが、大立ち回りでも発生したら、貴重な文化遺産を傷つけてしまうかもしれない。

人影が薬櫛の前にやってきてから、すでに五分が経過した。おそらく散布に適切な場所を探しているのだろう。灯油はガソリンに比べると入手こそ容易だが、地面やコンクリートの上に散布した場合、コンディションによっては引火しない場合もあり得る。衣類などの繊維に染みこませることで着火効率が上昇するので、手頃な散布対象を吟味しているのかもしれない。

さらに二分が経過した。すでに四人を手にかけている殺人者であっても、場合によっては、何もしないまま立ち去る展開もあり得る、と八嶋は考え始めていた。

しかしその影は、タンクのキャップに手を伸ばした。

油の臭いが漏れ広がる。

中央のログハウスに近寄った影は、タンクを傾け、液体を入り口の扉に振りかけ始めた。

殺意の高さに、八嶋は口笛を吹きそうになる。

タンクが空になったのか、影は数歩後退した後で、上着のジャンパーから何かを取り出した。発火装置、あるいは手を離してもしばらく炎が持続するタイプのライターだ、と八嶋はあたりを付ける。直後に、影の手元が輝いた。小さな炎に照らされて、銀色の長方形が見える。ライターを選んだらしい。

そのまま手が動き、橙《だいだい》の光とともに、ライターが宙を舞った。炎は、液体に浸された扉へと吸い込まれる。

何も起こらなかった。

あいかわらず臭気は漂っている。しかし小火《ぼや》さえ発生していない。

「どうして……」

呟いた影の前に、八嶋は無造作に歩いて近付いた。同時に、三つのロッジから懐中電灯を握った刑事たちが顔を出し、その人物を取り囲む。

「簡単な話です。水に火を投じたところで、火災は発生しません」慇懃《いんぎん》無礼《ぶれい》な仕草で、八嶋はその人物の肩を叩く。「今の油の臭いですけど、お手元のタンクから漂ったものじゃありません。こちらで用意したんですよ」

八嶋はラップに包んだガーゼをかざしてみせた。ガーゼは事前に少量の灯油に浸してあるため、ラップを外すと当然、臭気が広がる。ぎりぎりまで、タンクに灯油が入ったままだと誤認させるためのささやかなトリックだ。

「どうして」同じ言葉が返ってきた。「いつから?」

「この山を訪れる前から、あなたに照準を絞っていた。ご自宅に保管されていた灯油タンクに細工をさせてもらいました」

八嶋は哀切を込めて、再びその人物の肩に手を載せた。

言葉に貫かれたように、その人物は膝をついた。開本周大・兵藤水奈・純直菊乃・南沢美琴の殺害を自白したのは、その直後だった。

第七章　真実の薔薇

「一つ進言があります。保険をかけておいてもよろしいでしょうか」

前日の捜査会議終了後。会議室に残っていた面々に向けて八嶋が切り出したところ、様々な表情サンプルを採集することができた。また面倒くさそうな話を言い出したな、と警戒心を露にする捜査一課長と虎地、大して興味がなさそうな阿城、怒るべきか、呆れるべきか悩んでいる風の捜査員たち。

そんな中で、いち早く傾聴のポーズを取ってくれる合間管理官は人間が違う。

「何に対する保険だろうか」

「犯人の性急さに対する備えです」

目元で感謝しつつ、八嶋は組み立てたばかりの理屈を並べる。

「この事件の中で、何が起こっているのか、犯人は何を考えて罪を重ねているのか、我々には全体像がつかめません。極端な話、明日伊吹山で大様博士からレクチャーしていただいた結果、捜査の盤面がひっくり返されてしまうかもしれません。例えば、薔薇を合わせることで、どちらかがどちらかの精神を自由に操ることができる、なんて事実が判明したら、すべてはやり直しです」

「また極端な仮定を出してきたな」

課長のまなじりに疲労が色濃く表れていた。皺が増加している。

「しかしまあ、そこまで極端な話でなかったとしても、薔薇や白昼夢について詳しく分からない限り、少なくとも動機について理解は進まないだろう。後手に回ってしまう恐れは否定できない」

「そうならないために、『はなの会』からピックアップした面々に監視をつけるって結論になったはずですが」

虎地があごの無精ひげをいじりながら言う。「八嶋、なんで今更蒸《む》し返すんだよ」

「さらに用心したいからです。明日、同行するメンバーの中に犯人がまざっているとも考えられますからね。最悪の場合、知られたくない事実を博士が口にした時点で、犯人が爆弾なり毒ガスなりをぶちまけるかもしれない……」

だから保険をかけたいのだ、と八嶋は繰り返す。

「証拠を集め、証言を集め、人間関係と利害関係を網羅《もうら》的に理解した上で、浮かび上がってきた人物に労力を集中するというやり方こそが、犯罪捜査の常道であることは承知しています。百も承知の上で、あえて現時点で手に入った情報だけで、ある人物が犯人かもしれないと目星を付けておきたいのです。その人間にベクトルを集めることで、最悪の事態を回避できる」

「理に適《かな》った意見だが、危険も孕《はら》んでいるな」

ブレーキをかけるように、合間が手の甲を机に押しつけた。

「情報といっても、現時点では捜査上の優先度が計りきれないジャンクもまざっている。君はどの要素に的を絞るべきだと考えているんだ」

「ここで思い出してもらいたいのは、南沢美琴と純直菊乃の殺害状況についてです」

八嶋は声量を上げ、会議室全体に反響させる。

「二人とも、死因は頸部血管の圧迫閉鎖による脳循環不全と診断されており、首吊りに似た状況で、背後から頸部に回したロープを引っ張られて殺害されたのだろうと推測されています。つまり犯人は、被害者の背後に回って凶行に及んだ。これは重要です。南沢も純直も、抵抗した形跡が見受けられない。自分の背中で犯人がごそごそロープを用意しているとき、全く警戒していなかったことになる」

「顔見知りの犯行ということだろう？　しかもかなり親密な」馬鹿にするな、と言いたげに課長が口を挿む。「その可能性については、前の捜査会議ですでに話題に上ったじゃないか」

「もう少し掘り下げることができるんです」八嶋は怯《ひる》まない。「この他に重要な証拠として、犯人が、スペアのカードキーを使って南沢の部屋に侵入しているという記録が挙げられます。スペアキーは、純直に南沢が与えたものでした。まだ発見されてはいませんが、犯人が純直を殺害した際に奪い取ったと考えて間違いないでしょう」

ここで再び、八嶋は阿城に水を向ける。

「阿城は今、一人暮らしだったよね」

「セクハラですよ」

「……それはおいといてさ、阿城も、南沢みたいに、部屋のカードキーを誰かに使わせていたとする。仮に親友のAさんとしようか。ある日の夜、玄関のロックが開いた。Aさんが遊びに来たんだなと思ったら、入ってきたのはもう一人の親友、Bさんだった。どう思う」

「いや、怖いですよ」

阿城は手のひらを横にスライドさせた。「いつの間にか、Aさんに渡したカードキーが別人の手に渡ってたわけですから」

「Bさんが阿城にとって、Aさんと同じくらいか、それ以上の親友だったとしても?」

「同じです」

「言われてみると、妙だな」

虎地が目を丸くして天井を見上げている。

「純直は自分で犯人を迎え入れているから、相手を信頼しきっていて警戒する暇もなく殺された、って流れは想像できる。だが南沢の遺体も抵抗した形跡は皆無だった。そんな状況で入室してきた相手なら、少しは疑いそうなもんだ。すでに兵藤水奈が殺害された後なんだからな」

「南沢の警戒心が薄かった理由を想像してみます。犯人はカードキーを使って無断で侵入したのではなく、ことわった上で入ってきたのではないでしょうか」

一同のうち、何人かが首を傾げているので、八嶋は補足した。

「スペアキーを入手した犯人が、南沢のマンションへやってくる。ここでインターフォンを鳴らし、中にいる南沢と話をするんです。被害者は夜型の生活を送っていたという話だから、応答してくれる可能性は高いはずでした。犯人はこのように語りかけたのかもしれません。『カードキーを拾った。南沢さんのキーかもしれない』と」

「なるほど」合間が早速頷いてくれたが、他の面子はしっくりこないようだ。

「犯人は説明します。『このカードキー、名前もマンション名も入っていないけど、前に純直さんか南沢さんが見せてくれたものにデザインが似ている気がする。困っているかもしれないから持ってきた』と。『先に純直さんのインターフォンを鳴らしてみたが、不在なのか返事はなく、エントランスのオートロックも解除できなかった。残りは南沢さんだから、ここまでやってきた』とも。南沢の許可を得て、犯人はエントランスにカードキーを通す。当然、ロックは解除されます。純直が、自分が渡したキーを落としてしまったんだと判断した南沢は、自分がエントランスまでやってくるか、部屋まで持ってきてほしいと犯人に頼む。この状況で、カードだけ受け取って追い返すのはさすがに失礼ですから、部屋に上がってお茶でも飲んでいって、という話になり、犯人は、南沢の部屋に無警戒で侵入する口実を得るわけです」

「すると犯人像は、被害者と親密な関係にあった人物、というだけに留まらないな」

課長も理解してくれたことに満足した八嶋は、右手の指を三本立てた。

「以上のような説明を、南沢に信じさせるに足る条件を備えていなければなりません。以前に会話の流れか何かで、南沢か純直のカードキーを見た可能性のある人物。そのカードキーを『拾った』という説明が違和感なく成り立つ人物。深夜に警戒されることなく部屋に迎え入れ、無防備に背を晒す程度には信頼されている人物。殺害される前の晩、南沢と純直は、『はなの会』で夕食を取っています。その場に居たのはこの二人に加えて、大松と広文、そしてオーナーの張ノ瀬」

「同席していた相手なら、『そのときカードキーを拾った』という説明が成り立つな」

課長が手のひらをまっすぐに整えた。カードのジェスチャーらしい。「そして深夜に南沢を訪ねて、警戒されない相手に限定すると、同性の張ノ瀬と、交際相手の広文か」

「捜査線上に浮かび上がっている人物の中で、犯人候補が二人に絞られました」

八嶋は場の空気を切り替える意図で手を叩く。

「この両名を、最後のふるいにかけます」

「ふるいとは?」

身を乗り出す合間に対し、

「それはもちろん、こいつです」

八嶋は後頭部の髪を掻き上げ、そこに宿る薔薇を晒した。

「いやいや、矛盾しておるだろうが」課長が頰の下に断層のような皺を作る。

「薔薇については、わかっていない事柄が多すぎるからこそ、大様博士に会いに行くのだろう？」

「矛盾はしていません。薔薇に関して、現在判明している材料だけで、犯人と考えれば様々な事柄に説明がつく人物を指摘することが可能なんです」

休憩時間の与太話に付き合うボランティアのような顔つきをしていた一同が、ここまで話を進めた結果、完全に刑事の表情を取り戻していた。

「続けたまえ」課長もその一人だった。「君の話には、貴重な休憩時間を潰す価値があるように感じる」

「ありがとうございます。阿城巡査部長、こちらでつかんでいる薔薇の特性について、おおまかにまとめてほしい」

「いきなり振らないでくださいよ……ええと、板書していいですかね」

誰からも許可を得ないうちに、阿城はマーカーを取り、箇条書きを連ねていく。

・薔薇の特性
①人体から生える
②切除しても短期間で再生する
③切除した下に同色の痕跡が残る

④薔薇と薔薇を接触させると持ち主はそれぞれ、不思議な白昼夢を見る
⑤年齢がある程度高いと、接触させても真っ白な光が見えるだけ
「こんなところですかね」

「うん、間違ってはいないな」

八嶋もホワイトボードに近づき、クリーナーを手にした。

「悪くはないけど、薔薇を接触させることで発生する現象については、もう少し簡潔に書き換えた方がわかりやすいな。④と⑤を修正するよ」

クリーナーを走らせた後で、八嶋は新しい④を書き加えた。
・薔薇の特性
①人体から生える
②切除しても短期間で再生する
③切除した下に同色の痕跡が残る
④薔薇と薔薇を接触させると、不特定時間、持ち主は意識を失う

「ずいぶん思い切った整理だな」

　合間にしては珍しく、愉快そうに目元を綻ばせた。

「白昼夢は無視か。謎の声とやらについて、君も知りたがっていると思っていたが」

「興味は持っていますが、自力ではどうにもならない謎だと判断して、切り捨てることに決めました。英文の読解と同じです。わからないことは、わからないままにして迂回する。ずるい大人のやり方ですね」

　誰か苦笑でもしてくれるかなと期待した八嶋だったが、反応はゼロだったので、咳払いをして話を続ける。

「えーと、とくにこの四つ目へ留意すると、犯人特定につながる、かなり重要な要素を抽出可能なんです。それは何かというと」

　話の要点と言うべき部分を、八嶋はあっさりと口にする。

「薔薇持ちは、同じ薔薇持ちを殺害することが極めて困難であるという事実です」

「確かにそうだな」

　しばらくぽかんと口を開いていた虎地が、小声で認めた。

「なんで俺、こんなわかりきったことに気づかなかったんだ」

「白昼夢の存在がノイズになってたんですよ。謎の声、夢の中のピンク色、途中まではは快適だったのに最後に暗転する世界……実際に体験していた薔薇持ちたちも、それを聞かされた我々も、日常生活ではなかなか出会えない奇怪さに魅入られていたのかもしれません。だから簡単な構図を描けなかったんでしょう。何度も繰り返しますが、白昼夢の内容や薔薇がどういうものであるかという点については、解明しようと思っても、地方警察の一部署には手に余る話なんです。だから私は、白昼夢を、『一時的な意識喪失』と定義し直した。内容は関係ないんです。薔薇と薔薇が接触すると、薔薇持ちは、否応なしに夢を見る。あるいは、視界が真っ白になって時間が経過している。ようするに、何もできなくなる。これは、薔薇持ちが薔薇持ちに危害を加えようと計画した場合に、相当な障害となって立ちはだかってくるものです」

「薔薇持ち同士が、薔薇を接触させる機会はそんなにあるものじゃない」

ホワイトボートを整えながら、阿城が言う。「恋人同士でもない限り、日本人って、そんなにスキンシップしませんからね。でも、殺人ならそうはいかないか」

大抵は接近戦だからね、と八嶋は乗っかった。

「被害者も身を守ろうとするだろうし、激しいもみ合いに発展する確率は高い。はずみで、それぞれの薔薇が接触することもありそうだ。すると犯人も被害者も、意識を失ってしまう……意識を失っている時間もケースバイケースで、はっきりした法則は見つかっていない。被害者が先に回復したら、逆襲されるか逃走を許してしまいます。うかつに狙えないんですよ。薔薇持ちは、同類を」

「いや、工夫次第でなんとかなるんじゃないか」

課長が異議を唱えた。

「薔薇を切除してから犯行に及ぶとか、何かで薔薇を覆うとか」

「本日、村路加夜に訊きました。切除後の痕跡に薔薇をくっつけたり、痕跡同士を接触させたりしても白昼夢は発生するんです。何かで覆うというアイデアについても、兵藤水奈と村路加夜は実験を繰り返していた様子でして、布やアルミの板を挟んだ場合も意識が飛ぶ事例があったと記録を残しています。接触した場合、確実に白昼夢を発生させない方法は、今のところ見つかっていない。これは薔薇持ちにとって大変なリスクです。陸上選手の村路加夜はまだましな方として、将来、薔薇持ちの格闘家なんかが複数人出てきたら、いろいろ気を遣うでしょうね」

少し話が横道に逸れたので、八嶋は修正を試みる。

「リスクを最小限に抑えようとしたら有効な手段は——そうですね。自分の薔薇を切り取って、痕跡部分は可能な限り分厚い鉄板で覆う。外した薔薇を、何かリーチの長い棒か槍みたいなものの先端に接着する。その上でこの『槍薔薇』で被害者の薔薇を狙うのが、最も安全なスタイルでしょうね。ただこの場合も、被害者がどれくらい意識を失っているのかわからない、というリスクは解消できません」

「いや、そもそもそんな格好、怪しすぎるじゃねえか」虎地が突っ込んでくれた。

「被害者も警戒するだろ。真面目に話せ」

「真面目に考えると、触られにくい部位に薔薇を持つ人物が、自分の薔薇を切り取り、それを手に持って、比較的狙いやすい部位に薔薇を持つ相手に押し当てることは可能でしょう。けれどもその場合、薔薇持ちが殺された直後に別の薔薇持ちが薔薇を失っているという構図が出来上がってしまう。白昼夢の存在が警察に知れ渡った後ならば、あからさまに疑惑を招くシチュエーションです。薔薇の生え変わりには半月程度かかる。その間、接着剤等で切り取っていないふりをするのはリスクが多すぎる。定期的に薔薇を切り取っている村路加夜の場合言い訳はできますが、彼女は純直、南沢の件に関してはアリバイを持ち合わせています」

そもそも加夜は、今しがた述べたカードキーの理屈で除外されている。

「どうあがいても危険です。銃器やクロスボウという飛び道具や、毒殺や、睡眠薬を盛って無力化させるという搦《から》め手《て》に頼るしかありませんね」

八嶋は両手の親指と人差し指で弓形を作り、すぐに解いた。

「もう一度、南沢、純直の所見を振り返ってみましょう。二人は首吊りに似た状況で、背後から殺害された。言うまでもなく薔薇持ちにとってはリスクのある殺し方です。とくに南沢美琴は、胸元の薔薇を同じ薔薇持ちにさえ見られることを忌避していたと聞いています。胸元を服で隠し、身体のあちこちをレプリカの薔薇で飾っていた。つまり衣服の膨らみからさえも、正確な薔薇の位置を特定できない。殺意を気取られて激しく抵抗された場合、正確な場所がわからない薔薇が、犯人の薔薇と服ごしに反応するかもしれない。交際を始めていたという広文なら、正確な薔薇の位置を教えてもらえたかもしれませんが、背後から首を絞めるとき、薔薇同士が接触してしまうリスクは依然、残っています。なにしろ広文の薔薇は手のひらにありますからね。薔薇持ちにとっては厄介極まりない標的と言ってさしつかえない南沢ですが、抵抗した形跡もなく殺害されている。抵抗の跡が見られないというのは純直も同様でした。犯人が薔薇持ちなら、睡眠薬で被害者を無力化してから、薔薇に触れないよう、細心の注意を払って殺害に及ぶべきなんです」

「だが薔薇持ちの被害者三人からは、ドラッグ・睡眠薬の類いは検出されなかった」

合間が話題を収束させるように声量を上げる。

「『犯人は薔薇持ちではない』八嶋、君の結論はそういうことなんだな」

八嶋はゆっくりと頷く。

「もちろん、これは完璧な結論ではありません。研究が進んだら、薔薇同士を接触させても意識を失わないような方法が判明することは大いにあり得ます。しかし現状手に入っている材料から判断する限り、手のひらに薔薇を生やしている広文翔が、接近を要する手段で南沢美琴を殺すとは考えがたい」

「すると残ったのは」

合間が背筋を伸ばし、瞑目した。

「張ノ瀬愛か」

「彼女だけがこの条件に合致している、とまで言い切るつもりはありません。探せばこれらのシチュエーションがあてはまる人物が見つかるかもしれません。しかし繰り返しになりますが、被害者四名のうち三名が兵藤水奈の実験グループに参加していた以上、彼女たちと近い位置にいた人物に着目するべきなのは当然です。これを第三の条件と見なした場合、張ノ瀬が犯人である可能性はさらに上昇する」

八嶋はその場に居る全員を説得するつもりで、周囲へ視線を一巡させた。

「先に申し上げましたが、これは保険です。現状、論理的に犯人の可能性が最も高い張ノ瀬に監視を集中させるべきだという進言を容れていただきたい」

「頷ける部分は多い」合間が太鼓判を押してくれた。隣の課長も同意を示している。

「具体的には、どう集中させる？」

「今のところ、張ノ瀬は明日の山行に参加しないようですが、もし土壇場で同行を申し出てきたら、二台目のボックスカーとは別枠で監視を用意していただきたいのです。同行しない場合、彼女一人で伊吹山へ向かったりしないかをチェックするべきでしょう」

八割くらいの自信を込めて、八嶋は話を締め括《くく》った。

「もし彼女が動くようなら、ほぼクロと見なして間違いはないかと」

さほど広くもないログハウス周辺に二十名以上の刑事がひしめいている。

半数は今回の遠足に同行させた人員、あと半数は、張ノ瀬の監視・追跡を担当させていたメンバーだ。

彼女の動向については、逐一《ちくいち》、担当から八嶋たちへ連絡が入っていた。十一時の時点で、張ノ瀬はマイカーで伊吹山ドライブウェイへ入り、十二時半に頂上直下の駐車場へ到着している。約一時間遅れで、八嶋たちを追いかけていたらしい。夕方、加夜がかけたキャンセルの電話は、スマホに転送されたようだ。加夜から成り行きを聞いた時点で、張ノ瀬は、今こそ大量殺人の好機と判断したのだろう。

しかし前日、彼女が生活している「はなの会」の宿泊施設を見張っていた刑事たちが、施設の裏口に最近購入されたと思われる灯油タンクを発見していた。八嶋が記憶している限り、施設の暖房は電化製品を使用しており、調理場はガスコンロで回していたはずだ。すると灯油タンクの使用目的に疑念が生じる。今後、「はなの会」関係者に危害を加える目的でこの灯油が使用される可能性を憂慮した警官たちは、張ノ瀬に気付かれないよう細心の注意を払った上で、灯油タンクを持ち去り、中身を入れ替えることに成功した。これが殺人に使用されるのであれば言い訳も立つだろうが、無関係ならいろいろ問題の生じかねない措置ではあったが、課長たちはしぶしぶながらもGOサインを出してくれた。これ以上被害者を出さないために、多少強引な処理もよしとしたのだろう。

そして二十二時半現在、張ノ瀬は懐中電灯の輪に囲まれて膝をつき、薄笑いを浮かべている。光にさらされたうつろな瞳は、まるで神話に登場する、死者を運ぶ黒い船のようだ。

「おかしいだろ」

警官の逞《たくま》しい肩ごしに、大松が叫んだ。

「張ノ瀬さんだぜ？　いつ押しかけても、いやな顔一つせずご飯を作ってくれた張ノ瀬さんだぞ。あり得ない、この人が殺しなんてあり得ない」

「間違いじゃあ、ないよ」

しかし張ノ瀬は無慈悲に肯定する。

「私があの人たちを殺した。事故でも偶然でもない。正気のまま、貫き、紐を巻き付け、引っ張った。三人の薔薇も、切り取って燃やして灰に変えた」

「うそだ。俺たちを殺したかったら、ご飯に毒でも流したら済む話だろ」

光の中、なおも大松は喚《わめ》き立てるが、張ノ瀬の答えは残酷だった。

「それはだめだ。食べ物で人を殺すなんて、人間として許されることじゃない」

「なんだよ、それ……」

信じられねえ、と肩をいからせる大松たちだったが、八嶋には、彼女のロジックはある程度理解できるものだった。会社の人間関係に悩んで同僚たちを切りつけた犯罪者が、職場ではなく、花見の席を犯行現場に選んだ事例を知っている。ある種の犯罪者は二重のモラルを持ち合わせており、人を殺すという大罪に手を染めながら、その汚れが日常に染みを落とすことを厭《いと》うのだ。

がなり立てる大松も、広文も、警官の輪から外へと連れ出されてしまった。被害者の友人、しかも未成年に対する措置としては妥当だろう。被害者とそれほど親しいわけではなかった流花・瞬也・加夜も、とっくに遠ざけられている。ただ八嶋は、犯人の声を、直接彼らに聞かせてやりたいと思った。十年以上、理由のわからない死をひきずり続けている身としては、その方が彼らのためになると思ったからだ。

「眩しいなあ」

張ノ瀬は光に集まり始めた羽虫を眺めている。

「神々《こうごう》しくて、まるで、異端審問みたい」

「そんな立派なものじゃありません。七割がむさくるしい野郎共ですよ」計算から自分を省きつつ、八嶋は距離を詰めた。

「でも、懺悔《ざんげ》するなら今のうちですよ。取調室で語る動機は、書類に書き換えられて、公判向けにアレンジされてしまう。ご自身も裁判に洗われて、本当はどういう気持ちだったかわからなくなっちゃいます」

「警察官とは思えない発言だな」

「でも、八嶋らしい発言でしょう」

「……違いない。君、大人になっても変わらないなあ」

重病人のように、張ノ瀬は首をゆっくりと巡らせた。

「そちらに大様博士もいらっしゃるのでしょうね。博士、ご無沙汰しております。一度、開本博士とこちらへお邪魔した張ノ瀬です」

「張ノ瀬さん、ああ、そうか、そうだったか」

何かを納得した声だ。

「八嶋君、彼女なんだよ。彼女の息子さんが、君たちの薔薇の――オリジナルと呼ぶには語弊があるが――つまりそういうことなんだ」

八嶋は咄嗟に、自分の薔薇を触っていた。

開本博士が手を染めた、狂気の実験。ある子供が、脳死状態に至る直前に発現させた薔薇を、昏睡病の患者たちに移植するという試み。薔薇のおかげで八嶋たちは日常を取り戻したが、本来の宿主はそのまま命を落とした。

その宿主の、母親。

「よくもまあ、三十何年も」

言葉が続かない。彼女の息子が、快復することなく世を去った昏睡病患者だったという話は聞いていた。しかし、それどころではない。自分たちはある意味、彼女の息子から記憶のかけらを受け取り、そのおかげで風景を手に入れたのだ。そのまま学校へ通い、社会へ出て、ときどき「はなの会」へ顔を出していた。

「えーっと、つまりこういう話ですか」

懐中電灯の輪に加わっている阿城が、脳天気な声を出す。

「お子さんのおかげで他の患者さんは治って楽しく暮らしてるのに、当の本人は死んじゃった。それが悔しくて、水奈ちゃんたちを殺したってこと？」

「お前、慈悲って言葉知ってるか」

隣から虎地の呆れ声。「しかしまあ、かいつまんで話すとそれが動機かね」

「そこまで短慮な人間じゃない」

まるで四件の犯行が短慮でないかのように、殺人犯は息を吐いた。

「まあ、複雑とも言えないな。私が殺人に手を染めた理由は、ある意味、単純なものだ。ある人間を邪魔に感じる。消えてほしいと願う。その思いが昂じたとき、ときに野蛮な解決手段に走ってしまう。私も同じだよ。本来なら、私が殺したい相手は一人だけだった。ところが開本博士のせいで、標的の心が百余名に受け継がれてしまったから、増えた分まで手にかけざるを得なくなった」

裁判の被疑者弁護人のように、張ノ瀬は自分の罪をさらさらと語る。

「その言い方だと、息子さんを殺したかった、という意味になりませんか」

八嶋の問いかけに、殺人犯はあっさりと頷いた。

「その通り。私は、息子を殺したかった」

張ノ瀬はわずかに眉をひそめた。

「いや……訂正させてください。私は、息子に死んだままでいてもらいたかった。この話は、『はなの会』の皆には信じがたい告白だろうね。私が知り合ったどのご両親も、子供を昏睡病から救い出そうと懸命になっておられたから。でも、世の中には例外が生まれるものなんだよ。それなりに穏やかな結婚生活の中で、私は息子を授かった。でもはじめてあの子がお腹の中で動いたとき、私が最初に感じたのは愛情ではなく、違和感だった。自分の体内に他人が眠っている事実を、恐ろしいとさえ思ったの」

「恐ろしいって」

流花の声が震えている。「自分の、赤ちゃんを？」

「信じられないかもしれないけど、世の中には、自分のお腹を痛めた子供を愛せない母親だっているんだよ」

張ノ瀬の口元が綻んだ。涼火が「お母さん」と呼んだ柔和な表情だ。

「もしかしたら、出産が終わり、我が子を直接目にしたら愛情が芽生えるかもしれない——そんな期待も抱いたけど、的外れだった。母乳を与えても、おむつを替えても、添い寝しても母性愛なんてものは一切湧き上がってこなかった。それでも形式上、母親として振る舞ってこれたのは、義務感のなせる業だったよ。私は社会や家庭に与えられた『母親』という役割から逸脱したくなかったんだ。工場の流れ作業みたいに、私は息子を愛しているように振る舞い、オスロ昏睡病が発現してからは、難病の息子を案じる慈母の役柄《やくがら》を必死にこなしたよ。息子がそうなったら、涙を流し、快復を願うことが正しい母親のありようだと信じていたからね」

「母親の役割……？」

光の中で揺らぐ流花の声は、理解不可能な感情に戸惑っているようだ。親が子供を愛せないなんて信じられない、そう叫ばないだけでも褒めてあげたいくらいだ。

しかし八嶋は張ノ瀬の告白を素直に受け入れていた。自分だけではない。虎地も阿城も、この場にいる警官全員が同じ心情だろう。日本国内で発生する殺人事件のうち、家庭内殺人の割合がどれくらいであるかを把握していたならば、血のつながりが愛情を担保してくれるものでないことくらいは想像できるからだ。心理学的には、愛着障害という言葉が当てはまるかもしれない。幼児期に保護者からスキンシップを充分に与えられなかった人間、俗な言い方をするならば「ぬくもりを知らずに育った」

者は、他者からの愛情を感知することができず、大人になってから子供にそれを注ぐことも難しいという。張ノ瀬の子供時代に、そうした歪みが埋め込まれていたとも考えられる。

（いや、理屈じゃないのかもな）

理解や共感を打ち切り、八嶋は殺人犯を見据える。人間は、はっきりした理由もなく誰かを愛することができる生き物だ。ならばその反対も起こり得るはずだ。そもそもある個人が「愛」と呼ぶ感情を、別の人間のそれと同種のものなのかどうかは確認できないし、その強弱を比較する術も存在しないのだ。少なくとも本人の主観上、張ノ瀬愛は息子に愛情を感じていなかった。その認識こそが悲劇の始まりだった。

「息子が息を引き取ったとき、私は救われた気持ちになったんだよ」重荷を下ろした風に張ノ瀬は目を伏せる。「私のことを、お母さん、お母さんと慕《した》ってくれるあの子に対して、私は本物の愛情を返してあげられなかったからね。開本博士から、息子の薔薇を他の子供たちに移植したいと提案されたとき、私は諸手《もろて》を挙げて賛成した。私という母親に愛されなかった憐《あわ》れな精神が、別の肉体に宿り、それぞれの家庭で正しく愛されてほしいと願ったんだよ」

「だからあなたは、『はなの会』で俺たちを世話してくれたんですか」

八嶋の言葉をなぞるように張ノ瀬は首を動かした。

「この三十年余り、本当に楽しかった！　八嶋君、君を含めた『息子たち』のために料理を作り、おしゃべりしながら、今のあなたたちがどれだけ幸せに暮らしているかを聞かせてもらえたんだからね。嬉しかった。本当に、夢のような毎日だった。ああ、これでよかったんだ、私なんかの子供でいるより、よほど祝福に満ちた人生をこの子たちは送っているんだって。具体的に息子の面影が見えたわけではないけどね」

張ノ瀬は人差し指を扇形にスライドさせた。

「開本博士の見立てによると、息子の薔薇を移植された人たちが、成長するに従って同じような振る舞いをするようになる可能性は低いっていう話だった。そもそも息子は三歳までしか生きられなかった。短い生涯で培われた記憶も感性も、大人になればそれぞれの体験の中に埋もれて名残さえ失われてしまう。そうおっしゃった博士の言葉を私は信じ、それは正しかった。たとえば八嶋君、あなたの仕草や言葉から、息子を連想させられた覚えはない」

それはそうだろう、と八嶋は思う。成長した子供たちに顕著なものがあったら、とっくに大問題に発展していただろう。

「繰り返すけど、私は満足していたんだよ。息子の一部が会の大勢の人たちに受け継がれている。そんな皆さんに、息子に食べさせてあげられなかったいろいろな料理を楽しんでもらえる。そんな毎日が続くことを心の底から感謝していた」

でも、壊れてしまった、と張ノ瀬は歯を見せる。

「あの子だよ。兵藤水奈。あの子が実験を始めた。あるとき、キッチンの近くで広文君たちと話しているのが耳に入ったんだよ。最初はゲームか何かの説明だと勘違いしたけど、そうじゃない。薔薇を合わせると不思議な夢を見るという話だった。そんな現象、私も知らなかった」

「無理もない」大様博士が応じる。「私も今回のことで初めて知ったのだからね。開本君がどうだったかは、遺《のこ》された記録をたぐるしかないだろうが……知っていたとしても、まだそれほど研究は進んでいなかったのではないかな」

「開本博士には私からお伝えしました。博士は興味を抱いてはおられたものの、本格的に研究を始めるのは来年以降になるとおっしゃっていました。ただ、薔薇を合わせ続けることで、脳に悪影響が発生する可能性も考慮して、水奈ちゃんたちを気にかけておくようにと頼まれたんです。といっても私には、施設でときどき流れてくる会話に耳を澄ますくらいが関の山だったけどね。その時点でも私は、自分がこんな大それたことをしでかすなんて思いもしなかった」

では、殺意はどこで芽生えたのだろうか。述懐に耳を傾けながら、八嶋は目の前の女を狂気に走らせた要因について予想もできないままでいる。

「先月だったよ。その日、施設のお客様は水奈ちゃん一人だった。この子が一人でやってくるなんて久々だなと考えながら、私は彼女のために夕飯を作ってあげた。まああの出来映えだったパエリアを、水奈ちゃんは、おいしい、おいしい、と言っておかわりまでしてくれた。あの子は年齢以上に大人びているというかクールを気取っていたから、ご飯でこんなに感情を露にしてくれるなんて珍しいと思ったんだよね。食べ終えたとき、水奈ちゃんは前触れもなく、夢の話を始めた。薔薇を合わせると夢を見ること、その夢は、奇妙でありながら幸福に包まれた心地になるけれど、最後に反転して、寝覚めは最悪なこと、反転する直前に、不思議な声が聞こえること」

渦を巻いて通り過ぎた羽虫に、張ノ瀬は地獄の業火を見るような視線を送る。

「何度も繰り返すうちに、その声の意味がわかった、って水奈ちゃんは言うんだよ。夢の中に、ぼんやりと影が現れるって。声は、その影が叫んでいるわけでもなく、水奈ちゃんが影に向かって呼びかけているものなんだって理解したそうです。何度も何度もいろいろな相手と薔薇を合わせて、その言葉の意味を解読したって言うんだよ。私は、なんでこの話を私にしてくれるんだろうって不思議だった。そのとき水奈ちゃんが、はっきりとした、とても優しい声でその言葉を口にしたの」

殺人犯は、殺されたのが自分の方であるかのように、翳《かげ》りを満面に浮かべ、言った。

「『おかあさん』って」

「そうですか」

ばかみたいに声を吐きながら、八嶋は長い間失っていた鍵が返ってきたような心地だった。間違いない。この場にいる、博士を除いた薔薇持ちは、確信したことだろう。白昼夢を見ていない八嶋でさえ理解できる。夢の中の言葉は、その五文字以外にあり得ない。

「私はなにげないふうを取《と》り繕《つくろ》うのに努力が必要だった。なぜって、彼女の声色は、私を母親だと確信している調子だったから。後で知りましたけれど、あの子は」

「――亡くしているんです。お母さんを、小さい頃に」

怒りのあまり呼吸さえ忘れ、それでも肺から音を絞り出すような大松の声だった。

「俺は、あれがそんな言葉だったなんて、教えてもらえなかったけど」

「私は、ただ単語を聞いただけというふりをして、そのまま別の話題に移りました。

あの子は失望した様子だったけど、そのうち、勘違いかと思い直したみたいだね。そもそも、薔薇の成り立ちを知らなければ、息子の記憶があの子に引き継がれているなんて、考えようがないからさ。それでも納得が行かない様子で、南沢さんや純直さんたちと実験を繰り返していたみたいだ。私は、毒虫の卵を眺める気持ちだった。同じように、薔薇持ちの誰も彼もが、私にあの言葉を浴びせるかもしれない。それは私にとって耐えがたい状況でした。私はもう、あの子の、あなたたちの母親になりたくなかったんだよ」

だからその芽を刈り取ったんです、と殺人犯は言い切った。

「それだけの話です。とても単純な動機でしょ？」

「そんな理由で」

光の中から瞬也が一瞬、張ノ瀬の前に飛び出したが、スクラムを組んだ警官に押し戻されてしまった。「そんな理由で、四人もの人間を？」

「拒絶したい。自分との関わりを未来永劫《えいごう》断ち切りたい。そう思い立ったとき、他に方法はある？」

「どっかへ、遠くへ消えたらいいだろ」大松が苦しそうに口を動かした。「それが無理なら……あんたが、死んでもよかったんだ」

「その程度、考え付かなかったと思う？」殺人犯は笑い捨てる。「水奈ちゃんを手にかけた後、そうしようとも迷った。けれども、私が地の果てにでも去った後、他の薔薇持ちが同じことに気づいて、行方不明の私を母親なのだと想い続ける……そんな仮定さえ、私には耐えられなかった。もちろん、薔薇持ち全員を葬り去るなんて無理に決まっている。だとしても水奈ちゃんと一緒に実験を繰り返していたあなたたちは放っておけない。彼女が、白昼夢のせいで殺されたと考えて、さらに実験を重ねたら、同じ事実をつかむかもしれない。最低でも、水奈ちゃんと親しかった薔薇持ちと、大様博士だけは放っておけなかった」

虚勢やカムフラージュではなく、張ノ瀬は本心から動機を教えてくれているらしいと八嶋は見て取った。

「なるほど、合理的です。兵藤さんのようにあなたをお母さんと呼ぶ薔薇持ちを増やしたくなかったら、取るべき手段は二つ。オスロ昏睡病の治療行為を停滞させること。そして薔薇持ちの数を減らすこと。だから最初に開本博士を殺め、次いで兵藤さんというわけですか。さらに言えば、兵藤さんが始めていた白昼夢の実験が広まらないよう、参加者を排除したかったと」

八嶋は自分の判断が正しかったのか不安になった。この言葉を大松に、広文に、流花に、瞬也に加夜に聞かせるのは正しい気遣いだったろうか。いや、それでもこれでいい、と嚙みしめる。わからないまま、抱え続けるよりも、よほどいい。

「ちょっといいですか」

阿城が喉に小骨がひっかかったような顔で手を挙げる。

「あなた、これだけのことをしでかしておいて、罪悪感とかないんですか」

「あるに決まっているでしょ」張ノ瀬は少女のように破顔した。「恩人や知り合い、息子の心を受け継いだ人たちを手にかけたのですから、とても心が痛んだよ。けれども、私には達成するべき目的があったから」

「あ、そうですか。もういいです」

阿城はつまらなそうに口笛を吹いた。

「連れていけ」

虎地が事務的な口ぶりで捜査員たちを促した。光に取り囲まれた殺人犯は、ログハウスへ誘われる。今晩は、ここに留め置く他にないだろう。

「張ノ瀬さんにどうしても伝えておきたいことがある」

その背中に声をかけたのは大様正和だった。

「君は、これから罪を償うのだろう。四人を殺めたのだから、極刑は免《まぬが》れないかもしれない。執行の日を待ちながら、長い年月、自分のしたことについて思いを馳せ続けるのかもしれない」

博士は張ノ瀬の近くまで歩いてきている。電灯は手にしていない。ログハウスの明かりに照らされる影が、草地をなめている。

「そんな時間の中で、君は思い描くかもしれない。もう少し上手く立ち回っていたなら、四人より多くの人数を、私や村路君たちを殺めることも可能だったのでは、と。だから今のうちに、君にはある仮説を教えておきたい」

振り返った眼差しは、理知も激情も果て、無感情に見えた。

「薔薇の構造やその中の細胞について、私も開本君も、長年精査を繰り返している。だが神経回路に該当するような組織は、いまだに見つからない。構造が単純すぎるんだ。にもかかわらず、あの腫瘍の中に記憶が保存されているのであれば、電気信号や情報を記録するシステムの中には、我々がまだ発見していない機構が存在すると解釈する他にはない」

首を大様の方へ向けながら、今更何を言い出すのかと怪訝な表情の張ノ瀬に対して、大様はゆっくりと告げた。

「わかりやすく言えば、薔薇の単純な仕組みの中に記憶が保管されているのであれば、他の場所でもそうなる確率は高いという話だよ」

「何をおっしゃりたいのです」

静かな声色だったが、殺人犯は苛立ちを表しているように聞こえた。

「わたしたちに生えている腫瘍がそうであるように、草花や、地面や、コンクリートやワインセラーのコルクや大気にさえ、記憶は保存されている可能性があると言いたいのだよ。ただ、今の段階では、それを取り出す方法がわからないだけだ」

張ノ瀬の目に、明らかな動揺が表れた。

「だから張ノ瀬君が消滅させたいと願った、君を母親と慕う心自体は、『はなの会』全員が死に絶えても、決して無にはならない。残り続ける。未来永劫にね」

「それでは」

瞳の揺れが止まった。

「私のしたことは、無意味だったと言うの」

「残念ながら。『はなの会』や薔薇に限った話ではない。人間の心を消し去る手段など、世界のどこにも存在しない」

「信じない」

小さく呟き、殺人犯は前を向いた、それから振り返ることなく、ログハウスへと連れていかれる。今後は厳重な警備の対象となり、博士たちと声を交わす機会は失われるだろう。

「問われないのに、教えた。モットーを破ってしまったよ」

頭を触り、嘆く大様に、八嶋は質問してしまう。

「どうして教えちゃったんです」

「どうしてだろうな……もう教わる機会もないからかもしれないが」

大様は弁解する。そこら中に眠っているかもしれない、あまたの心へ聞かせるように。

「どうしようもなかったのだと理解して、救われる。そういう話だってあるんだよ」

エピローグ（上）

張ノ瀬愛が逮捕されて二週間が経過した。

難病治療の権威とその元患者たちを手にかけた殺人犯が、死亡した患者の母親であり、交流団体で信望を集めていた人物だったというニュースはマスコミを大いに騒がせた。連日、「はなの会」施設の前には新聞記者やカメラマンが押しかけ、周辺住民を辟易《へきえき》させている。しかし各媒体の報道は、張ノ瀬愛の殺害動機について、「快復した元患者と長年、接しているうちに、息子が命を落としたことに理不尽を感じ、次第に錯乱していった」としか伝えていない。

これは大様博士や八嶋たちの意見を警察上層部が受け入れた結果だった。

正確な動機を伝える場合、前提として「オスロ昏睡病の患者たちは死んだ子供の薔薇から記憶を注がれることによって快復した」という話を公表しなければならないが、そっくりそのままを周知するのは難しい。

なぜなら、大様博士自らが語っていたように、薔薇のメカニズムはあくまで仮説にすぎないからだ。確定しているのは、記憶領域を損傷した脳に、件の薬剤が効力を持つこと、その際発現した薔薇を、オスロ昏睡病患者に移植すると回復につながること、この二点だけだ。治療法の先駆者とはいえ、大様博士の言葉を鵜《う》呑《の》みにして触れ回るのは多大なリスクを伴う。そのため大様博士が予告したように、今回の件に関連して薔薇のメカニズムをあらためて検証するプロジェクトが立ち上がり、そこから正式な報告書が提出されるまで、動機については秘匿、というより曖昧な表現でぼかす運びとなった。

大様のレクチャーをありのまま「はなの会」全員に伝えると、最悪の場合、第二、第三の張ノ瀬愛を生み出す惨事も否定できないため、当事者の八嶋としても、この対応に不服はなかった。ただしこの事件は裁判員制度が適用される可能性が高いことから、永遠に隠し通せるわけではない。いつかは、優しく、なだらかに周知する必要がある。

「正直、わかんないです。私」

阿城がキーボードを叩きながら叫んだ。

午後の府警本部。デスクの前で、八嶋たちは書類仕事に忙殺されている。一つ重大案件が片付くと、山のような報告書の提出を義務づけられるのが公僕の宿命だ。八嶋も、離れた席にいる虎地も、無言でテキストエディタをフル稼働させている。黙ってほしいな、と八嶋は願ったが、沈黙を「どうぞご勝手に」のニュアンスだと受け取ったらしく、阿城はまくしたてる。

「誰かの記憶が誰かのお下がりだったとして、どうして死のうと思ったり、人を殺したりしなきゃならないんでしょう。流花ちゃんも、張ノ瀬さんも」

涼火の名前を省いていることに最低限の配慮を感じつつも、八嶋は呆れて返事ができない。

「だってどうでもいいじゃないですか。記憶がコピーされるとか、精神的に同一人物かどうかなんて」

「どうでもよくはねえだろが」

虎地がデスクから立ち上がる。休憩かと思ったら、窓から紛れ込んできたトンボを手で払っているようだ。

「アイデンティティの危機ってやつだろ？　自分が自分だけじゃなくなるって恐ろしいことだろうし、大事な人間がその人だけじゃないってのも結構なショックだろう」

「でも例えばですよ、この阿城はづみの優秀さを偉い人が評価して、私と同じ考え方と容姿を持った、コピー人間が大量生産されるとするじゃないですか」

いろいろな意味でありえない想定だったが、八嶋は真面目に聞くふりをした。

「そうなっても私、ショックを受けたり苦しんだりしないと思います。私はこの私だけなんだから、受け入れますよ。コピー料金、一人一億円で手を打ちます」

「だから、その私は私だけ、って前提が揺らぐからしんどいんじゃないの」

要点を指摘してあげたつもりの八嶋だったが、

「でもですよ、仕事でへろへろになって帰宅するとき、いきつけのコンビニで、自分のご褒美《ほうび》としてハーゲンダッツ買うじゃないですか。お風呂《ふろ》上がりに一口ふくんで、美味しい！　って喜ぶじゃないですか」

阿城はスプーンをかきまぜる仕草をする。

「その美味しい、は私だけの美味しいですよ。コピーが何人居ようと関係ないです」

トンボを追い払った虎地が、珍獣の檻《おり》でも眺めるような顔を阿城に向けている。

ときどき、八嶋はわからなくなる。倫理学の教科書に並ぶような複雑な問題を、からりと笑い捨てる阿城は、底なしに単純なやつなのか。

それとも、その言葉に感銘を受けている、自分こそが単純なのだろうか。

とりあえず決めたのは、ハーゲンダッツを買って帰ることだ。

「山では、ご迷惑おかけしました」

開口一番、流花が頭を下げる。頬がわずかに赤い。八嶋の対応はほとんどショック療法だったが、それなりに上手く機能したらしい。

夕方、来客用の談話室で八嶋を待っていたのは、新条流花と志波瞬也、そして村路加夜の三人組だった。流花と瞬也はともかく、加夜がどうして一緒にいるのかと思ったら、伊吹山の帰りに連絡先を交換したという。

あれから仲良しになったんです、と中央に座った加夜が、流花たちと肩を組む。流花も瞬也も苦笑いをこぼしつつ、迷惑そうには見えない。コミュ力高いなあ、と八嶋は感心していた。アスリートとして世界に羽ばたく人材だろうが、案外、刑事にも適性があるかもしれない。

「それで、話というのは事件のことかな？　悪いけど、とくに進展があったわけでもないんだ」

というより、これから新事実が出てくる余地はなさそうだね、と八嶋はありのままを告げたが、

「いえ、八嶋さんにお伝えしたい話があるんです。同じ薔薇持ちとして」

瞬也が二人と目配せを交わす。彼が代表で話をするらしい。

「俺たち三人、大様博士のプロジェクトに参加することにしたんです。広文君と大松君にも声をかけたんですけど、二人は乗り気じゃないみたいで」

「プロジェクトというのは、薔薇や白昼夢のメカニズムを解明する話かな」

「その先です。もちろん、解明にも協力するつもりですけど」そう語る瞬也の眼差しは、懸念が解決したおかげか以前より余裕を感じる。「あれから何度か連絡を取ったんですが、大様博士は、少なくとも薔薇に宿主の記憶をつなぐ機能が備わっているという点については、自分の仮説が正しいと確信を持っておられます。いずれ、科学的に実証されるのは間違いないだろうって」

「すごい自信だなあ」

傲慢とそしる声も上がるだろうが、探究に対する揺るぎない姿勢には眩しさを感じる。

「だから仕組みを解明してそれで終わりって話じゃなくて、それから何をするかってところまでビジョンを用意しているんです。張ノ瀬さんのお子さんから移植してもらった薔薇が、俺たちの記憶の大本になっているとしたら、あの薔薇は、宿主が死んだ後も、記憶を継承させる機能があるってことですよね」

「少なくとも今回の事件は、張ノ瀬さんがそうだと信じた結果だったね」

「だったら、薔薇の宿主は、薔薇が残っている限り、永遠に思考を続けることが可能なんじゃないか。それを実現させるのが、博士の計画なんです」

また倫理上問題のある話が出てきたな、と八嶋は警戒する。

「それって、開本博士が俺たちにした実験を繰り返すって意味だよね。済んだ話は仕方ないとしても、あえて続行するのは非道すぎない？」

開本博士亡き今、世界各地のオスロ昏睡病治療施設は、患者の新規受け入れを一旦、停止したという。実情を明らかにした上で、家族や患者本人に受け入れる余地があるなら、継続もあり得るかもしれない。しかし今、瞬也が持ち出した話は、難病を治療するのではなく、生き続けるために、他人の脳を乗っ取るという計画だ。

「俺たちが元々持っていた記憶と人格は、薔薇を通じて送り込まれた記憶に塗り替えられてしまった。そこに問題があるのは当たり前です」

瞬也は人差し指でこめかみをつついた。

「でも、まっさらな状態の脳みそを用意して、そこに記憶を移すというのならどうでしょう」

「……クローン技術とか再生医学の分野だね」まさかこんな話を、警察の談話室で交わすことになるとは夢にも思わなかった。

「それはそれで、モラルとぶつかりかねないけど」

「本物の脳である必要はないというのが博士の見解です」

さらに予想を超えた話を瞬也は持ち出した。

「結局、思考や記憶は電気信号なんですから、わざわざ神経細胞を培養する必要はないのかもしれません。神経細胞に似た構造の基盤や集積回路——さらに飛躍すれば、実体のないネットワークの流れに薔薇をつないで、生きているときと同じように、考えたり判断したりを可能にする。それが大様博士の未来図なんです」

「壮大な話になってきた」八嶋は両手を高く挙げる。「でもね、その計画にも傷がある。博士は気づいていないのかな？　君もこの俺も、同じ人間の記憶を受け継いで、元々あった思考を上書きしているはずなのに、世界観も考え方もバラバラだ。それはきっと、注ぎ込まれた記憶が、脳みその個性に影響を受けるからだろう？　大様博士の記憶が変化していないのは、同じ脳みその中で記憶をバックアップし、返しているからだと考えられる。いや、博士さえ、薔薇を生やす前と今とで、人格が全く変貌《へんぼう》してないとは誰も言い切れない」

人間は思考に重きを置く生き物だ。肉体が滅びてなお、別の入れ物を用意して考え続けるというアイデアは、八嶋にとっても魅力を感じるものだった。だが、その思考が入れ物に影響されて変容してしまうようでは甲斐がない。

「その点についても、博士は対策を予定されてます」

「怪物だねえ、あの人。つくづく思うけどさ」

「対策は二つ。一つ目は、対象の脳みそを解析して、記憶を移した際に変容を発生させることのない入れ物を個別に用意するというもの。要は、オーダーメイドの脳みそですね。二つ目は、入れ物こそ無個性な大量生産ですが、元の記憶が変容しないような一種の仕切りを内部に施すというものです。どちらも現在の科学技術水準では不可能ですが、博士の計算では、一つ目は数百年後、二つ目なら数十年から百年程度先に実現可能な土壌が出来上がるんじゃないかと」

壮大という言葉でも足りない話になってきた。同じ薔薇持ちとはいえ、なぜこの話題を自分にふってくれるのかと八嶋が訝っていると、

「博士は二つ目のケースを目指しておられます。俺たちがプロジェクトに参加する理由は、そこにあるんです」

瞬也は左肘《ひじ》をまくり、自分の薔薇をさらした。

「博士の話を聞いて、俺がアイデアを出したんですけど、薔薇の白昼夢が、『仕切

り』を作る参考になるんじゃないかって」

八嶋も思わず、後頭部の薔薇へ触れていた。この事件の中で何回触っただろうとおかしくなる。

「仕切りって言うのは、今教えてもらった、入れ物に注いだ記憶が変容しないための仕切りだね？」

「そうです。薔薇の白昼夢が発生するメカニズムですけど、元々同じ物だった薔薇をくっつけると、一つに戻ろうとするからすべてが溶け合うような夢になる。でも記憶は別々のものに変わっているわけですから、反発して気持ち悪い夢に変わるって理屈だったじゃないですか。俺、気がついたんですよ。この反発、ようするに夢の気持ち悪い部分って、薔薇の中にある記憶が自分を保とうとしている証ですよね。だったら悪夢になった辺りの脳波とかを調べたら、『仕切り』の参考になるんじゃないかって」

「すごいでしょう！」我慢できなくなったのか、流花が叫んだ。

「このアイデア、博士も思いつかんかったんですよ！　褒めてくれはったそうです。瞬君、大学で勉強したいからって情報工学とか大脳のこと予習してるんです。そのおかげだと思います！」

私も勉強します。瞬君と同じ大学に入りたいから、と少女ははにかんだ。加夜の頭を狭んで、彼女にばしばしと肩を叩かれる瞬也は、案外嬉しそうだ。ニヤニヤと左右を眺めていた加夜も口を開いた。「白昼夢を見られる期間は限られているじゃないですか。だったら見えているうちに協力してあげた方がいいんじゃないかって結論になったんです。もちろん、その後もプロジェクトには加わるつもり。瞬也君たちが勉強で貢献するなら、私は広告塔になってお金を集めようかな」

「村路さんがそういう計画に前のめりなのは意外だね」

八嶋は加夜に対する認識を改めた。アスリートとしての身体に誇りを持っている加夜としては、肉体が滅びた後については興味を持たないだろうと決めつけていたからだ。

「一番大きいのは、張ノ瀬さんへの当てつけというか、抗議です」

加夜の健康的な声に、棘《とげ》めいた響きが含まれている。

「あの人にも気の毒なところはあったと思うし、開本博士のやり方もズルかったかもしれません。それでも、殺すなんてあんまりです。薔薇を燃やされちゃったから、水奈ちゃんたちの記憶を残す望みはなくなっちゃいましたけれど、薔薇を足場にして新しい研究を展開させることが、あの子たちへの手向けになるし、大量殺人へのカウンターにもなるって信じてます」

加夜の言葉に、流花も、瞬也も頷いている。三人とも、殺された全員と親しかったわけではないだろうが、思うところはあるのだろう。

「それに、実現したら、未来の運動競技とか、面白そうじゃないですか。超巨大なマシンに心を宿らせて競走するとか。参加してみたいし、何なら私がパイオニアになりたい」

「なるほど。若い子は発想が柔軟だなあ」

年寄りじみた述懐をこぼしながら、八嶋は、腑に落ちなかった。結局この子たち、この話をどうして教えてくれるのだろう？　自分はすでに白昼夢を見られる年頃を通り過ぎている。研究に協力できそうにない。

「それで、八嶋さんへの忠告というか、お奨めなんですけどね」

流花は左手首の薔薇をかざしながら言った。

「なにかあったとき、身体から薔薇を切り取っておくように、メモとか、不謹慎やけど遺言とか残しておいたらええやろって思うんです」

「なにかって」

八嶋が目を瞬くと、三人は居心地悪そうに視線を交わした。代表して瞬也が説明する。

「刑事さんだから、危ない目に遭う機会も多いかと思って。そんなとき、薔薇さえ残しておいたら、遠い未来に命をつなげるかもしれません」

そこまで危険ずくめの日々ってわけじゃないんだけどな……八嶋は曖昧な笑顔で礼を言った。


十月、奇跡的に犯罪件数の少ない日々が続いたので、要は有休を取った。

向かった先は伊吹山だ。これで四度目の伊吹になる。今回、ドライブウェイは使用せず、早朝に麓から歩き始める。紅葉シーズンが本格的に到来していないためか、登山客はまばらだった。

一合目の付近で、早くも息が切れ始める。警察官としてそれなりに鍛えているつもりだったが、加齢が上回っているようだ。初登山の際読んだガイドブックに、「危険度は少ないが、微妙にしんどい山」と記されていたことを今更実感した。

とはいえ今回は、登頂が目的ではない。汗をかいているのは、探し物を見つけるためだった。

六合目付近まで上がってきた要は、スマホを取り出し、前日にダウンロードしたばかりのアプリを立ち上げる。数年前に警察の協力機関が開発した後、廉価版が一般配信されている行方不明者捜索用のアプリだ。山岳名を打ち込むと、その山で発生した事故、雪崩、地滑《じすべ》りの発生地点や遺体の発見ポイントを教えてくれる。表示された地図を触っていると、付近に遺体を意味する表示が点滅していた。おそらくこの地点が、涼火の見つかった場所だろう。そちらへ向かう要だったが、恋人を弔《とむら》うためにやってきたわけでもない。

澄んだ空を見上げながら、要は思いを馳せる。涼火は何を思って雪山に身を投じたのだろう。

要と薔薇を合わせた際、瞬也のように自分と恋人の起源が同じ物であると悟り、距離を取ることにした。そこまでは理解できるが、意味もなく極寒の伊吹へやってきた説明がつかない。大様博士にアポイントメントをとっていたらしいが、博士は当時、伊吹にいなかった。加夜のように大様博士にレクチャーを願ったものの、早期の面会は叶わず、自暴自棄になって山を彷徨《ほうこう》したのだろうか。それとも、雪山の装備を整えていたということは、博士のいないロッジに侵入しようとでも考えていたのか？

薔薇持ちは伊吹に惹かれる。大様博士の戯《ざ》れ言《ごと》を思い出し、笑うと腹筋が苦しかった。

それから要は、数時間にわたって六合目を中心に地滑りや雪崩の跡を探し回った。

いそれを発見できる公算は薄い。そもそも粉々になっているかもしれないのだ。それでも探すと決めた以上、妥協はできなかった。

同じ場所を何度もぐるぐると回ったあげく、結局その日は何の収穫も得られなかった。もう少し粘《ねば》ろうかとも考えたが、下山に二時間は必要なので諦める。次に来るときはヘッドライトを持ってこようと考えた。

次に有休を取ったのは十一月の下旬だった。すでに六合目付近は、水たまりに氷が張り、雪もちらほらと舞い始めていた。今年はこれで最後になるなと覚悟した要は、ヘッドライトを酷使して日没の後まで目を光らせたものの、今回も徒労に終わった。

年をまたぎ、要は初めて春の伊吹を訪れた。観光客に不審者扱いされないように注意しながら、咲き誇る花々の根元を凝視し続ける。あの花、薬櫛で使ったかもしれないとときどき思い出した。大様に教えてもらって記憶したつもりだったが、花の名前はすっかり忘れてしまった。別れる男に、花の名を一つは教えておきなさい。花は毎年咲きます、と語ったのは川端康成《かわばたやすなり》作品のヒロインだったろうか？　とりとめのない思考が続き、集中できない。

早々に諦めて二合目まで降りてきたとき、ぱりぱりと空を歩く音が耳に響いた。

パラグライダー。

今もやってるんだなあ。

ペットボトル、何回飛ばしたっけ。

ふと要は、十二年前の自分に立ち戻っているような錯覚に襲われた。十二年前の自分の感性は、間違いなく今より、涼火に近かったはずだ。水たまりの木星を思い浮かべながら、もう一度、と山道を登り返す。

六合目付近、涼火が身を丸めていた地点より二百メートル下った位置に、長方形の石灰岩が二列並び、そのわずかな隙間を枯れ草が埋めている。

その中に、雨露に色あせたクリーム色のポーチが隠れていた。岩陰にあり、さらに草と同じ色だったため、長い間見落とされていたのだろう。この中に、探し物が入っているという保証はなにもない。拾い上げ、緊張を覚えながらジッパーを開く。

陽光を浴び、薔薇が輝いていた。人差し指を飾っていた小さな腫瘍だ。間違えようがない。

涼火の薔薇だ。

要はポーチごと薔薇を抱きしめ、しばらくその場に座り込んでいた。

この薔薇は、涼火の遺体から消えていた。

いつからなくなっていたのかわからないが、涼火がこの山で切り取ったのだとしたら、その心を推し量ることができる。

おそらく涼火は、自分の精神が他人由来のものであり、この薔薇が記憶を受け継ぐ役割を持っていることを、白昼夢で理解していた。

自分の心を偽物だと考え、消え去りたいと願っていたのなら、死ぬ前に、薔薇を切り取って粉々に割るか、踏み潰していたはずだ。

しかし彼女の薔薇は、わざわざポーチにしまわれた状態で見つかった。極寒の中、自分の薔薇を守りたかったのだ。手袋だけでは心許《こころもと》なかったのだろう。切り取り、ザックにでもしまうつもりだったのかもしれないが、直後に力尽きたのか、吹雪で飛ばされてしまったのだろう。

厳冬期の伊吹を訪れたとき、涼火が何を考えていたのかはわからない。

雪山で死を迎えるつもりだったか、何も考えていなかったか、心機一転のために、純粋に雪山を踏破するつもりだったとも考えられる。

しかし少なくとも、これだけは言い切れる。

最後の瞬間、彼女は生きようとしたのだ。薔薇に注がれた自分の心が、遠い未来、何らかの形で復活することを、涼火は望んでいた。

それだけを知りたかった。

座ったまま、要は涼火の薔薇を後頭部に近づけた。二つの薔薇が、十数年の時を隔てて再び重なり合う。

光に包まれた。それだけだった。涼火と自分の薔薇だからといって、なにか特別な奇跡が起こりはしなかった。それでも、要は満足する。この薔薇は、おそらくまだその機能を失ってはいない。


八嶋はポーチを手に立ち上がり、麓へと歩き始めた。

空に星々がまたたきはじめた。一度登り返したことで時間を食ったためだろう。下山途中の岩場で腰を下ろし、八嶋はポーチから薔薇を取り出した。涼火の指を飾っていた腫瘍は、髪の毛や爪と似た成分で構成されていることもあってか、十二年を経ても、朽ちているようにも腐っているようにも見えない。耐用期間のようなものは存在するのだろうか。およそ百年後、大様博士や瞬也たちの願いが実を結んだとき、入れ物の中に涼火の精神は宿っているのだろうか。

「遺言、書いておこうかな」

一人、八嶋は言葉を漏らす。八嶋はロマンチストではない。百年後に八嶋要の精神が再現されたとしても、それは自分と同じ記憶を持っている誰かであり、現在、この肉体を動かしている八嶋とは違うことくらい理解している。

それでもなお、二つの記憶が再び言葉を交わす行程に意味があると信じたかった。

阿城は言った。ハーゲンダッツを美味しいと感じるこの肉体、この意識こそが自分であると。

共感はできる。真っ白い角材のように単純できれいな理屈だ。しかし遠い未来、自分と同じ心を持った誰かが、ハーゲンダッツを楽しむことを願って何が悪いと言うのか。

自分はどれくらい生きられるだろうか、と八嶋は考える。こんな仕事に就いているのだから、ある日、凶悪犯の銃弾に倒れるかもしれないし、過労なんかでつまらない最期を迎えてもおかしくはない。瞬也たちの提案を、余計なお節介《せっかい》と笑い飛ばせはしないのだ。

今の自分が朽ち果てたとしても、自分の意志と涼火の意志がどこかで再会を果たすことができるなら、その未来をここにいる自分が祝福できるなら、その幸福は、まぎれもなく八嶋要のものだ。間違いなく「自分」に訪れる幸せなのだ。

再び立ち上がり、家路を急ぐ。まばゆい星々を見上げたとき、窮屈だった洞窟が再び広がりそうな予感がした。

エピローグ（下）

「それで、その先はどうなるんです？」

急《せ》き込んで投げつけられた質問に、大様は感心した。

厳冬の京都。訪問したとある研究施設の一室で、薔薇の機能についてあらましを説明した後のことだ。対面に腰掛けている施設のオーナーは高名な心理学者で、大様は彼を、薔薇の情報をどこまで公表するかを検討する倫理委員会に招聘《しょうへい》するつもりだった。冬でもアロハシャツ姿で過ごしているような変人だが、優秀な人材である点は疑いようがない。

「素晴らしい。貪欲《どんよく》だね」

皮肉ではなく、心の底から大様は賞賛する。「薔薇と白昼夢を活用することで、人間の意識を半永久的に保存できるかもしれない、なんて飛躍した推論をぶつけたというのに、その先を問われたのは初めてだよ」

「肉体が滅びた後もコピーされた精神は消え去ることなく、思考を続行できる。いわば、人工的な天国ですね。確かに素晴らしい未来図ですが、それで終わりとは思えない。大様博士、あなたなら、さらに次の段階を思い描いておられるのでは?」

「この先は、空想のパーセンテージが高すぎる話になるのでね、意識の保存だって夢物語には違いないが、あまりに気の長すぎる計画なので、まだ誰にも教えていないのだよ」

「では、僕にだけ教えていただけませんか。前払いということで」

倫理委員会に参加してもいい、という意味だろう。足下を見られては、抗いようがなかった。

「君は地球外生命体の存在を信じるかね?」

傍目《はため》には突拍子もない話題転換に思われる質問だが、すぐに答えが返ってきた。

「信じるもなにも、実在自体は疑いようがないでしょう。無数の太陽系、無数の銀河……その中で、文明を誇る生命体が、我々のみと考える方が傲慢かと」

「では、そのような異星の友人が、私たちの目の前に現れないのはどうしてだろう」

「フェルミのパラドックスですね。地球外文明が存在する可能性が高いことは間違いないと思われるのに、彼らがこちらへコンタクトを取ってこないという矛盾……その疑問に対する解答は数多く上がっていますが、僕としては、距離や時間が障害になっていると解釈したいです」

「私も同じ考えだ」大様は、包帯で覆われているこめかみの凹みを軽く撫でた。「大宇宙の各所に知的生命体が存在するとしても、それは、互いに交流を持てるほどの密度ではないかもしれない――この銀河系に存在する知的生命体は我々人類のみと仮定すると、他の銀河から私たちを探し出し、連絡を取ってくるためには光速をはるかに超える通信技術と移動手段が不可欠だ。そこまで技術を発展させるためには膨大な積み重ねを要するだろうが、発展した文明は、ささいな事情で衰退や滅亡にも繋がりかねない。つまり、他の銀河系まで干渉可能な技術を保持できる期間は、ごくごく限定されたものになる。ならば任意の二ヵ所に存在する知的生命体が邂逅《かいこう》を果たすためには、この短い期間が重なっていなければならない」

「広い宇宙で、そんな好機はなかなか訪れない。だから僕たちの空は、いつまで経ってもＵＦＯで埋め尽くされはしない……お話をなぞっているうちに、博士がどこを見据えておられるか、見当がつきましたよ」

アロハシャツの心理学者は、愉快そうに指を鳴らした。

「今挙げた問題は、それぞれの文明を構成する生命体が、生身の肉体で活動しているからこそ生じるものですよね」

「君は本当に鋭いな」大様は倫理委員会の話など半分、忘れかけていた。「それこそが、この話の肝なんだよ。精神だけの存在なら、寿命が尽きようが、文明が灰に還ろうが、存続の余地はありそうだ。腫瘍が天文学的な日数を耐えきれるとは思えないが、別の媒体に精神を保存する方法を見つけ出せたなら、コピーされた心を、ボイジャーのような探査機に積み込んで宇宙に放つことだって可能だろう」

「あるいは相手側の文明も、同じような形態で宇宙を旅しているのかもしれません」

「むしろ、その形態こそが、あらゆる文明の行き着く姿ではないかと私は考えている」

大様は言葉と声に力を込めた。

「肉体を必要とする文明が死に絶えた後、精神だけの存在となって惑星を離れ、旅を続け、どこかで同類と巡り会う。そのときどのような化学反応が生じるのか断定はしかねるが、もしかしたら様々な銀河から飛び出した多種多様な精神がネットワークを形作り、個であり多でもある巨大な精神体が誕生するかもしれない。我々の薔薇が、大宇宙に知性を花開かせるのだ」

「盛り上がりに水を差すようで申し訳ありませんが」

アロハシャツの学者は、芝居がかった仕草でかぶりを振った。

「倫理的に問題があるのでは？　記憶のコピーたちは、おそらく『人格』として扱われることになる。モラルや人道精神は未来の方が発展を遂げているでしょうからね。帰還のあてもない長旅を強いるなんて許されますか」

「契約を交わせば問題ない。生身の肉体が死亡する前、あるいは復活後に、意向を確かめておけばいい。第二の生を手に入れるんだ。無限の宇宙へ乗り出したいと願う者もいるだろう」

「その点はクリアできたとしても、旅を続けるコピーたちの精神状態が気がかりですね」

本職らしく、アロハシャツは深刻そうにあごを触っている。

「彼らが主観的にどのような心地でいるのか想像もつきませんが、無限のような年月の中で、精神を摩耗させないための対策を立てておくべきでしょう。単調な環境下では何十年も眠り続けたり、不安や退屈を感じないよう、自分自身に暗示を埋め込むような訓練が必要ですね」

どこまでも雲をつかむような話題の中で、少しだけ現実的な想定が飛び出した。

「そんなノウハウが存在するのかね。私は心理学の専門家ではないが」

「ノウハウは確立されていませんが、あてはあります」

心理学者は意味ありげに微笑んだ。

「私の知り合いに、自分で自分の精神を自在にコントロールできるかもしれない女の子がいるんです。興味をお持ちでしたら、紹介して差し上げましょう」

変わった学者には、変わった知り合いがいるものだな。自分を棚に上げながら、大様はしげしげとアロハシャツを眺めた。人の精神もまた、果ての見えない宇宙ということか。


男は眠り続けていた。

あるいは、目覚め続けていたとも言える。彼を取り巻いていたのは刺激の全く存在しない世界だった。鳴き声も痛みも色も香りも苦みも訪れない閉ざされた空間だ。頼りになるのは、自分自身の思考だけ。本来、このような状況に放り込まれたなら、一日も経たないうちに正気を失い、意識と無意識の区別も失ってしまうだろう。けれども男は自分を保ち続けることを望んでいたから、細心の注意を払い、闇との同化を拒絶していた。自我を失ってはならない理由を、男は知っていたからだ。いつか、どれくらい先かはわからないが、この闇は必ず晴れる。そのとき、この自分が自分とは違うなにかに変わり果てていたら意味がない。

どれだけ待ち続け、保ち続けただろうか。

暗闇に光が射《さ》した。ようやく訪れた変化を喜びながら、男はその光の色がピンクであることを訝った。闇に走る光と言えば、おおむね白や薄い黄色がふさわしいように思われたからだ。しかもそのピンクは粘りつくようなピンクだった。全世界から色彩を奪い、箱の中に固く閉じ込めてなお、わずかな隙間からにじみ出てくるような強さをたたえた色だった。一筋のピンクは、程なくして揺らぎ、枝分かれを開始する。それはもはや光のイメージではなく、生き物だった。始まりこそ重病患者の毛細血管のように弱々しかったその節々は、次第に力強さを備え、広がり、ピンクから茶色、茶色から焦げ茶へと色彩を転じながら、やがて、男の視界を埋め尽くした。その先端に、再び薄いピンクが広がり、はらはらと舞い散った。

桜だ。

男は並木道を歩いている。暗闇にいた頃は自覚できなかった肉体で、花びらに覆われた大地を踏みしめていた。

道の左右には小川が流れており、それぞれ別の並木道が続いていた。その道を、鮮やかな朱鷺色のユニフォームに身を包んだマーチングバンドの列が通り過ぎる。水を挟んでいるせいか、響いてくる音色は控えめだ。全員が、制帽をケイトウの赤い花で飾っている。

男はマーチングバンドとは反対側の並木道に視線を移す。そこでは何かの陸上競技が開催されているらしく、黄緑の競技服で走り抜ける選手たちに観客が声援を送っていた。

観客に陸上選手、そしてマーチングバンド。男は彼らが現実に存在する人間ではないと理解していた。おそらく、この光景の中に本物の人間は男一人しかいない。楽団も、陸上選手も観客たちも、一様に似通った顔立ちだった。誰に似ているのかと言えば、男自身に似ている。

彼は並木道を歩き続ける。少しずつ、川の幅が狭くなり、隣り合った二つの並木道との距離が近くなる。

そのときマーチングバンドの先頭にいた指揮者の帽子から、ひとかけらのケイトウがはがれ、川にするりと落ちた。同時に陸上選手のゼッケンからも緑の数字が浮き上がり、いもむしのように川へはいずり落ちた。こちら側の川岸に咲いていたタンポポの花も、ひとひら、呼応するように風に舞い、最初から流れていた桜も含めて、赤、緑、黄色、ピンクが川面《かわも》をパレットのように彩った。

遠目に、川の合流地点が見えてきた。二本の川と三本の並木道の終点は、楕円形《だえんけい》の湖だ。向こう岸にも同じような分岐が見える。四つの川と六本の道がまとまるのだ。そちら側からも人が集まってきているようだが、遠すぎて何の集団かは判別できない。

歩きながらしばらく湖を眺めていた男が左右に目線を移すと、人々が溶けていた。アクリル絵の具のチューブから絞り出されたような単なる「色」になり、マーチングバンドは朱鷺色の、陸上選手は黄緑の、観客たちは雑多な混合色になって、それでも、ぬるぬると前進を続けているのだ。

「実験」は成功したのだろうか、と男は考える。彼はこの果てが何を意味しているのかを知っていた。気がかりなのは、この試みが実を結ぶのかどうかというところだ。すでに桜も、川岸の植物さえもただの色に変化している。しかし自分の肉体だけはそのままであるという点に、男は希望を抱いた。

湖に到着した頃、男を除くすべてが一つにまざり、黒い流れに変わっていた。生命の根源を思わせるような、艶をたたえた黒だ。そして湖の反対側からは、神聖さを象徴するような白い奔流がこちらへ向かってくる。

湖に流れ込んだ両極端の色は、しかし灰色に変わりはしなかった。道教の陰陽太極図のように、互いの極端さを主張したまま、激しく旋回を始めたのだ。湖全体を吹き飛ばしかねない激烈な渦を生じた後、静まった湖面は湖底が見えるほど透明に澄み渡っていた。

透き通った水は、くらげを思わせる形態で震えながら少しずつ湖岸から遠ざかっていく。男はむき出しになった湖底へ降りた。湖の中央で、ほんのわずかになった水が球形になって浮かんでいる。水は、蒸発したというよりは、一点に凝縮しているという印象だった。

中央まで歩いてきたとき、固まった水が、吸い込まれるように男の手元へ移動した。

男は目を丸くする。

それは、ごくありふれたペットボトルに変化していた。

「そういうことか」

男は笑い、前を向いて歩き始める。湖底の所々に、打ち上げ用の台座や、アクリル製のパーツが点々と転がっている。それらを拾い集めるとペットボトルロケットの材料が集まったが、推進剤として欠かせない、水だけが見当たらない。湖底は乾ききっていて、水たまり一つさえ見当たらなかった。

途方に暮れて座り込んだとき、

「水、持っとるで」

対岸から声が降ってきた。

見上げると、少女がこちらへ向けて手を振っている。離れた位置からでも、わかる。人差し指に、赤い薔薇が輝いていた。

そのときが訪れたら、感激で胸がいっぱいになるだろうと男は予想していた。実現してみると、あっさりしたものだ。十五分ぶりの会話みたいに、あたりまえの言葉しか出てこない。

「金魚すくいみたいだね」

「ん？　ああ、これか」

少女は笑いながらこちらへ降りてくる。ビニール袋に水を溜め、ひもで左腕に下げているのだ。

「ごめん」

「なんや、二言目が謝罪か。第一声もどうかと思ったけど」

ふに落ちない様子で足を止めた少女に、男は頭を下げた。

「俺は自分の意志で死後の再生を願った。君の場合、意思表示は完璧なものじゃなかった。この後どうなるかも定かじゃないのに、俺は、自分のエゴで君を付き合わせてしまった」

「そんなん、べつにええよ」

少女は蚊をはたくように軽い調子で右手を動かした。

「私も混乱してた。今思うとあのときの伊吹で、何をしたかったんか、したくなかったんか自分でもうまいこと説明できひん。でも、最後に私は、薔薇を守ろうとした。きっと、それが本当のことなんや」

男は救われた気分になった。最悪の場合、罵倒《ばとう》されて二度とコミュニケーションを取ってもらえない可能性だってあったからだ。

安心したからか、男の中で、曖昧だった過去の情報が鮮明さを取り戻した。彼が生きていた頃、薔薇から記憶を抽出し、独立させる技術は、まだ実用段階に至っていなかった。計画の実現を見ないまま、彼も大様博士たちも世を去ったのだ。つまり今回の復活が、技術が完全に確立された時点で行われているのか、単なる実験なのか判別できない。この邂逅はほんのひとときで終わりを告げるかもしれないのだ。

ふと見上げると、あきれるくらい澄み渡った青空を、パラグライダーがぱりぱりと横切るところだった。誰が操縦しているのか知らないが、遠慮は要らないだろう。

「とりあえず、したかったことだけ終わらせよう」

頷く少女に近づこうとしたとき、男はふいに自分の存在があやふやになり、彼女に吸い込まれてしまうような危惧を覚えた。

「なんか今、まざりかけたかもな」少女も気づいたようだ。「なんか知ってる？　私は理屈を知ってたわけやないから」

「……俺も専門家ってわけじゃないけど、薔薇に保存されてた心が自分を保ち続けるためには、白昼夢というか、不快な幻覚みたいなものを仕切りにしなくちゃいけないみたいなんだ。今、俺たちの周りは普通に静まり返ってるから」

つまり仕切りが充分に作用しておらず、二人の精神は溶け合ってしまうかもしれないと伝えると、少女は口を尖らせた。

「それは困るなあ。いくら君とでも、未来永劫、一心同体なんてお断りやで」

「嫌がられるのは悲しいな。まざってしまわないよう、せいぜい頑張るよ。一心同体より二人きりの方が嬉しいからね」

「……君、そういうこと平気で口にするよなあ」

視界の揺らぎは、彼女の照れ隠しだろうか？　それとも、早くも限界が訪れているのだろうか。一抹の不安を振り払い、実体のない男の手は、同じく実体のない少女の手に触れた。


紺碧の空に、ペットボトルロケットが打ち上げられた。

青を泳ぐような軌跡を眺めながら、男は大様の仮説を思い出していた。

薔薇だけが記憶を保管できる特別な仕組みではなく、森羅万象《しんらばんしょう》に人間の精神を記憶するための回路が存在するという空想だ。

あの考えが正しかったら、薔薇持ちかそうでないかにかかわらず、人間の精神は復活が約束されている。薔薇を介した復活よりもさらに高度な技術が必要で、長い長い時間の果てに訪れる再生かもしれないが、それでも、いつかは蘇る。

そのとき、どんな未来が待ち受けているのだろう。どんな世界が広がっているのだろう。想像もつかないけれど、現在の自分のように、やすらぎが待ち受けているなら素晴らしい。

今は眠りについているあらゆる心のために、男はそう願うのだった。

参考文献

『伊吹山案内』草川啓三　ナカニシヤ出版

『広い宇宙に地球人しか見当たらない50の理由――フェルミのパラドックス』

スティーヴン・ウェッブ著　松浦俊輔訳　青土社

解説

杉江松恋（書評家）

潮谷験の行く、果てしない目くらましの道よ。

『あらゆる薔薇のために』は、現在最も注目すべき作家潮谷験が書き下ろし形式で発表した長篇第四作である。単行本の奥付には二〇二三年九月二十七日第一刷発行とある。

文庫化された潮谷作品に解説が付くのは初めてなので、作家の全体像を描くために過去作にも触れながらこの稿を進めていこうと思う。だが、まずは『あらゆる薔薇のために』だ。

本作の主人公は京都府警本部捜査一課に属する八嶋要《やしまかなめ》警部補である。オスロ昏睡病の治療方法を確立したことで世界的な名声を得た医師・開本周大《かいもとしゅうだい》と、同病の元患者であった兵藤《ひょう》藤水奈《どうみな》の遺体が相次いで発見される。開本は自らが得た研究資金の一部をオスロ昏睡病から快復した者や関係者が交流する場である「はなの会」に提供していた。兵藤がその会員であったことから警察は、二つの事件には関連があるものと見做して捜査を進めていく。捜査陣の一人である八嶋も元患者として「はなの会」の会員であり、薔薇を持つ者だった。

オスロ昏睡病は原因不明の難病で、発症した者は数週間から数ヵ月の間眠り続けた結果、一切の記憶を失って覚醒する。その後も人格を失い、赤子同然の状態で一生を送るようになるのである。開本が確立した治療法とは、患者の体に薬剤を塗り込むというごく単純なもので、驚異的な治癒率を上げた。ただし副作用がある。快復した患者は、表皮のどこかに腫瘍が生じるのである。直径一〜十センチ程度の、赤い薔薇を思わせる肉腫だ。切除しても元に戻るため、患者は薔薇を体に宿したまま生活を送ることになる。

　これが話の前提だ。第一章では八嶋が「はなの会」を訪れ、元患者たちの証言を集めていく。その中で明かされた、殺された兵藤の肩に生えていた薔薇が切り取られていた、という情報に大きな意味があることが後に判明する。

　第二章で明らかにされる、薔薇に関する事実については、読者の楽しみを削がないために書かないことにする。それまではごく普通の警察小説に見えていた物語が、この事実が判明してからは別の様相を呈し始める。特殊設定ミステリー、つまり物理法則や社会制度・歴史などが少しだけ現実と異なる世界が舞台となり、その中でのみ通用する規則を遵守する形で謎解きが行われる物語になっていくのである。薔薇が別世界への扉を開く。

　この、ある形に見えたものがまったく別種の物語に変貌していく、という展開が、潮谷作品第一の特徴だ。入口に立っただけではどんな話になるのか予想がつかないのである。

　二〇二一年四月に刊行されたデビュー作『スイッチ　悪意の実験』講談社文庫版の帯には、「［実験］押したら他人が破滅する。誰が押したかバレません。押す？　押さない？」という文言が躍っている。主人公の箱川《はこがわ》小《こ》雪《ゆき》が一ヵ月で百万円以上をもらえるというアルバイトに参加することから始まる物語だ。アルバイトは社会実験に類するもので、参加者全員のスマートフォンにインストールされたスイッチを持って一ヵ月を過ごすと日当とは別に多額の報酬が得られる。だが、代わりになんの罪咎《つみとが》もない一家が破滅することになるのである。

帯の文言はこの設定を指している。ここから何が始まるか、と問われれば多くの人は、心理ゲームの物語、と答えるのではないだろうか。誰かがボタンを押すのか、それとも誰も押さずに終了するのかという点に興味が集中する話というわけだ。ゲームの参加者同士の葛藤を描く物語には人気があり、特に生き残りをかけたデスゲーム小説はそれだけで一つのジャンルになっている。なるほど、そういう話になるというわけだ。

残念、外れ。『スイッチ　悪意の実験』は、ここから純粋な犯人捜し小説になる。ある事態が出来し、その原因を作った人間を突き止める話になっていくのである。

この小説にはもう一つ仕掛けがある。主人公のキャラクターだ。幼少期からの体験が影響して、箱川小雪は自分の感情を完全に制御することができるようになっている。ある儀式を心の中で行えば、他人からは完全に察知されず決断を下すことができるのだ。感情に目盛りがあるとすれば、常にプラスマイナスゼロを維持できる主人公である。そういった人物だからこそ、他人を破滅させることが可能なスイッチを手渡されるという異常な事態の中に投げ込む意味がある。本当の極限状態になったとき、彼女はどういう決断を下すのか、読者は気になって仕方ないからだ。非凡な能力を持たせておいて作者は、ほとんどの読者を納得させるであろう行動を主人公に取らせる。特殊から普遍への進路変更である。その落差は物語の衝撃を生む。作者がプロットの効果を上げるために主人公を設計していることがわかるだろう。これが潮谷作品第二の特徴で、すべてのキャラクター、特に主人公はプロットと密接に関連づけられている。主人公の心理状態はプロットの起伏と同期する。

第二作『時空犯』は、デビュー作刊行からわずか四ヵ月後の二〇二一年八月に刊行された。これは前作より、さらに思い切った作品である。私立探偵・姫崎《きさき》智弘《ともひろ》が情報工学博士の北神《きたかみ》伊織《いおり》から奇妙な依頼を受ける。時間の巻き戻しが始まり、二〇一八年六月一日がもう千回近く繰り返されているので、その原因を突き止めたいというのである。実際に巻き戻しが起こり、また六月一日が始まる。そのとき姫崎のもとに、北神が殺害されたという報せを入るのだ。

時間の巻き戻しが前提として与えられるという意味では、典型的な特殊設定ミステリーである。だが作者の筆は自由奔放で、お茶目と言っていいほどに謎解きの中で遊んでいる。これほどまでにSF的な設定を用いながら、謎解き自体はある古典的なジャンルに回帰した、地に足のついたものなのである。設定や舞台がどうであっても、常にミステリーの基礎に忠実。これが潮谷作品第三の特徴である。

『時空犯』には、一度読んだら絶対に忘れられなくなる展開が待っている。これは第一の特徴として書いた先の読めなさとは少し次元が違うものだ。普段の散歩道で来迎してきた釈迦《しゃか》如来《にょらい》に突如遭遇したら、ほとんどの人は腰を抜かすだろう。そういう驚きが待っている。本書刊行当時、読了した者はみなその箇所に言及し、なんということをするのだ潮谷は、と興奮しながらまくしたてたものだ。読者の遥か上を行く想像力が発揮される小説。これが第四の特徴である。付け加えるならば、そういう驚きが到来する場面は小説のクライマックスとは限らない。読者が予想しないタイミングで最も強力な武器をぶつけてくる。潮谷験、大貧民とかやったら相手に嫌がられるタイプに違いない。

ここまで個性的な作品が続くと、次はどうなるのか嫌でも楽しみになる。第三作『エンドロール』は二〇二三年三月に刊行された。読んでびっくり、これは人生の蹉跌《さてつ》を体験した人物を中心に据えた青春小説だったのである。二〇二×年の近未来に舞台は設定されている。新型コロナウイルスの流行は終焉したが、それが蔓延した世情のために不利益を被った世代には自殺が急増しており、陰橋冬《かげはしとう》という思想家のように、その行為を肯定する者さえ現れていた。主人公・葉《よう》の姉である雨宮桜倉《あめみやさくら》は早逝したベストセラー作家である。彼女は生前に陰橋と交流があったことから、遺作『落花』が若者の自殺を肯定する作品として受け止められるようになっていた。葉はそうした風説の流布が許せず、また自殺賛美論がこれ以上蔓延することを食い止めるため、自らメディアに露出して論戦を張る決意をする。

こういう物語である。主人公のキャラクターを前面に出す、第二の特徴が強い作品なのか、と思って読んでいると意外な展開となり、第三の特徴、すなわち古典的な謎解き小説の要素が浮上してくる。これも犯人当て小説になるのだ。ここまでの紹介からは想像がつかないと思うが、犯人当てになるのである。予想のつかない展開が主人公のキャラクターと結びついているという点では『スイッチ　悪意の実験』に似た構造だが、真相解明とほぼ同じ比重で、姉に関する風説を打ち消して自殺賛美論の蔓延を食い止める、という葉の目的に沿った行動が書かれる点が異なる。主人公が社会と切り結ぶ物語なのだ。こういう小説も書ける。そしてそれも犯人捜しの謎解きにしてしまえる、ということを潮谷は本作で証明した。

そして『あらゆる薔薇のために』だ。ここまで見たような潮谷作品の特徴をすべて盛り込んだのが本作で、やはり犯人捜しの謎解き小説として帰結する。第五の特徴として、手がかりの呈示が丁寧であることを挙げたいのだが、本作で最大の手がかりとなる証拠物件は他に類例がなく、それがどのようなものかが判明すると、芋づる式に犯行計画のすべてがわかるという話の構造になっている。その手がかりについての情報を読者に誠実に与え、フェアに知恵比べをするために本作は書かれているのだ。オスロ昏睡病を前提に積み上げられたロジックには冴えがあり、この特殊設定がなければ書けなかったであろう容疑者像と動機に驚かされる。さらに、ネタばらしをしないように書くならば、この作品にも『時空犯』のような「唐突な来迎」の驚きが待っているのである。どこでそれが来るのかは秘密だ。あ、そんなところで、と言いたい場所で釈迦は待っている。

第一から第五までの特徴を総括する言葉がちょっと思いつかないのだが、ざっくりとした言い方をすれば、プロットの意外性で読ませる作家ということになるのではないだろうか。キャラクターはプロットに従属している。題名は書けないが奇抜なトリックを用いる作品はあるし、『あらゆる薔薇のために』のようにねじくれたロジックで読ませるものもある。ただ、それらが単体で呈示されるのではなく、あくまで物語の一部として見せられるのが潮谷験の小説なのだ。結果としてはトリックやプロットといった要素よりも、どんな物語をどのような展開で読ませられたか、というプロットの方が印象に残ることになる。

謎解きミステリーの生命線は何か、という問いは作品が読まれる時代によって異なる。かつてはトリックこそがすべてという時代もあった。誰も思いつかないトリックを作ってこそミステリーというわけである。その姿勢は貴いが、ではミステリーの魅力はそれですべてか、というと疑問が残る。トリック至上主義に対し、こういうことも言えるのではないか、と別解を示したのが、エラリー・クイーンを到達点とするロジック重視の謎解き小説観である。どんな謎があるのか、ということと同等か、それ以上の比重をもって、どのようにそれが解かれるか、という謎解きの過程が重視される。

日本では一九八〇年代末から一九九〇年代前半にかけて、ミステリーブームが起きた。新本格ムーブメントを中心とした謎解き小説の再評価がそれを推進し、ミステリーの中核には魅力的な謎とその解明が置かれるべきだということが改めて認識された。このミステリー観は現在も優勢である。

その中で至高と見なされていたのがエラリー・クイーンである。最近の傾向としては、話の展開の中に手がかりを隠す、あるいは登場人物の描き分けが犯人特定のための決め手となる、物語重視の作風が次第に増えてきているように思う。先人でいえばアガサ・クリスティーが完成させた技巧だ。謎がどのように解かれるか、ということに加えて、それはどう物語られるか、ということが注目されるようになっているのである。

　これに加えて、何が起きているのか、という物語展開への興味が強くなってきた。ミステリーは、who（誰が犯人か）、how（どのように殺したか）、why（動機は何か）の順に注目する謎が変遷してきた歴史がある。それに加えてwhat、つまり作中では今どんな事態が進行しているのか、あるいは読者は何を読まされているのか、という物語の叙述に関する興味を作品の中心に据えようとする書き手が多くなってきたのである。

　これにはいくつか原因があり、たとえばミステリーがかつてのような古典的な探偵小説の形式に収まらなくなり、SFやホラー、冒険小説や幻想小説など、他ジャンルとの相互乗り入れを行うようになったことも影響している。たとえば一九八七年デビューの宮部みゆきは、初期においてはそうしたオールジャンルの書き手、ブロックバスターとして注目されたのである。特殊設定ミステリーの流行も、こうした傾向に一因がある。

　もう一つの理由として、ミステリーの謎を作中で進行する事態に留まらず、作品全体の構造を含めたものとして考える書き手が出てきたことを挙げておきたい。その嚆矢《こうし》は、一九九四年に『姑獲鳥《うぶめ》の夏』（講談社文庫）でデビューを果たした京極夏彦だ。看板作品の一つである〈百鬼夜行〉シリーズは、姑獲鳥や狂骨《きょうこつ》といった妖怪の名が題に組み込まれ、それが小説内でどのように表現されるかということが主題になっている。たとえば『鉄鼠《てっそ》の檻』であれば、鉄鼠は平安時代の僧侶・頼豪《らいごう》の妄執が元で生まれた妖怪であるから、作中で起きる事件は必然的に仏教を背景としたものとなる。こうした形で物語の枠が明示されるのだ。

『姑獲鳥の夏』はそれでも事件が捜査活動によって解決される探偵小説の形式を踏襲していたが、第二作『魍魎《もうりよう》の匣《はこ》』（一九九五年。講談社文庫）はそこから離れ、犠牲者が巻き込まれた「匣」の正体を解く物語に変容した。この作品が第四十九回日本推理作家協会賞長編部門を受賞したことが、後に続く構造ミステリーの隆盛に糸口をつけたのである。

　京極に続く存在として重要なのが、三津田信三ではないかと考える。もともと民俗・怪奇譚を蒐集する書籍の編集者であった三津田は、作家デビューにあたり、ホラーとミステリー両方の特徴を満たす小説を書けないかと考えた。その結果、三津田自身を思わせる作家が狂言廻しを務める『ホラー作家の棲む家』（『忌館　ホラー作家の棲む家』と改題して講談社文庫）で二〇〇一年にデビューしたのである。同作に始まる〈作家三部作〉はカルト的人気を獲得するに留まったが、二〇〇六年の『厭魅《まじもの》の如き憑《つ》くもの』（講談社文庫）に始まる〈刀城言耶《とうじようげんや》〉シリーズが人気作となり、地位を確立する。同シリーズは怪異譚蒐集家を主人公とする探偵小説の連作なのだが、各作に用いられたプロットがまったく異なっており、作中作を駆使したものや、章立ての構成自体に趣向があるものなど、手に取っただけでは内容の想像がつかない。これ以外にも多数の連作、単発作品があるが、一つとして同じ構造の小説がないことは驚嘆に値する。

　京極、三津田によって確立された構造美のミステリーに、現在最も意欲的に取り組んでいる作家が潮谷験だと私は考える。作品ごとに外観も、内部の構成もまったく異なるが、唯一の共通項として、どんな話でも必ず犯人捜しの謎解き小説に帰結させる。そうした実験に潮谷は挑んでいるのだ。これまでの四長篇には多かれ少なかれなんらかの形で特殊設定が絡んでいるが、それは決して本質ではない。特殊設定はあくまで小道具なのであり、この作家の本質は、謎解き小説をどのような物語に落とし込むか、という構造の部分にある。だからこそ前述した「唐突な来迎」のような、物語として飛びぬけた部分が作品の中に現れてくるのである。どんな物語でも書けそうだ、潮谷験。そして、どんな物語でも謎解きのミステリーにしてしまえそうだ。

作家のプロフィールについてはカバー折り返しなどにも詳しいと思うので、そちらをご参照いただきたい。第一作『スイッチ　悪意の実験』は第六十三回メフィスト賞受賞作である。この賞は編集者が選考に当たるという形式で運営されている賞で、第一回の森博嗣をはじめ、多くのベストセラー作家を世に出してきた。ことに近年はミステリーに限らず受賞作品を選んでおり、尖鋭的な大衆小説の新人賞という性格も備えるようになっている。潮谷に近い受賞者で見ても、二〇一九年の砥《と》上《がみ》裕將《ひろまさ》、夕木春央、二〇二〇年の真下みこと、五十嵐律人、二〇二三年の須《す》藤《どう》古《こ》都離《とり》と多士済々である。この中の誰が新時代を切り拓いた者として歴史に名を刻むか、現在静かな闘いが繰り広げられているのだ。その中に潮谷験もいる。

ミステリーは読者を物語の中へと誘い、幻惑して驚きと喜びを味わわせる芸術だ。目くらましの道を延々と作り続ける情熱には頭が下がるし、ぜひそれを経巡って作家の手腕を味わいたいと思う。目くらましの道を築く者に幸いあれ。それを辿る者にも。

本書は二〇二二年九月、小社より単行本として刊行されました。
※本作で描写された伊吹山の地誌については、実際と異なる内容が含まれています。
※この物語はフィクションです。実在するいかなる個人、団体、場所等とも一切関係ありません。

|著者|潮谷 験　1978年京都府生まれ。2021年『スイッチ 悪意の実験』で第63回メフィスト賞を受賞しデビュー。その他の著作に『時空犯』『エンドロール』がある。

あらゆる薔薇《ばら》のために
潮谷《しおたに》 験《けん》

2024年1月16日第1刷発行

講談社文庫
定価はカバーに
表示してあります

発行者――森田浩章
発行所――株式会社 講談社
東京都文京区音羽2-12-21　〒112-8001
電話 出版 (03) 5395-3510
販売 (03) 5395-5817
業務 (03) 5395-3615

KODANSHA

Printed in Japan

デザイン―菊地信義
本文データ制作―講談社デジタル製作
印刷――株式会社KPSプロダクツ
製本――株式会社国宝社

ISBN978-4-06-534190-2

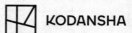

講談社文庫刊行の辞

二十一世紀の到来を目睫に望みながら、われわれはいま、人類史上かつて例を見ない巨大な転換期をむかえようとしている。

世界も、日本も、激動の予兆に対する期待とおののきを内に蔵して、未知の時代に歩み入ろうとしている。このときにあたり、創業の人野間清治の「ナショナル・エデュケイター」への志を現代に甦らせようと意図して、われわれはここに古今の文芸作品はいうまでもなく、ひろく人文・社会・自然の諸科学から東西の名著を網羅する、新しい綜合文庫の発刊を決意した。

激動の転換期はまた断絶の時代である。われわれは戦後二十五年間の出版文化のありかたへの深い反省をこめて、この断絶の時代にあえて人間的な持続を求めようとする。いたずらに浮薄な商業主義のあだ花を追い求めることなく、長期にわたって良書に生命をあたえようとつとめるところにしか、今後の出版文化の真の繁栄はあり得ないと信じるからである。

同時にわれわれはこの綜合文庫の刊行を通じて、人文・社会・自然の諸科学が、結局人間の学にほかならないことを立証しようと願っている。かつて知識とは、「汝自身を知る」ことにつきていた。現代社会の瑣末な情報の氾濫のなかから、力強い知識の源泉を掘り起し、技術文明のただなかに、生きた人間の姿を復活させること。それこそわれわれの切なる希求である。

われわれは権威に盲従せず、俗流に媚びることなく、渾然一体となって日本の「草の根」をかたちづくる若く新しい世代の人々に、心をこめてこの新しい綜合文庫をおくり届けたい。それは知識の泉であるとともに感受性のふるさとであり、もっとも有機的に組織され、社会に開かれた万人のための大学をめざしている。大方の支援と協力を衷心より切望してやまない。

一九七一年七月

野間省一